阅读之前 没有真相

午 夜 文 库

吸血狗不会叫嚷

[日]市川忧人 著
朱东冬 译

NEWSTAR PRESS
新星出版社

目录

序　章

我至今仍会梦见变成吸血鬼的那天。

准确的日期已然淡忘，那天的光景却鲜明地烙印在脑海里。

十三岁那年，秋去冬来之际，品尝过赫蒂的血液之甜美后——我杀了她。

※

我清楚自己是个再寻常不过的孩子。

魁梧、严厉的父亲与高挑、温和的母亲，生下一个头脑和身材都极普通的男孩。这个男孩就是我。

上小学的那段日子，生活总体上还算安稳。

再加上小我两岁的妹妹，一家四口围坐在餐桌旁，能让我感受到快乐。坐上校车前，妹妹会向隔壁的老先生挥手说“爷爷，我去上学啦”，惹人莞尔。

当然，也不是没有过大风大浪。

我上四年级的某一天，有人在教学楼后面冲妹妹扔了石头。

对方共有四人：两个和妹妹大约同年级的女生，一个矮个子男生，还有一个比我高的男生。

扔石头的是男生们。他们像职业棒球大联盟的投手一样高高抡起胳膊，瞄准妹妹的后背，大笑不止。

女生们也在笑。比起石头命中与否，妹妹蜷着背抽噎、遭人扔石头而惨叫的模样，似乎更令她们觉得滑稽不已。

高个子男生又抓起一块石头。明显比散落在妹妹身边的小石子要大，足有棒球大小。

为何会发展成这种状况，直到现在我都不知详情。

妹妹成绩比我好得多，总是开心地说“老师夸我啦”。是因此而招致了其他女生的嫉妒吗？她们便拜托认识的男生，比如男朋友或兄弟去制裁她？抑或——没什么特别的理由？

当时我能做的，只有挺身挡在他们之间。刚把妹妹护在身下，一股刺痛便窜过背脊。

“你捣什么乱啊？让开。”

“住手……别太过分了。”

对方有四人。不能对女生动手。男生之一是人高马大的高年级生，跟他互殴我没有胜算。严格的父亲也曾三令五申，告诫我“先动手就输了”。我怀抱颤抖的妹妹，忍耐着石砸脚踢的痛楚。

记不清过了有多久，教师听闻骚动后赶来，四人如鸟兽散。

我不知道他们有没有受到惩罚。其后——就我所见范围内——妹妹没再受欺负，想来是校方采取了些措施。

关于此事，我只记得妹妹抽抽搭搭地连连道歉说“对不起，哥哥”。明明不是她的错。我不停抚摸着妹妹的头，希望她快别哭了。

岁月流逝，我升上五年级那会儿，妹妹捡了只小狗回来。

是只白毛小母狗。妹妹说“想养它”，我赞成，母亲也应允了，表示“只要能好好爱护、照顾它就行”，父亲却坚决不同意。“不许把来路不明的野狗带进家里”“我们家不是动物保护中心”“养宠物根本就是浪费钱”，父亲语气强硬地驳回，妹妹抱着小狗哭起鼻子。

父亲是工程师，在一家与军方有交易的公司工作。他是个理性的人，相应地，也有固执、观念偏颇的一面。他常把“原材料的优劣基本上就决定了品质”挂在嘴边，就连对人和动物也往往凭出身断定贵贱。而且他很抠门。若是像隔壁的老爷爷那样有过敏症也就罢了——“我很想收留它，可惜身体因素不允许。”老爷爷表达了歉意——而我家连狗屋和狗食盆都没有。

于是我们偷偷在庭院的仓库里养起了它。

仓库里堆放着木工工具，据说是已故祖父的爱好。然而父亲对其漠不关心，仓库已闲置多年。这里离客厅、离父亲的房间都很远，不用担心小狗的叫声被人听见，是绝佳的隐蔽居所。

要带它玩，只需将它放进笼子，骑自行车带到远处即可。食物问题也很好解决，从我们的食物里分些给它，或者在房间里藏狗粮，总有办法……

这对策漏洞百出，但最初的两个星期还挺顺利。

我们给小狗取名为“纱音”。纱音很黏妹妹，也许是同为女孩子，比较合得来吧。

而我则遭遇了刻薄的对待。一个休息日，我们带纱音到小公园玩，我张开双臂唤道“过来”，它扭过身，明显对我爱搭不理的。

“为什么啊……”

“它可能有‘恐男症’。”

聪明的妹妹懂得许多连我都不常听到的深奥单词。“是不是呀，纱音？没关系，哥哥不可怕哟。”

妹妹抱起纱音递给我。它会乖乖待在我怀里吗？会不会挣脱开跑掉呢？我怀着忐忑的心情接过纱音。

——紧接着，胳膊一阵疼痛。

当我意识到挨咬了，纱音已从手中溜走，跑过草坪，藏到妹妹身后。

“纱音！你在干吗？”

妹妹呵斥完小狗，又惊慌地转向我。“哥哥——”

只因春日和暖，为方便活动而挽起了袖子，才落得如此惨状。右手腕和手肘间的皮肤留下共计四个牙印，像是用粗针头扎过一般。血顺着胳膊流到了手腕上。

“没事的。你看着点纱音。”

我跑到饮水台边把血冲净，拿手帕包扎好伤口，放下衬衫袖子。

疼痛很剧烈。毕竟是直接被咬伤了皮肤。即使隔着衣服，八成也没什么差别。

我回到妹妹身边，她满脸泪痕，一个劲儿地说着“对不起……对不起……”。以前也有过类似的事呢，我感慨着，用左手摸了摸妹妹的头。

“不是任何人的错。怪我吓着它了。”

“可是……”

“不说这个了。今天的事绝对不能让爸妈知道。我也会保密的。”

如果伤口让爸妈看见，纱音也会暴露，有遭遗弃的可能。此时公园里只有我俩，可谓不幸中的万幸。

许是妹妹的斥责起了作用，纱音垂头丧气地窝在妹妹脚边。

我伸出手，这次它没闹也没逃，任我摩挲着脑袋。

“看，纱音也在跟我说‘对不起’呢。我也没生气。别往心里去。”

“嗯。”

妹妹擦擦眼泪，抱起纱音。

谁知一个星期后，纱音到底被父亲发现了。

他偶然来到庭院时，听见仓库里传来了纱音的叫声。虽然我靠长袖衣服把胳膊上的伤瞒到了底，可要避人耳目在这座宅院里一直养着它，终归不大现实。父亲怒吼：“把它扔了！”妹妹哭着带纱音出门了，日暮时分才终于回来。我都不敢正视她的脸。

这个故事尚有后续。

妹妹看起来实在太消沉，我便恳求母亲：“还是想要一只狗。”母亲大约也心疼妹妹，就去找父亲说情。

“来路可靠就没问题吧？养狗的开销让他们从零花钱里出就行。”

父亲依旧面有难色，但最终妥协了。“总统都养狗。”没准是母亲这句话说动了他。

两天后，经由母亲相识的饲养员介绍，一只新狗来到我家。同样是白毛母狗，和纱音很像。

妹妹露出笑脸说“谢谢”，却仍显得有些悲伤。外表再像，新狗也不是纱音。正发愁该如何是好的时候，一个近乎赌博的妙计忽然浮上脑海。

我问妹妹把纱音放到哪儿了，她说是最初捡到它的地方，公园的树丛。我给要来的新狗戴上项圈、拴上绳，假称散步，和妹妹一块儿去往公园。

老天开恩，纱音还在公园里。妹妹一声呼唤，它立即从树丛后蹿出来，凑到妹妹脚边。

妹妹流着泪紧紧抱住纱音。我摘下新狗的项圈和狗绳，套到纱音身上。

“——哥哥？”

“没关系。它才刚来咱家，况且不细看的话看不出区别。至于这只新的，我会找找有没有人愿意收养。”

我有门路。前段时间，小学保健室的医生说过想要只狗。说在公园里捡到一只，医生就会收留它吧。

“谢谢。”妹妹欣喜地笑了，脸上已不见一丝阴云。

我开始和妹妹一起照料正式成为家人的第二代纱音。

跨越每个家庭都会遇到的小小风浪，我升上了初中——

与梅赫塔贝尔·英格利斯相遇了。

※

我并非从一开始就和她要好。

升上初一，与梅赫塔贝尔即赫蒂成为同班同学的时候，她只不过是那群开朗女生中的一员。

转变发生在午餐时间的里院。

上午的课结束后，同学们各自拿出午餐，或是走向自助食堂。我无意中瞧见她往自助食堂的反方向走去，连饭盒都没拿。

过了约莫十分钟，我隔着教室的窗户看到了赫蒂。她蹲着身，躲在里院角落的树荫里。

除了我这个靠窗的座位，别的地方貌似都看不到。教室里其他学生都没留意她。

迥异于课堂上表现活泼的寂寞身姿——与昔日在教学楼后面遭人扔石头的妹妹的身影重叠了。

我吃到一半便盖上盖子，拎起饭盒走出教室。身后是同学们热闹的谈话声。

来到里院，只见赫蒂垂首抱着膝盖。

微鬈的棕色头发，灰色眼睛，单眼皮，塌鼻子下微肿的嘴唇抿得紧紧的。尽管她没漂亮到能当电影童星，我还是半晌没能开口打招呼。

“——谁？”

似是察觉到动静，赫蒂抬头转向我。视线相撞。

“啊，那个……”我因方才盯着她看而心虚，躲闪着目光问，“你不吃午饭吗？”

“吃过了。有什么事吗？现在是饭后休息时间——”

话音未落，赫蒂的肚子就叫了。她的脸颊染上绯红。

“这个，要不要吃？”

我打开从教室带来的饭盒，里面是切成两块的松饼三明治，火腿、鸡蛋和生菜间夹有芝士片。

“我不太爱吃芝士，剩下又会惹爸妈发火。不介意的话，能帮我吃掉它吗？”

赫蒂垂眼看了看，猛地抬起头来。“不要。”她一口回绝，起身跑走了。

我都来不及出言挽留。我和她的第一次单独谈话，在不怎么友好的氛围中结束了。

说不生气是假的。当时的我没有意识到，那番举动于她而言是种侮辱。

第二天，赫蒂带来了午饭，在教室里跟其他女生一起吃着。

所谓午饭，仅仅是勉强充数的点心面包。她看都不看我。我也没刻意向她搭话，边吃饭边和班里的男生闲谈。

自那以后，她再没忘带午饭，点心面包也换成了用饭盒装的三明治。我寻思那天她真的只是想去里院休息一会儿，也渐渐不把这事放在心上了。

直到几个星期后，我目睹她再次一个人离开教室——倒在了教学楼背阴处。

事后回想，她并非那一日身体才突然垮掉，而是一直强撑，问题日积月累。

我莫名心神不定，吃完饭立刻像之前那天一样走出教学楼。

里院不见赫蒂的身影。她去哪儿了？我纳闷地拐过墙角，撞见她在教学楼背阴处靠着墙滑倒在地上。

“你……你没事吧？！”

我急忙跑到赫蒂身边。

“不行。”她抓住我的脚腕，“别声张……别告诉任何人。”

就算她这么说，我也不可能放着她不管。我试图呼救，赫蒂却泫然欲泣地摇头道：“求你了。”

该说幸运还是不幸呢，周围没有教师和其他学生。结果我只能握住她的手扶她坐起来。

“真没事吗？最好去医务室看看吧。”

“我会去的……谢谢你。”

赫蒂摇摇晃晃地站起身，独自走向教学楼。

我没能出声呼唤，也没能追上去。一如当初——然而不安和动摇都与那时不可同日而语。

* * *

那天下午的课，赫蒂全都缺席了。

放学后，我快步赶到医务室，看见有一张床拉上了隔帘。好像有人躺在床上，不知是不是她。

护士不在。正纠结要不要打招呼，对方发现了我，隔帘里传出一句：“谁？”是赫蒂。

“德里克·赖利，跟你一个班的。”

说罢，便听帘内响起如释重负的叹息。隔帘打开，她从帘缝间露出脸。看她挪到床边坐下的架势，怕是还没完全恢复。

“感觉怎么样？好些了吗？”

“不碍事。只是贫血而已。”

说得轻描淡写，可贫血不是小毛病吧？我连一句“哦，那回见”都说不出口，迟迟无法转身告辞。赫蒂见状，无力地垂下头。

“抱歉，给你添麻烦了。”

“不麻烦的。”

我答道，同时看向赫蒂的手腕。细得惊人，仿佛一捏就要断了。她身上穿的便服细看也很旧。迄今为止一直抛在脑后的不协调感，霎时间凝聚成形。

“早饭和晚饭有没有好好吃？”

赫蒂的表情僵住了。她双手紧紧抓住被褥，神色悲伤地摇了摇头。

“爸爸丢了工作……妈妈也不在了……刚才我还担心有人叫救护车的话可怎么办呢。”

这个国家的诊疗费很贵。我也曾听父亲苦口婆心地叮嘱：千万别生病、受伤。父亲纯属吝啬，而赫蒂的情况肯定不同。

她生活拮据到负担不起住院就诊的费用，饭都没条件好好吃，以致病倒。

我想起几周前的事。我给她松饼三明治，想以此为由头和她聊聊天，但在她听来，肯定像是在说：“穷鬼，赏你点剩饭。”我为自己的迟钝感到羞愧。

“今天的事别跟任何人说，拜托了。”

“我不说。条件是——”

“什么？”

“午饭里有芝士的时候能不能帮帮我啊？我是真的不太爱吃。”

赫蒂愕然睁大双眼，继而捂嘴捧腹，浑身颤抖起来。遏制不住的笑声从纤细的手指间溢出。

就这样，我和赫蒂有了共同的秘密。

赫蒂的家庭情况自不待言，对彼此的情愫，我们也都秘而不宣。

上街玩不在考虑范围内。若是让班上的同学看见了，冷嘲热讽是免不了的，万一再闹出什么风言风语，辗转传到父亲耳中，他肯定会说“不许跟穷人家的孩子玩”——我不想伤害赫蒂。

替代选项是休息日去郊区爬山。

我们闯入无路的山林探险，发现一栋明显多年无人踏足的陈旧小屋，就带上国际象棋和扑克牌进去玩，在那儿吃午饭、吃点心。

这栋小屋似乎原本是个伐木作业棚。木架子最上方，跳起来才能将将够到的顶板上，放着一把锯条生锈的锯子。置于最下层的工具箱大敞着口，里面装有锥子、撬棍和木槌。架子本身也有年头了，正中间的搁板因钉子断了而呈倾斜状。许是资金周转不开了，我们发现之际，小屋周围已长满杂草。

为了掩饰去的是同一个地方，我和赫蒂在离山很远的地方分别停放自行车，各自绕路，到半山道上的老树桩附近碰头。

我很担心她一爬山又会倒下，她则笑称："没事的。我在好好吃饭了。"上学的日子里，她开始常在午餐时间去自助食堂，说不定是进医务室一事惊动了教师，校方了解到她的难处，暗中施以援手。

在独属于我们的秘密基地度过的时光，令我和赫蒂的交情更加深厚。

一天，我俩正往山的深处走着，赫蒂让树根给绊了个跟头。

"啊！"

"赫蒂，你没事吧？！"

"嗯，没事……"

她嘴上这么说，表情却痛苦得扭曲了，左手手掌鲜血淋漓，明显不止是擦伤。

我吓得面如土色。看样子她是以手撑地时，被锋利的小石子划伤了。轻轻拔掉石子，拿水壶倒水润湿手帕擦拭伤处，也不见效果，伤口比想象的更深，血源源不断地渗出来，怎么都止不住。

"下山吧，得赶紧去医院。"

"不行！"

赫蒂用右手抓住我的手腕。"不能去医院……这点小伤不要紧的。"

怎么可能不要紧啊！话到嘴边，阻塞在僵住的唇里。

一样的——跟她倒在教学楼背阴处那次一样。

那之后她倒是开始好好吃饭了，但没听说赫蒂家的经济状况好转。有一回，她难过地对我说，父亲仍未找到工作。

去医院的话，治伤不知要花多少钱，会给她家里增添多大负担。

都怪我。要是我能多留点神，防止她摔倒就好了。

我得想想办法。

“抱歉，会有点刺痛。”

我翻过赫蒂的左手使手心朝上，凑过脸去。“——德里克？！”伴着耳边困惑的喊声，我伸出舌尖吸起伤口的血。

“唑——”

她发出短促的低吟，似在忍耐疼痛。

我继续轻柔地舔舐伤口。鲜红的液体才刚拭去，旋即又如泉水般涌出。

赫蒂血液的味道在唇齿间蔓延，炽热的口感夹杂着淡淡的铁腥味。正沉浸其中之时——

“德……德里克……这样就可以了。”

听到赫蒂略显犹豫的声音，我慌忙抬起头。

出血已明显缓解，她的手掌上湿淋淋的都是唾液。羞耻与罪恶感一齐袭来。

“对……对不起。弄疼你了？”

“没事，忍得了……比起疼，更多是害臊。你怎么冷不丁过来用嘴舔啊，跟狗似的。”

所谓羞得脸发烧，就是指这种感觉吧。我用手帕给她的手掌做着包扎，一个劲儿地念叨：“抱歉……”

“不用在意。”她摇摇头，“谢谢你帮我治伤。”

“还没治好呢。等会儿得贴个创可贴。”

早知道我就从家里带来了。

“我明白。”赫蒂呢喃道，右手抚上我的脸颊，探头靠近我，“德里克，你也必须好好消毒。”

给哪里消毒？

不等问出口，赫蒂把脸贴得更近了——嘴唇顺势碰到一起。

直至下山，我们几乎没再交谈。

我只是紧紧握着她的右手，一刻也不曾放开。

※

命运难料。

我浑然不觉，这一天的行为，成了夺去赫蒂生命的血之盟约。

亦是我彻底踏上非人之路的最初一步。

※

所幸赫蒂的伤没有恶化，顺利痊愈。

其间有别的女生看见她手掌上的大号创可贴，她推说“没什么，收拾针线包时划破了而已”圆了过去。一个月后，伤口便愈合了。

“就是没能愈合得漂亮些。”

在老地方——山中的秘密小屋，赫蒂苦笑着摊开左手。手掌中央残留有一两厘米长的挛缩疤痕。若及时去医院，没准就能得到妥善的缝合治疗。想到这里，我因歉疚而心口作痛。

"德里克，不是你的错。是我坚持不去医院的。"

赫蒂凑近脸，对我的嘴唇做了"消毒"。

自那天以来，我们不再往山的深处走。从碰头起，到踏上归程，大部分时间我俩都在小屋里度过。

我们沉浸于对同学、老师和家人都绝口不提的"消毒"游戏，总是不知不觉间天就黑了，甚至无须碰棋盘消磨闲暇。包里也不再装别的东西，只放饭盒、点心和水壶。

间或休息一下，便分吃点心——怎料我竟不时产生奇异的冲动。

——不对，不是这个味道。

我渴求的，是更加炽热、带着铁腥味的……

我摇了摇头。疯了吗我？别胡思乱想了。这种事，哪怕开玩笑都说不出口。

——想再尝一次那个。

"德里克，你怎么了？"

"没……没什么。"

我笑着搪塞，按捺不下心里涌起的幽暗不安。

自己会不会在无意间逾越了非同小可的界线？

我实在太过愚蠢无知。

要说越界，早就越界了。我光顾着烦恼自己的失常，忽视了最应挂心的赫蒂——忽视了她的异变。

那天本应也是一如既往的秘密时光。

我来到碰头地点，却见赫蒂坐在树桩上，浑身发抖。

"没事吧？！感冒了吗？"

仔细想想，她在学校时也是不太舒服的样子。赫蒂挤出笑脸，摇了摇头。

“没事……”

强风刮过，赫蒂受惊般蜷缩起身体。

果然不对劲。抖得这么厉害，明显不寻常。她的脸看上去也有些发烫。

“回去吧。你需要休息。我送你回家。”

“不行！”赫蒂快把头摇断了，“我打死也不要回家。拜托了……在小屋一样能休息。”

“可是……”

我没能说下去。这儿离她家有段距离。虽然要爬会儿坡，但还是老地方山中小屋更近。

“知道啦。走吧。”

我搀着她走在山道上。每每有风吹来，都能感觉到赫蒂的身体在颤抖。

进入山中小屋，关上门，我在架子对面的木材上铺了块毛巾，扶赫蒂坐下。

大概是因为不再吹风受寒，赫蒂平静些了。我从包里拿出水壶。

“喝吗？”

“嗯……”

赫蒂接过水壶往嘴里倒，突然呛着了。水壶从她手中滑落，水洒出来，弄湿了地板。

“赫蒂？！”

这次她连回答的力气都没有了，表情痛苦地摇了摇头。

……竟然连水都没法喝。

我捡起水壶放回包里，只觉手足无措。果真不是普通感冒。

到底怎么回事?

水混着唾液，从赫蒂的唇边滑到下颌。我用手帕给她擦净嘴角，只听她咕哝道:“德里克……拜托。消……毒。”

我难以责怪这不合时宜的要求，只想尽可能缓解她的痛苦。如同受湿润的嘴唇吸引着一般，我贴上自己的嘴唇。

熟悉的滋味。清爽甘甜，是她的味道。

可是，不对。我真正渴求的是……

冲动涌上心头。我本能地将唇移至她的脖颈，咬了下去。就在此时——

我的颈部一阵疼痛。

我下意识推开她，几秒后才反应过来，她同样咬了我。

不止是浅咬的力道。我用手指摸摸被咬的地方。没流血。然而……

“——赫蒂?!”

我重新看向她，惊得舌头僵直。

赫蒂身上发生了剧变。

目光空洞，从张开的嘴唇里又滴落出唾液。呼吸急促，身体摇摇欲倒，仿佛失去了支撑。

“赫蒂?”

没有回应。她喉咙震颤，发出狗一样的低吼。

我不禁毛骨悚然。站在那里的，已经不是我认识的赫蒂了。

拥有所爱少女外表的某物，朝我猛扑过来。

再往后的事，我只能回忆起零碎的片段。

——我使劲推了赫蒂一把。

——她的后脑勺撞到了木材。

——她不再动弹，洁白的脖颈分外美丽。

——我的口中满溢血的味道。

——我用毛巾擦拭山中小屋的门和她的身体。

——奔跑着下山，纵身跃上藏好的自行车。

——脱掉身上的衣服塞进脏衣篮，拼命冲澡，回房间钻进被窝。

“德里克，还不起床吗？吃饭了。”

母亲隔着门喊我的时候，晚饭时间已过去半小时。

“睡午觉睡到太晚可不太好。夜里该睡不着了。”

“偶尔多睡会儿也正常。肯定是骑车骑累了。是吧？”

父亲说教，母亲打圆场，餐桌上一切如常……我算是勉强糊弄了过去，没让他们起疑。

“对不起，我以后会注意的。”

幸好衬衫领子能遮住脖子上的牙印。我挤出个苦笑顺嘴道了句歉，说得特别自然，连自己都震惊。

下个星期一，教室不见赫蒂的身影。

警方于当天下午展开搜索，在山脚下发现了她的自行车。

又过了一天，赫蒂的尸体在空置多年的山中小屋里被发现。

经过伤情分析，警方断定赫蒂死于他杀。

山里发生了杀人案，且被害人是年仅十三岁的女孩，闹得镇上人心惶惶。

搜查员还来我们初中找学生问话了。女生们齐声啜泣，众口一词道：“太残忍了……害死那么好的姑娘……”

包括我在内，男生们的证词也大同小异。警察还问了“知不知道跟她关系好的都有谁”，大家答的都是女生的名字，没人提起我。

反而是赫蒂的父亲遭到了怀疑。

我通过教师间的传言了解到，赫蒂的腹部等不常暴露在外的部位有许多瘀斑。还有人做证称在她失踪前，听到她家里传出呵斥声。据说警方正按虐待加剧终致行凶的思路推进调查。

我心里未起一丝波澜。

不巧又逢隔壁的老先生去世，我亦无动于衷。他貌似是当地的名流，有很多人来参加葬礼。妹妹的抽噎声像是从极远处传来的。

说我变得麻木了，也许更为贴切。赫蒂那天的剧变，支离破碎的记忆，其后种种，都犹如遥远的梦境。我抱着渺茫的希望，期盼到了明天，赫蒂又会含笑出现在教室。

——只是在逃避现实。

未及听闻案件调查进展，我们一家便因父亲工作变动而搬到了O州。父亲对公司的待遇心怀不满，决定接受友人邀请跳槽。

真正认识到自己是杀人犯，是在赫蒂死去大约一个月后，在家乡度过的最后一个夜晚。

……赫蒂仰面倒在小屋的地上。

没有回应。眼睛和嘴巴微微张着，整个人一动不动……她死了。

脖颈裸露在外，肌肤洁白而柔软，令人不满足于给嘴唇“消毒”，渴望更进一步。

我任由冲动驱使，将唇贴上她的脖颈，咬了下去。继戳破香肠肠衣般的触感之后，温热的液体汩汩流出。

微苦的铁腥味一如彼时。那般炽热，让人想畅饮至永久。

鲜血自咬破的皮肤涌出，我如饥似渴地啜饮着，一滴也不放过。

饱尝血的滋味后，我松开嘴。她依旧无声无息地躺在那里，脖颈前方清晰地留下了我的牙印。

糟糕。得抹除痕迹。

我环顾小屋，从工具箱里拿起锥子。

将锥尖对准她的脖颈前方，意欲剜掉皮肤上的牙印，缓缓施力……

我猛地坐起身，发觉自己在床上。

全身浸满黏腻的汗水。她血液的味道，在口中鲜明地复苏。

我想起来了。

昏暗的房间里，我双手掩面，肩膀不住颤抖。方才的噩梦彻底填补了记忆的空白。

是我。

杀死赫蒂的是我。无关旁人，是我亲手杀害了她。

※

我没能向任何人坦承罪行，一家四口在新天地的生活就这样拉开序幕。

事到如今，我做不到冲进警署自首。坦白又能怎样？赫蒂死了，再也不会回到我身边了。我甚至无法向她道歉。

况且——会使家人陷入绝望。倘若得知我的罪孽，父亲定会暴跳如雷，母亲和妹妹怕也难保理智。

——都是借口。

我害怕被烙上杀人犯的标签。害怕世人知晓是我杀死了赫蒂。

我转到另一所初中就读，很快便成了校园欺凌的靶子。

妹妹往日遭受的痛苦，此刻我切身体会到了。欺凌者之中，为首的是拉帮结伙的五个不良少年，其中一人曾鄙夷地对我说道："你这家伙挺狂啊。"

在之前的学校，从没有人这么说过我。为排遣罪恶感，我埋头学习，取得了优异的成绩，是因此而惹他们不爽了吗？我不敢提及家乡发生的事——赫蒂一案，故而始终与同学保持着不咸不淡的关系，或许显得有些自命清高吧。不良少年团伙向来是单方面施暴，即使出言辩解，想必他们也不会听。

我毫不抵抗，持续承受着他们的暴行。

这是报应。

杀死赫蒂后没有偿还罪孽，仍优哉游哉地活着，活该受到惩罚。

我没把在学校的处境告诉家里，极力佯装平静。

事与愿违，家人恐怕看出了我是在强作欢颜。他们可能以为我是因仓促搬家，与家乡的朋友分别才无精打采。父母建议我参加当地的体育俱乐部。

奈何身在异乡，与素不相识的大人小孩都没那么容易混熟。我也不具备堪当王牌的运动天赋。

体育俱乐部的项目像职业棒球大联盟的比赛一样有季节之分，例如足球是夏天到秋天，排球是冬天到春天，橄榄球是春天到夏天，仅在特定的时期开展活动，过季后便只能等待下一赛季的招募，抑或转投其他项目的俱乐部……无论如何，都得重新加入俱乐部。要是人际关系也能相应重置倒好了，可住在当地的孩子就那么些，到哪儿基本都是同一拨人，好比一个班的学生从音乐教室离开，又来到理科教室。

“这孩子挺认真，脾气也不错，就是总给人种距离感。”我偶然听见俱乐部成员家长们的闲谈，他们对我做出了如此评价。

我在教室和体育俱乐部都找不到容身之所，有一天，将脚步迈向郊外。

从新家出发，骑行一会儿，发现一片渺无人烟的广袤森林。

跟我与赫蒂共度秘密时光的那片山林相比，氛围截然不同。森林郁郁葱葱，无边无垠，尽覆缓缓起伏的大地。若是扬言林中有妖怪徘徊，初一学生姑且不论，幼儿园小孩说不定会信以为真。

不过——对现在的我而言，这个地方有着不可思议的吸引力。来吧。整片森林仿佛在向我低语。

假如带妹妹过来，她会有什么反应？会害怕吗？还是会两眼放光，大呼“像故事里的神奇森林一样”？万一她和第二代纱音玩起捉迷藏，在森林里走丢就麻烦了。就算带她来这儿散步，也还是走游步道保险点。

沿林边道路前行约五分钟，便看见游步道的入口。

入口正对面有一栋老房子，像是管理员值班室。窗户拉着窗帘，望不到里面。倒是有块看着像停车场的空地，但没有汽车或自行车停在那里。潮湿的土地上杂草丛生。

我将视线移回森林入口。标有箭头的木牌映入眼帘。细绳代替了护栏，系在铁桩和树干上，一直延伸至森林深处。

道路还算宽阔——估计是找了条足够宽的路，直接用作游步道了。路面散落着树根，凹凸不平，骑车穿过去怕是很难。

木牌上以斑驳的文字写有“10km”。这么远的距离，步行到头可够呛。再说也不知道出口通向哪儿。

去探探情况，稍微走一段就折返吧。我把自行车停到空地角落，正要走进森林——

“等等。”

背后传来沙哑的声音，我惊得跳了起来。

不知何时，一个岁数相当大的老妇人站到了房门前。

她刚才在屋里吗？好像没听见开门声。老妇人有一双蓝眼睛，脸上布满深深的皱纹，长长的白发随意束成马尾，垂在肩上。

“劝你打消进森林的念头。里面有危险的东西出没。”

“危险的东西……是指什么啊？”

我连她姓甚名谁都忘了打听，脱口反问道。是有危险的动物吗？毒蛇、野狗，抑或熊——不，怎么可能呢。

不料，老妇人的回答超乎预想。

“是吸血鬼。

“它们盘踞在这片森林。一旦迷路就全完了。你也会被变成它们的同类。”

换作以前的我，大概会嗤之以鼻。

吸血鬼？那都是大洋彼岸的传说，建国不到两百年的 U 国怎么可能会有。

然而如今的我无法一笑置之。试图忘却的赫蒂血液之滋味，眨眼间盈满唇齿。

“听我一句劝，回去吧。你也不想——”

老妇人的话戛然而止。她直直凝视我的脸，旋即惊叫着往后退。

“咦？！那……那个……”

我下意识地伸出手。

“别过来！”老妇人把我的手甩开，“从哪儿过来的……你这个吸血鬼。是来见同类的吗？”

我张口结舌。

吸血鬼——她说我是吸血鬼？

“离我远点！”

老妇人的表情里现出明晃晃的恐惧与敌意。“滚。别让我再看见你。这儿不是你们这些肮脏的家伙该来——”

老妇人这番话，在旁人听来多半只觉疯癫。而我没敢听到最后，如同逃离诅咒一般，跨上自行车骑走了。

“噢，确实听说过。”

那天吃晚饭时，我装作不经意地提起森林的事，母亲像想起了什么似的接过话头。

“游步道入口旁边住着一个老婆婆……逢人便说‘森林里有吸血鬼出没’。据说是在二十年前那场大战的时候，举家从 P 国逃过来的。谁知丈夫孩子都死在她前头，她一个人生活好多年了。很寂寞呢。”

与我不同，母亲已和街坊四邻打成一片，对当地传闻也如数家珍。

无力感席卷了我。“森林里有吸血鬼”的传闻，看来跟我的想象毫不相干。没想到只是那老妇人在自说自话地散布传言。

“为什么是‘吸血鬼’？”妹妹歪了歪头。

“不知道啊。”母亲苦笑，“在对面那个国家，这种传说倒是挺多的。肯定是那片森林和老婆婆故乡的森林特别像，让她想起吸血鬼的故事了。”

家人离世，只剩孑然一身，如今再回P国也无依无靠——莫非老妇人在不知不觉间，把那片森林当成了故乡的森林？

妹妹面露茫然，也不知是否接受这个说法。

“可老婆婆翻来覆去说了太多遍，有人开始当真了，比如小孩子，还有第一次去森林的人。”

我没好意思说自己也是其中之一。

“连带着周围居民都渐渐感到瘆得慌……最近往森林那边去的人变少了。不过那么危险的生物应该是不存在的。”

“是啊，什么‘有吸血鬼出没’‘你这个吸血鬼’，听了她那些话，任谁都不会再靠近了。”

“欸？她还管别人叫过吸血鬼呀。那更没人敢去了。”

我不由得脊背发凉。

——从哪儿过来的……你这个吸血鬼。

——这儿不是你们这些肮脏的家伙该来……

老妇人的怒斥在心中翻滚。

听母亲方才的口气，老妇人好像没骂过别人是吸血鬼。

那为何唯独对我……

她察觉我是杀过人的吸血鬼了？为什么，怎么发现的？

不——这些都是次要的。

怎么办……本性暴露了。我到底该怎么办才好?

※

得出结论是在半年以后。

经确认，老妇人的胡言乱语——我是吸血鬼之事——并未传开，不曾有人听闻。

彼时我身处森林之中，俯视着老妇人的尸体。

我向被割开的前颈伸出手指，蘸起血舔尝。

——不一样。

黏黏糊糊、只有浓重铁腥味的混浊血液难喝至极，远远比不上赫蒂的。

※

我欲罢不能了。

第三个人，是在体育俱乐部比赛上交手过的队伍的教练。

他眼下横着浓重的阴影，瘦骨嶙峋，看起来不大健康。赛后，他向天资平平的我发出了入队邀请。

后来我通过小道消息得知，此教练用药成瘾。是见我得不到传球，在赛场上格格不入，便觉得我这个猎物很好下手吗?他的血简直无法下咽。

森林一案几个月后，友谊赛当天，脖颈前染血的教练尸体，在当地的空店铺被发现。

第四个人，是个小学男生。

老妇人的死使那片森林化为真正的“吸血鬼之森”，他和同学结伴去那里试胆。

大家全都在森林里迷了路，其中一人下落不明——过了一个星期，林中池塘漂起浮尸，由搜救队发现。

其实是我最先找到他的。但我没告诉任何人。

因为想品尝鲜血。

比第三个人的像样点……却终归与赫蒂的血味道悬殊。

男孩前颈的伤口难以解释为普通外伤或动物咬痕，人们因而将他看作“吸血鬼之森”的又一名牺牲者。

第五个人，是在邻镇经营宠物店的三十岁女性。

店铺经营不景气，她便厚着脸皮到各个城镇宣传，我家的信箱里也收到了传单。

一个月后，我安坐客厅，若无其事地听着播报她死讯的新闻。

报道仅提到尸体于公司用车的后备厢中发现，对凶手剜开被害人前颈一事只字未提。

犯罪越多，遭人目击或留下痕迹致使罪行败露的风险越大。这道理小孩子都懂。

奈何我已然无法阻止潜藏于自身内部的吸血鬼。

第六个人，亦是最后一人，是在高中认识的同班女生。

算是我的第二个女朋友。她方方面面都与赫蒂不同，无论是性格、说话方式，还是——血的滋味。

* * *

覆灭来得很快。

讨厌狗的女朋友来我家做客时，看见纱音出现在客厅，吓得摔碎杯子，碎片划伤了手。

父亲将此事理解为“家里养的狗让儿子的女朋友受伤了”，决定处理掉纱音。因其独断，我们不得不与相伴多年的家庭成员别离。

也许父亲厌恶纱音已久，女朋友受伤让他彻底下了狠心，仅此而已。

第六个人——她的尸体于“吸血鬼之森”中被发现的三天后，警方逮捕了我。

此时距我杀死赫蒂过去了三年。

※

我的家庭崩溃了。

以下都是我后来听说的。母亲自杀，父亲丢了工作，整日酗酒，最终出车祸丧命。那般严厉的父亲陷入自暴自弃断送了人生，堪称讽刺。虽说点燃导火线的我没资格置评。

妹妹经儿童福利机构交由他人抚养，后来一个人远足时摔死了，不知是意外还是自杀。

我是一切的元凶。

自从喝下赫蒂的血，我再也忘不掉其滋味，犯下累累罪行。

※

本以为会被判死刑或无期徒刑，不承想，收容我的是医院。

我没坐过牢，无从比较病房生活是否与监狱生活大同小异。

房间狭小简陋，床固定于地板上，门从内侧绝对无法打开。走廊侧墙上半部分是嵌死的透明丙烯酸树脂，看上去坚不可摧。下方有个用于递送食物的小盒子。包括勺子在内，餐具均为纸质。能当武器的物品通通别想带进来。

每个月要做一次体检，我会被缚住双臂、蒙上眼睛带到别处，用皮带绑在床上抽血。

其余时候我都是独自一人。似永远又似瞬息、如现实亦如梦境的光阴周而复始。

岁月几经流逝。

某天，有个模糊的人影立于单间一隅。

啊，是梦。

毕竟不可能再相见了。

——不用担心。

幻听振动着鼓膜。我撒娇般摇了摇头。

不是担心不担心的问题……我对你、对大家，做出了无可挽回的事。

——没关系。

温柔而令人怀念的声音向我低语。

——无论背负怎样的罪恶，每个人都有祈愿改过自新的权利。

——而且，你并没有失去全部。

是啊……我在此与你重逢了。

欢喜与罪孽摇撼着内心，我颤声说道：

“对不起，赫蒂。”

※

“‘赫蒂’？”

听到录像里他发出的呢喃，伊薇特·弗洛金心脏猛地一跳。

“那个……这是……”

“轻微谵妄症状。”

年长的女研究员暂停了录像。

“估计是看见了过往恋人的幻影——话说，你也准备好了吧。该去碰面了。用不着担心。进入这里后的二十年来，他从没胡闹过，老实得很。”

“……噢。”

即便同伴如此宽慰，她也不知该怎么回答。

屏幕上显示的，是只有一张床的煞风景病房——其实就是个单间。

他身穿病号服，坐在床边，双眼在长长的刘海后若隐若现，从录像里瞧不出他在看哪儿。

冷静。她对自己说。

伊薇特站起身，准备去见他——“吸血狗”。

第 1 章　吸血狗——内侧（Ⅰ）

1984 年 2 月 9 日 21:10 ~

“棒极了！”

左侧响起吼声，埃尔默·昆兰不由得缩了缩身子。

轿车只有普通大小，后座上挤着三个大男人，何况还抱着行李。坐在中间的同僚旁若无人地叉着腿，更是挤得人难受。蜷在最右边的埃尔默只得委婉劝道：“伊尼戈……你稍微消停点吧。都多大的人了。”

“此时不高兴更待何时？”伊尼戈·阿斯凯里诺歪了歪满是脏污的浅黑脸庞，“别担心，我们马力全开，正沿着夜晚的高速公路急速前进。周围没别的车。就算开着窗户也不愁有人听见。”

“前提是你口中的‘此时’没从昨天起重复好几十次。”

副驾驶座上的苏珊娜·莫林斯转过脸，语露愕然。她有着深棕色的头发和眼睛。“又不是打棒球，动不动大呼小叫就没意思了。金，你倒是也说他两句啊。”

“没什么好说的。”后座左侧，金·罗凭窗叹了口气，黑发微微摇摆，“要是说了他就能听进去，我们哪儿还用得着劳苦至今？”

“等会儿等会儿，”伊尼戈探身道，“阿金，你什么意思啊？我什么时候劳烦过你们？伤脑筋的是我吧。”

随着“我”字出口，埃尔默头顶挨了一巴掌。“确实。”金的附和令他顿感烦闷。这两天来——不，从更早的准备阶段起——他拖后腿的时候比帮上忙的时候更多，这是事实。

“别吵了。”苏珊娜的语气俨然受够了顽皮孩子们的母亲，“又没犯致命错误。只要结局好——”

“还没结束。”

驾驶座响起低沉的声音。

车内一片死寂，方才的喧闹宛如虚幻一般。伊尼戈靠回后座椅背。

“只有当我们真正获得自由时，才能说是‘结束了’。”

西奥多里克·霍尔登手握方向盘，面朝挡风玻璃前方，凝视车头灯照向的黑暗。“不要掉以轻心。棒球最后一局逆转胜负是家常便饭。现阶段的成功不能保证最终一定成功。”

“知道啦，老大。”伊尼戈耸了耸肩，“毕竟上一辆车丢下了，算是留下个麻烦。虽说在计划之内。只能趁今晚能跑多远跑多远喽。”

“我不想再熬夜了。皮肤会变粗糙的。”

“放心，我安排好住处了。今晚到那儿休息。有床有淋浴。”

伊尼戈吹了声口哨。金幽幽地说：“不愧是西奥多里克，做事真周全。”

埃尔默也暗暗松了口气。从昨天直到现在，他们昼夜不停地奔波，吃饭睡觉几乎都是在旅行车里。

肚子饿了。他看向车窗玻璃。高速公路前方的黑暗中透出灯光，貌似是加油站。

同时，玻璃上反射出自己的面孔。

那是年近四十的男人的脸，明显比高中辍学时上了年纪，既无风度亦无威严。

略带棕色的金发里夹杂着一根根白发，稍显稚气的容貌犹似往昔，只是皮肤失去了光彩，鼻侧至唇角布有深深的皱纹。无法否认，有种精神不见任何成长，仅肉体徒增年龄之感。

话说回来，其他人——这几个初中同学也都差不多。

伊尼戈也好，金也好，苏珊娜也好，举止一如从前，面庞与皮肤则增添了岁月的痕迹。在旁人眼中，大概就像一群老大不小的人在同学会上重返童心了。车内五人里真正称得上成熟的，恐怕只有社会意义上最成功、越发令人生畏的西奥多里克。

加油站的灯光越来越近。照明灯下现出穿着制服的店员的身影——但载着埃尔默一行人的汽车并未减速，径直开了过去。

"欸，等等，不去待会儿吗？"

"都说了我搞定住处了。"西奥多里克笑都没笑一下，"到地方再吃饭休息，这会儿先忍忍。还两小时就到。"

伊尼戈发出呻吟，金长吁短叹。苏珊娜咕哝了句"我就知道"，打开车载收音机，广播里传出播音员严肃的报道声。

B警署今日就发生于MD州的运钞车抢劫案召开新闻发布会，披露有人在K州目击疑似犯罪团伙所乘旅行车——

"早就过了。"伊尼戈嗤笑道。

金默默伸出手。

"怎么啦，阿金？"

"弹匣。西奥多里克嘱咐过你吧，安顿下来就交给我保管。"

金向来扮演团队二把手的角色。"哎呀哎呀。"伊尼戈嘟囔着从包里拿出枪，取下弹匣扔到金手里，"给，弹药管理员。"

埃尔默听着大家的对话，垂下双眼。

膝上与脚边放着鼓鼓囊囊的旅行包，里面装满钞票，全部加起来不下百万美元。

一九八四年二月九日，二十一点十分。17号州际高速公路。

距离埃尔默一行五人袭击运钞车，射杀两名驾驶员兼押运员，抢劫车厢内全部现金已经过了约三十九小时。

※

正如西奥多里克所说，抵达市区是在二十三点左右。

“嚯。”苏珊娜饶有兴味地眺望着车窗外的夜景，“还以为沙漠中央的城市会很荒凉，没想到P市还挺大。氛围有点像南方。”

“A州首府名不虚传啊。比想象的繁华十倍。”伊尼戈也赞叹道。

树皮凹凸不平的棕榈树，仙人掌，土黄色墙壁的建筑。暗夜之中，路灯与车灯映照出的街景，与他们方才经过的任何一个城市都迥然不同。

“别光顾着稀奇。”西奥多里克命令大家，“之后再观光也不晚……快到歇脚的地方了。开进车库前都尽可能把包藏好。”

说是这么说，这辆轿车终究不比旅行车，实在狭小。眼下伊尼戈就把人挤得不行。埃尔默用双臂盖住了膝盖上的包。

“歇脚的地方”是郊外角落里的一栋宅邸。

从小公园再过两个街区，便是一处独栋住宅，地皮很大，跟邻家有些距离。夜幕下浮现出二层建筑的轮廓，大得惊人，何止能歇脚，称之为豪宅都不过分。

“确定是这儿吗，西奥多里克？”

就连素来沉着冷静的金也未能掩饰惊讶。

“放心吧。”西奥多里克从兜里掏出钥匙，“我找了值得信赖的地下掮客。租住手续都办完了。不会露马脚的……先不说这些了，赶快进去要紧。苏珊娜，去把车库打开。”

西奥多里克将钥匙扔向副驾驶座。“真会使唤人。”牢骚归牢骚，苏珊娜还是愉快地扬起嘴角。

他们把车停到车库里，放下卷帘门，拆掉了假牌照。

一行人各自扛着装有钞票的包，穿过车库深处的门，沿着走廊前进。打头的西奥多里克推开尽头处的门在墙上摸索，不一会儿灯就亮了。

是天井式客厅。

两张能坐三人的大沙发隔着矮桌相对，仰头一看，高高的天花板上垂着枝形吊灯。

货真价实的豪宅。

地板和墙壁略显陈旧，但不见一点污痕、一丝尘埃，可能有保洁人员打扫过。

进门右侧是玄关，左侧墙边的楼梯通往二楼。屋里全无电视、陈列架这类物品，由于没安置大件家具，给人感觉格外宽敞。

窗户上装有遮光窗帘，玄关门是磨砂玻璃的，颇显厚重。确认门锁好后，西奥多里克拉下门闩。

“真是开眼了。”伊尼戈把装有战利品的包往地上一扔，瘫坐到沙发上，“稍微做些装潢，都能媲美度假酒店了。西奥多里克，你从哪儿找到这房子的？租金肯定不便宜吧。”

“选址由掮客一手包揽。钱的事不用操心，对于现在的我们只是小数目。”

“确实。”

金咕哝着将旅行包放到伊尼戈的包旁边。苏珊娜把包抛到同一处，跳进空着的那张沙发。

埃尔默也卸下肩上的行李，关上走廊这边的门。就种种意义来说，这都是太过沉重的包袱。明明卸下了重荷，却摆脱不掉背负着墓碑般的感觉。

——倒在小巷里的押运员。弥漫开来的血泊。

——短促低沉的叫骂声。隔着手套传来的硬铝箱的冰冷触感。

——往旅行包里扔钞票时颤抖的双手……

埃尔默摇摇头，驱散昨日的景象。

“开庆功宴——是有点晚了啊。”伊尼戈看了眼手表，“不对，是太‘早’了。最终阶段还没结束，是吧。”

“暂时不聊那么严肃的话题了。”西奥多里克嘴角难得浮现一丝笑意，“食物应该已经送到厨房了。也有酒。为我们的前途干杯吧。”

片刻的沉默后，众人不约而同地发出欢呼。

所谓食物，净是些便于保存的罐头和干面包，以及充作甜品的袋装点心等，与豪宅不大相称。

不过这两天来，他们都只能在车上匆匆往嘴里送快餐，付款时还得绷紧神经注意别被店员记住脸。现在好歹能把食物装个盘——厨房里还备有餐具——大家围坐桌旁一起吃，感觉很久没这么放松过了。

伊尼戈、金和苏珊娜面前是盛有红酒的玻璃杯。西奥多里克拿出香烟和打火机，边吞云吐雾边喝兑水威士忌。埃尔默酒精不耐受，便以罐装汽水代酒。

“话说这房子真够大的。西奥多里克，原房主是个什么人？”

“不太清楚。只听说是某个富豪破产后把这儿卖掉了。”

“引人遐想啊。该不会是举家上吊了吧？”

“喂喂，金，别说这么不吉利的话。埃尔默会害怕的。”

“啊，没事，我还好——”

欢声笑语的时光转瞬即逝。

埃尔默垂眼看向手表。快到午夜零点了。倒是没醉，但眼皮重得抬不起来。除西奥多里克以外的另三人话也变少了。

“就喝到这儿吧。”西奥多里克起身说，“过后再收拾就行。各位，今晚好好休息。明早我会讲日后的打算。”

“知道了。”

伊尼戈不耐烦地站了起来。埃尔默、苏珊娜和金也跟随其后。

“那个……有没有换洗衣物？还有化妆水、粉底、爽身粉之类的。我想洗个澡。”

说起来，抢劫完运钞车后，上下外衣都换过了，可内衣还是原来那身。

“居然还要化妆品，我说苏珊娜，你啊——”

“你有意见？”苏珊娜以目光堵住伊尼戈的惊呼，“不是好不好看的问题。稍微上个妆，容貌给人的印象就会大幅改变。化妆品对现在的我们而言是必需品。还是说，你刚才是要讲‘都一大把年纪了’这种混账话？要论年龄，你们也都是跟我同岁的大叔。再敢胡说八道我就在你眉心开个洞。”

也不知是累了还是醉了，苏珊娜嗓音低沉，听着不像开玩笑。

“厨房角落里有未开封的纸箱。”西奥多里克接过话头，“苏珊娜，你提到的东西也基本都有。随便用。”

“真的？不愧是老大，比某个轻浮的家伙强多了。”

“做事真周全。”

这回金不是在讥讽，而是由衷赞叹。

众人依次按喜好挑选房间。

西奥多里克自然而然地走在最前面，苏珊娜和金跟着他穿过通往走廊的门。伊尼戈踏上楼梯。虽然跟他们四人相识已有几十年之久，但一到这种时候，埃尔默总是被剩下的那个。

好在房间的数量绰绰有余。

埃尔默从厨房的纸箱里酌量拿了些换洗衣物和毛巾，上到二楼，只见走廊两侧房门一字排开，着实堪比酒店。

伊尼戈似乎选了尽头角落里朝南的房间。埃尔默决定住进离楼梯最近的屋子。

屋里空荡荡的。

进门右侧墙边摆着一张床，里面朝街的窗户装有遮光窗帘。几乎没有其他家什。倒也在意料之中……光是枕头、被褥齐全就值得庆幸了。

床对面，左侧墙边，带把手的门和推拉门并排而立。像是浴室和衣柜。打开近前这扇门，映入眼帘的是光亮洁净的洗脸池、马桶和浴缸。埃尔默拧开洗脸池上的水龙头，透明的水流淌出来。

能用自来水。若抛开自身处境来评价，在这样的地方只住一晚甚是可惜。

……真是只住一晚吗？

厨房里放的食物和换洗衣物很多，远超藏身一晚所需的数量。物品或许是打算之后装进车里，水电对于单纯过夜就稍显多余了。要想确保安全，不是该逃得越远越好吗？虽说苏珊娜估计会抱怨。

算了，这是西奥多里克的决定，事到如今再埋怨也是徒劳。况且，得知住处搞定了，埃尔默自己也暗暗放下了心，这是事实。

尽管如此——揪心的不安仍挥之不去。

正如计划的那样得到一大笔钱，却也成了被追缉的目标。应该没留下会暴露身份的证据……警察实际追得有多紧，只能通过收音机广播和警车动向来推测。他们从 MD 州起程，途经 K 州——如伊尼戈所说“早就过了”——抵达 A 州，而警方想必也在持续搜查。真有闲工夫停留一宿吗？

逃到哪里才是个头？这场逃亡究竟有没有终点？

成功抢劫之后的计划，埃尔默只知道个大概。西奥多里克只说“最终要离开 U 国”，具体手段还在他脑子里。就连他在 P 市找了这么个藏身处，埃尔默都是刚刚才得知。

此行将去往何处？

埃尔默摇了摇头。

计划得以实施，他们亲手扣动了扳机。已然没有回头路。在确保安全之前，唯有不停奔走。

埃尔默把上衣和全套换洗衣物扔进衣柜，然后坐到床边，从后裤兜里掏出铅笔和小便笺本。

尽管西奥多里克百般叮嘱他们别留下字条，可要问能否牢牢记住被告知的全部计划，在需要时立即回想起来，滴水不漏地实施，埃尔默实在没这个自信。商讨计划时，他趁大家不注

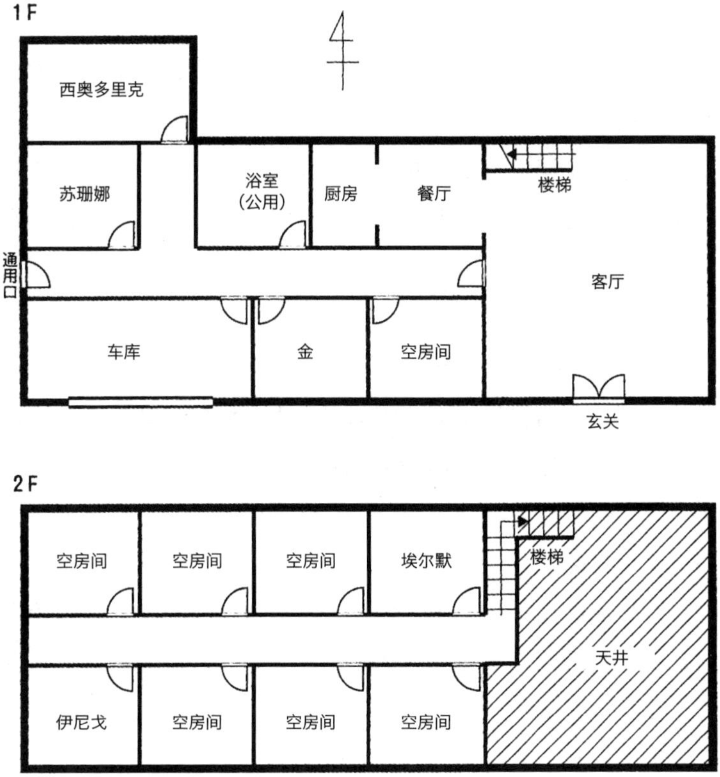
1F
西奥多里克
苏珊娜
浴室
（公用）
厨房
餐厅
楼梯
通用口
客厅
车库
金
空房间
玄关
2F
空房间
空房间
空房间
埃尔默
楼梯
天井
伊尼戈
空房间
空房间
空房间

图 1

意，把西奥多里克讲的内容偷偷用笔记下来了。谁知此刻重读，连自己都不得要领。

埃尔默手握铅笔继续往下写。

换乘。到达 P 市。豪宅。明天 T 会讲下一步打算……

比起备忘，倒更像是日记。再擦掉也麻烦，他把便笺本塞回了后裤兜。

他想洗个澡冲冲身上的汗，架不住困意更浓。P 市在二月的夜晚也很暖和。埃尔默盖起毛毯，闭上眼睛。

※

——慢了二十秒。磨蹭什么呢，赶紧的。

耳畔传来西奥多里克急促的呵斥声。埃尔默戴着手套的双手颤抖着，抓起硬铝箱中的钞票装进包里。

硬铝箱本身就是犯罪证据，自然不能带在身边，多余的东西只能丢在现场。

事先演练过好几次了，然而一旦动真格，非同一般的紧张与恐惧、视野角落的可怖尸体，以及硝烟味和血腥味，足以令埃尔默全身瑟缩。

迟了三十秒总算装完。昏暗的小巷里无人目击。埃尔默扛起塞满钞票的包跑向旅行车——

突然，有人抓住了他的肩膀。

本已死去的押运员不知何时站了起来，眉心滴着血，失去光彩的眼球转向埃尔默。

还来不及尖叫，颈部便传来强烈的压迫感。

埃尔默痛苦地睁大了眼睛。视野转为一片漆黑。他想甩开押运员的胳膊，双手徒然在空中挥舞。

当然……这是梦。死人不会再爬起来，更不会掐人脖子。

埃尔默孤立无援，意识坠入黑暗……

※

睡醒之际，有朦胧的天光透过遮光窗帘的缝隙照进屋里。

是陌生的房间……埃尔默花了几十秒，才想起自己正藏身于P市的宅邸。

头好沉。嗓子疼。好难受。是因为做了那种梦吗？他痛恨自己精神太脆弱，摆脱不掉罪恶感。

总之先洗个澡。他强撑着下床，从衣柜里拿出换洗衣物和毛巾，走向一体化浴室。拧开水龙头，不一会儿，浴缸里冒出热气。看来热水供应系统也在照常运行。

没有沐浴露和洗发水，相应地，昨晚每人领到一块香皂代用。他并不奢求更多。要知足，能泡在热水里就不错了。

大致冲了冲汗后，埃尔默擦拭着身体看向镜子——饶是再怎么粗心，也终于注意到了那个。

他发出悲鸣。那是如同青蛙被碾死时的哀嚎般短促而凄惨的叫声。

什么东西……这是什么啊？

埃尔默慌忙穿上贴身衣物，夺门而出，迎面撞见有人搭话：“埃尔默——你怎么了？”

是西奥多里克。许是错觉，他的脸色看起来不太好，但埃尔默顾不上关心这些了。

“怎么办……你快看这个。什么情况……为什么这种东西会——”

“冷静点。”

西奥多里克用低沉的声音打断了他，继而盯着留下那个的部位看了少顷，深感无可救药般叹了口气。

“埃尔默，你睡觉之前锁门了吗？”

啊——

“好像……忘了。”

“那就是有人恶作剧。你呼呼大睡时，有人悄悄溜进来弄出了这个。”

埃尔默全身脱力。也太恶俗了吧。自己居然会以为是某种诅咒，真丢人。

“可你说的‘人’到底是……”

“打住吧。别过分计较这种孩子气的恶作剧，无视才是最有效的反击——也没时间追究是谁干的了。”

咦？

“换好衣服就来客厅。不要打开遮光窗帘。屋里的灯也关掉。出大麻烦了。”

埃尔默穿上裤子、套上高领毛衣来到楼下，西奥多里克、金、伊尼戈和苏珊娜已经等在客厅。

所有人的表情都沉重而僵硬，只是程度有所不同。“庆功宴”上快活的氛围已无影无踪。

天亮了，遮光窗帘却还拉着。刚才西奥多里克也嘱咐他不要打开遮光窗帘——

大家都一言不发，唯有夹着杂音的声响摇撼着客厅的空气。

桌上未收的餐盘间放着个深灰色小型收音机，八成是西奥多里克准备的。

“西奥多里克，出什么——”

尚未问完，便听女播音员的声音响起。

……下面为您播报路况。受早上八点开始的路检影响，P市市郊各道路发生交通堵塞……

路检？！

心脏几乎冻结。为什么……为什么偏偏在这种时候？

埃尔默惊愕不已。与此同时，播音员继续以淡然流畅的口吻做出无情的宣告。

……P警署表示当前阶段会持续路检，路况恢复或需较长时间。去往市郊的居民请打好提前量。

此外，本市警方正在巡逻。请注意安全驾驶……

巡逻——

“不光是警察。”

伊尼戈的语气失去了起伏，昨晚尚在的开朗全无踪迹。他朝遮光窗帘的方向抬抬下巴。“看看外面吧……从缝隙往外看，千万别打开窗帘。”

埃尔默跑到窗边，将一只眼睛轻轻贴近窗帘缝隙。

有水母船在天空中翱翔。

离这宅子多少公里？勉强能看清标在气囊上的“AIR FORCE”字样，可见距离不远。

他踉跄着离开窗户。怎会如此——竟然连空军都出动了。

"看样子市郊周边在戒严。"向来冷静的金也难得流露出一丝紧张，"遇上这样的围追堵截，我们就算穿过荒野也逃不掉了。"

"为什么啊！"埃尔默忍不住大吼，"明明昨天还——直到半夜都还没出任何状况！"

暴露了。警方和军方发觉他们潜入了P市。只能这么想。

"谁知道呢。"苏珊娜吐出一句，"埃尔默，是不是你捅娄子了，弃车的时候？"

"干吗怪我——"

没出错……应该没有。

为防止被干线公路上的人看见，在荒野上行驶时他都没开车灯，好几次差点撞上灌木而冷汗直流。假牌照也拿走了。他穿着深色衣服，隐没在荒野的黑暗中，险遭其他人丢下。当时他近乎绝望，还以为其他人真的抛弃了他，这会儿又挨一通指责，算怎么回事？

"冷静点。"西奥多里克语气保持着平静，表情却不免阴沉下来，"如果是弃车时暴露了行踪，早在昨晚，高速公路上就该设警戒线了。但刚才广播里说路检是在一小时之前，早上八点才开始的。即便那玩意儿被发现了，最迟也是在今早六七点钟。我们躲在P市一事已彻底败露的概率微乎其微。从警方的角度来看，我们昨晚途经这里逃往别处的可能性也无法排除。"

这么一说还真是。就连埃尔默他们，也是直到前一刻才得知要在P市休息。

况且，哪怕从弃车的地方出发，埃尔默一行人的可去之处也不止一个。西奥多里克选了个难以锁定逃跑方向的地方作为弃车地点，警方不太可能即刻断定他们是去P市了。

话虽如此——

“那这状况怎么解释？”苏珊娜一脸完全没信服的表情。

“冷静点。”西奥多里克重复了一遍，又接着说，“主要有三种可能：弃车地点前方所有城市都设置了路检和巡逻；警方赌了一把，仅凭臆测集中搜查P市；或者——有跟我们毫不相干的其他恶性案件发生。”

一阵沉默。

西奥多里克轮流看向埃尔默等人，继续道：“如果是前两种情况，小心躲好就不会有闪失。警方一旦认定扑空了，不久便会解除戒严。麻烦的是第三种情况。老实说，我也判断不出形势会怎样发展。”

“‘其他恶性案件’……我们单纯是受了牵连，是吗？”金平静地发问。

伊尼戈也表示怀疑：“其他恶性案件？广播里提到的最大的案子，也就是在停车场发现了女人的尸体，设路检也就罢了，至于惊动军方？”

“也许详情还没对媒体和普通市民公布。这只是可能性之一。无论如何，既然已经发展成这种状况，我们能做的就只有在警方收手前避避风头。严禁外出。别从窗户露出脸来。幸好这栋宅子离邻家比较远。昨晚的汽车引擎声和窗户里的灯光可能被人注意到了，但只要不让他们发现‘有不止一个人藏在这里’就没事。食物也够吃好几天。”

“西奥多里克。”埃尔默慢慢举起手，“问个问题，你原本计划在P市逗留一段时间吗？虽说现在再问也没什么意义了……”

“是的。通过非正规渠道出境照样需要办些手续。蛇头不会事事都依我们的时间安排。准备妥当前要躲也得选对地方，在离国境太近的城市，警戒反而可能更严。我本来打算今天之内从这栋宅子联系蛇头，可是……这下只能重新制订计划了。我去跟蛇头交涉，在此期间，你们几个待在这儿别出门。早饭从厨房的存货里随便拿点。千万别轻举妄动。警察找上门的话就喊我。还有，埃尔默。”

冷不防被点名，埃尔默不由得挺直了背：“怎……怎么了？”

“车子右前轮胎好像漏气了，去检查一下重新充上气……不引发骚动自然最好，但准备要做足，以便随时都能脱身。”

※

做完一番指示，西奥多里克只匆匆吃掉一个罐头，就回到了自己的房间。

他选的房间是原房主的办公室兼卧室，电话线路可正常使用。埃尔默本来还纳闷他要怎么跟蛇头取得联系，看来是安排好了通信事宜。也可以说是特意挑了能与外界联络的房子作为藏身处。

上午九点出头，客厅里空气凝滞。

西奥多里克命令大家“待在这儿别出门”“千万别轻举妄动”，纯属多此一举，他们压根想不到什么能破局的计策，唯有祈祷警察和空军布下的戒严态势尽早解除。

不仅埃尔默，另外三人的心理状态也明显异乎寻常。伊尼戈、金和苏珊娜都精疲力竭地瘫在沙发上，慢吞吞地把早饭罐头往嘴里送，可见在西奥多里克面前只是在硬撑。

“那个……大家没事吧？”埃尔默问。

“糟糕透顶。”苏珊娜用手掌按住额头，“宿醉得厉害……简直不能更糟糕了。”

“我也差不多。感觉要胃穿孔了。”伊尼戈一改平时的说话风格，“西奥多里克那家伙居然能这么淡定。”

当真如此吗？

此刻再回想，起床后遇上西奥多里克时，他的脸色看上去有些苍白。沉稳如他，也没能彻底掩饰住动摇吗？

金甚至没答话，头靠在沙发背上仰望着天花板。

“唔——”

埃尔默含糊地打了声招呼。金只动动眼球，瞪了他一眼。

“还磨蹭什么呢？”

“欸？”

“西奥多里克不是吩咐你去车库检查车子吗？事不宜迟。”

好似在嘲讽“你还挺精神嘛”。

精神个鬼，我也头疼脖子疼呢——然而现状不容他还嘴。埃尔默转身向车库走去，另三人的视线犹如芒刺在背。

正如西奥多里克所说，汽车右前轮胎瘪了。

昨晚开进车库时应该没什么异常……是轧到钉子了吗？从前面看，找不出漏气的地方。

埃尔默环顾车库。角落里放着煤油桶，没有汽车充气泵，也不见有修复剂之类的东西。

只能换备胎了。他绕到车子后边——霎时僵住。

后备厢稍微开着一点。

昨天拿完包忘记关上了吗？不对，谁都没开过后备厢。换乘那会儿大家连开关后备厢都嫌费时，直接抱着包坐进车里了。

然而现在后备厢开着。

埃尔默倒吸一口气，战战兢兢地打开后备厢。

里面空空如也，只铺着层垫子。

仿佛打开了潘多拉魔盒般的不祥预感袭来……后备厢为什么开着？谁打开的？里面原本装着什么？

他摇了摇头。

都是胡思乱想。多半是西奥多里克发现汽车爆胎了，想找修理工具，才打开了后备厢吧。关上的时候没锁好而已。肯定是这样。

还是尽快换轮胎要紧。

埃尔默在汽车修理厂工作过，换轮胎是小菜一碟。

戴上手套比较好。他离开车库上到二楼，从上衣兜里掏出手套。

是抢劫时用过的东西。埃尔默拼命将昨晚的噩梦从脑中赶走。

回到车库后，他掀起后备厢里的垫子。下面装有备胎、扳手和菱形千斤顶。

他拿出千斤顶，不禁“咦”了一声。

没有手柄。

菱形千斤顶的结构是在支撑臂中心水平嵌入螺旋丝杆，转动手柄即可调节支撑臂的高度。理论上来讲，只要能转动螺旋丝杆就行，但若不靠手柄直接转，所需的力气要大得多。

——饶了我吧，真是的。

要不叫其他人来帮忙抬起车身？可是，看他们在客厅表现出的态度，恐怕谁都不愿意帮忙。

埃尔默在车库四处寻找。储物架角落里搁着把短螺丝刀。他把千斤顶放到车身下面，将螺丝刀穿过螺旋丝杆末端的圆环，开始施力。吃劲得很。花了一个多小时，才把车身抬升到合适的高度。

他驱使着颤抖的胳膊，用扳手卸下右前轮胎。

扎着钉子的话就拔下来。补上洞没准还能用。

不承想，没找到钉子。

轮胎的接地面只有一道锋利的裂口。

埃尔默再难镇定，感到一阵恶寒。

这什么情况？

既不是自己裂开的，也不是橡胶老化导致出现裂缝。这锋利的裂口明显是用刀具划出来的。

昨晚下车前应该没有异常。轮胎上要是裂开这么道口子，眨眼间空气就会漏光，开车入库或是下车的时候肯定会有人注意到。

莫非在大家离开车库之后，西奥多里克发现之前，不明人物用刀具划破轮胎，又拿走了千斤顶的手柄？

太荒唐了。谁会干这种事，图什么？

车库的卷帘门关着，还从里面上了锁。

他硬着头皮将视线转向后备厢。

假设有人划开了轮胎，那家伙是从哪儿来的，怎么潜入的这栋宅邸——现在在何处？

※

费了半天劲总算换完备胎，回到客厅时已近正午。

唯有活计顺利完成，那股阴森的寒意却久久挥之不去。

“真够慢的——喂喂，你怎么了？吃坏肚子啦？”

伊尼戈的俏皮话也一点都不好笑。埃尔默摇头答了句“没事，没什么”，悄悄抿紧了嘴唇。

怎么办？

轮胎可能是被人为损坏的，后备厢开着——该不该把这件事告诉大家？

不行。现在不能节外生枝。大家都在屏息躲藏，在这种节骨眼上追究是谁干的，万一引发内讧就完了。再说，弄不好自己也会背上嫌疑。

“西奥多里克呢？”

“回房间后就一直窝在里面没再出来。”苏珊娜望向走廊深处，“好像打了会儿电话，可从这边也听不见所谓‘交涉’的内容……他总不会是翻窗逃走了吧？”

“谁知道呢。”金瞥了眼在墙角排成一排的旅行包，“好不容易到手的战果，他不太可能眼睁睁放弃。快到午饭时间了，再等会儿吧。哦，对了，埃尔默，能帮忙从厨房拿点罐头吗？”

直至过了正午，西奥多里克仍未从房间里出来。

警察倒是没找上门，然而远处不时传来似是警车鸣笛的声响，折磨着埃尔默的神经。

“要不去叫他一声吧？”

“是啊，实在等太久了。”

伊尼戈起身走向西奥多里克的房间，金和苏珊娜紧随其后。埃尔默也跟了上去。

“西奥，快出来，都晌午了。”

伊尼戈粗暴地敲着门。没有回应。可怕的沉默在众人间流淌。

“喂，别闹了，差不多也该——”伊尼戈突然停下敲门的动作，“……西奥多里克？”

“搞什么嘛……别装听不见啊。”苏珊娜握住门把手，声音里透着紧张，“我要开门了，可以吧？”

不等对方回答，她便将门一把推开。

西奥多里克表情痛苦地躺在床上，颈部前侧鲜血淋漓。

两侧嘴角如痉挛般上翘，眉心满是皱纹，双眼紧闭。

颈部左侧像被剜掉了一块似的裂开个大口子，皮肤下的肉裸露出来。暗红色飞沫溅到床的周围，弄脏了木质地板。

床左边的桌子底下有一把刀，刀尖附着有暗红色物质。

“啊！！”苏珊娜瘫坐在地。

“西奥——”金发出呻吟。

“骗人的吧……喂。”伊尼戈浑身僵硬。

埃尔默甚至发不出声音。

怎么会……竟然……

他一阵反胃，连忙弯腰捂住嘴。就在这时，不知何人的呢喃滑入他耳中。

“‘吸血狗’——”

幕间（Ⅰ）

山林中发现女尸　死者丈夫被捕

十三日下午，一名女性被发现倒在 × × 市山林中的沼泽，警察赶到后，当场确认其已死亡。

鉴定结果显示，死者为该市居民，年龄在四十岁至五十岁之间。死者颈部有明显勒痕，警方据此断定这是一起杀人案，以涉嫌谋杀逮捕了死者的丈夫。据悉，嫌疑人已承认罪行。

关于杀人动机，嫌疑人做出如下供述："我几年前从 A 州搬到这里，但始终融入不了当地生活，越来越烦躁。在山路上开车时，我跟妻子发生争吵，一气之下杀死了她。"

嫌疑人还称"匆忙把尸体丢在了山里"，但其供述的弃尸地点与发现尸体的地点有出入，警方正就其详细作案情况展开进一步调查……

（一九八四年一月十四日，K 州 × × 报讯）

第 2 章　吸血狗——外侧（Ⅰ）

1984 年 2 月 10 日 08:30 ~

“驳回。”

事务员冰冷地宣告。

“为什么啊？！”玛利亚·索尔兹伯里探过身子，“为什么不行？直到去年都还可以的。”

“我不清楚之前的工作人员是如何应对的，总之，进行非常规的会计处理需要书面申请，请填写好必要信息后提交申请书。当然，申请能不能通过就不好说了。”

“真不懂变通。珍妮弗就没这么死板，每次都帮我弄。”

“我可没接手这类事务。不交申请书会妨碍正常业务，请回吧。”

“不就是预支工资嘛，有什么大不了的！”

也不想想是托谁的福才能在这儿工作的——话到嘴边又咽了回去。给面前的事务员介绍工作的并不是她，况且她也自知说这种话不合适。

就在此时——

“玛利亚，你果然在这儿。”

下属九条涟推门走了进来。事务员冷淡的语调一下子变热情了。

“九条先生，早上好。请问有什么事？”

“叫我涟就行。能借用玛利亚一会儿吗？”

“好的，好的，请随意——好了，索尔兹伯里警监，今天就请回吧。”

“你真是够了，芭芭拉！”

一九八四年二月十日，A 州 F 警署。玛利亚正陷入意想不到的生存危机。

※

“真是的……怎么办哪。”

玛利亚坐进便衣警车的副驾驶座，目光落向手边的钱包。哪怕把它盯出个洞，里面的钱也不会多出一分一毫。“连工资都弄不到手，这工作真是干不下去了。涟，你说是不是？”

“专业的员工无须预支工资也能维持生计。你现在需要的不是好说话的事务员，而是合理规划支出，减少浪费。先从记账开始如何？这样你就能意识到自己在酒上的花销有多惊人了。”

涟的回答比刚才那个事务员还刻薄冷淡。“烦不烦。”玛利亚瞪了驾驶座上的涟一眼，后者不为所动。

典型的 J 国人肤色，黑发打理得整整齐齐，镜片后的双眼笔直看向前方，依然是那副知性的容貌，比起刑警，涟更像能干的律师。

“为什么偏偏把芭芭拉招进咱们警署啊？”玛利亚叹了口气，“U 国在招人的地方明明要多少有多少。”

“因为我最先想到的就是咱们警署的事务岗缺人。你不是也没反对吗？”

被戳到痛处了。

——NY 州的桑福德大厦上个月发生重大案件，导致不少人丢了饭碗。

若是在其他地区设有分公司的企业，倒是可以将这些人调到其他地方任职，但也没法立刻给所有受到影响的人准备好岗位。总公司设在大厦内的企业更是遭殃，人事职能直接瘫痪，许多人实质上与遭解雇无异。

芭芭拉·乔伊斯也是其中一员。恰在同一时期，F 警署的事务员辞职去结婚了，在涟的安排下，芭芭拉作为临时工进入 F 警署，补上了这个空缺。要说帮助流落街头的人亦是警察的职责，也未尝没有道理……可万万没想到，在他们搜查桑福德大厦时下逐客令的前台小姐，会以这样的形式再度出现在面前。

看她那态度，以后也不用指望预支工资了。前途暗淡得让人想哭。

“先不说她了。”涟接着说，“真到捉襟见肘的时候请找我商量。预防银行抢劫案也是警察的职责。”

“涟，我在你眼里到底是个什么形象啊？”

想想迫在眉睫的工作，就感觉这玩笑相当不合时宜。

要追踪的旅行车被丢弃在了距东西向干线公路极远的北部荒野。

“MD 州，车牌号是 VD × × × × ×——”涟对着车尾的牌照念道，“车型也与目击情报基本吻合，很有可能就是前天劫匪作案时用的那辆车。”

“千里迢迢逃来 A 州了啊。”玛利亚透过车窗看向驾驶座，油表显示快没油了，“难不成是把车扔在荒无人烟的地方——然后徒步逃到了北边？”

“那属于自杀行为。”涟用一句话就驳了回去，“他们抢走了大量现金，一个包根本装不下，也搬不动。就算每人拿一点，扛着那么沉的行李走到北部州境也不现实。”

放眼望去，满是沙土的大地在尽头与天空相接。看不到脚印，可能是让风给吹没了。只依稀残留有一道车辙，从旅行车旁边延伸向约两公里外的干线公路。

两天前，MD 州发生运钞车抢劫案，直到今天，U 国上下各新闻节目仍在大肆报道。以 F 警署为首，干线公路周边的警署刚刚收到了协助调查的请求。

接到报警称荒野上有疑似汽车的物体，是在大约半小时前，今早八点半稍过，当时玛利亚正为了预支工资的事跟芭芭拉争执不休。看来旅行车是昨天夜间被丢弃的，天亮之前一直无人察觉。

劫匪丢弃旅行车后，应该又回到了干线公路上。是搭了便车？不对。

“涟，有没有人报警说在这附近被可疑人物持枪威胁，或者车被偷了之类的？”

“完全没有。”

下属的回答言简意赅。由此可见——

“这辆旅行车是诱饵。真正的换乘地点八成在别的地方。”

劫匪丢弃旅行车后返回干线公路，由其他人——恐怕是抢劫案的同伙接走。按说同伙也开了辆车，那这辆车又是从哪儿冒出来的？

“通知其他搜查员，在干线公路沿线进行彻底查访，问清从昨晚到今早那辆旅行车有没有在哪里停留过，是否有其他可疑车辆从同一地点开出来。”

过了几十分钟，玛利亚的推测得到旁证。即将从荒野撤离之际，涟先一步走向便衣警车，随即又折返，转述了无线电联络的内容。

“昨晚二十点出头，在距此向东约五十公里处的加油站，有人目击与遭弃车辆相似的旅行车。几乎与此同时，一辆 T 社生产的厢式轿车从该加油站开走……综合多名工作人员的目击情报，停车时长为几个小时。至于司机的长相、有没有人上下车，都不清楚。”

果然。

通过非法渠道在指定地点安排好另一辆车，看准时机便离开旅行车换乘。劫匪中的某人将旅行车丢弃到荒野，再走回公路上，由同伙来接……整个逃跑过程都用同一辆车的风险太大，换乘是明智之举。能在大城市一举成功抢劫运钞车，也说明劫匪的计划相当周全。

“轿车的车牌号是多少？”

“有一名工作人员记得，但搜查员联系运输部后得知该车牌号不存在。”

是假牌照啊。看样子劫匪不肯轻易露出狐狸尾巴。话说回来——

“一停好几个小时，也真亏他们没吃违停罚单。”

“近来加油站也会兼作水母船的休息点。会有想参观水母船的人去占地方，要不就是水母船所有者的亲朋好友上船前把车停在那儿，长时间停车如今并不少见。”

一年前好像也听说过类似的事……水母船案都过去这么久了吗？

打住，以后再怀旧也不迟。U 国太大了。关于劫匪的交通工具和逃跑路线——从东海岸的 MD 州经由哪个州逃向了哪里——直到今早几乎没收到过像样的情报，只知道有人在 K 州目击旅行车，以及车型。早在昨晚，尚未设置好路检之时，劫匪就换了辆车，还精心准备了假牌照，可见他们极有可能已经不慌不忙地穿过 F 市到达别处。

“只能追踪劫匪换乘的那辆车了。搭载了好几个成年人的轿车，应该很容易锁定范围。”

“调集人手去查访了。联系干线公路沿线警署的任务也已安排完毕，以西边和南边的警署为主。”

能干的下属办事雷厉风行。

F 市位于主要干线公路的交汇处。（图 2）往北也有路，但既然把旅行车丢在了干线公路北边，还往同一方向逃显然是下策。劫匪是从东海岸过来的，那他们的去处就只剩西边和南边了，十有八九——

“是 P 市吧。”

F 市往南便是 P 市，A 州首府，U 国首屈一指的大城市，非常适合藏身。再往南就到 U 国与 M 国的国境了。

劫匪昨晚二十点出头经过东边的加油站，去 P 市的话，大概会在二十三点到达。也不排除他们曾中途歇脚的可能性。

不过现阶段还只是猜测而已。说不定他们去了西部邻州 N 州，抑或反其道而行之向北逃亡——没有足够的依据否定这一点——甚至还可能更加剑走偏锋，折回东部。

然而要去西边的大城市 L 市，从 F 市出发，开车得花四小时。北边是山区。折回东部也只会增加多余的目击情报，无异于自投罗网。从劫匪经过 F 市近邻的时间段来看，去 P 市是最现实的选择。

图 2

“之后就靠多米尼克啦。很可惜，我们能做的只有查访取证。”

玛利亚叹息着说出相熟的P警署刑警的名字。

“你在优哉个什么？”涟冷冷地回道，“居然让劫匪跑了，我们警察的失职非同小可。还有，你当然也要参与到‘查访取证’中。难道你打算把所有活儿都推给我？”

“怎……怎么会！”

后背冷汗直流。要是偷懒败露又被扣工资，就真得四处借钱维持生计了。

“不过，”下属喃喃自语，“也没准巴罗兹刑警会向我们请求支援，就像去年的蓝玫瑰案那次一样。”

“别开这么不吉利的玩笑。”

那次他们只是去协助查访，最后却发展成悲惨的谋杀。她可不想再碰上同样的事了。

涟一语成谶。

“去P市？现在？！”

“嗯。”听筒里传来多米尼克·巴罗兹刑警异常沉重的声音，“电话里说不清楚，你们过来我再解释。请你们帮帮忙。”

上午十点半稍过，F警署办公室。

勘查过弃车现场并完成查访之后，玛利亚和涟暂时返回警署，将情报分享给其他搜查员。

查访以扑空居多，但并非一无所获，他们在干线公路南部沿线的一家加油站问出了重要目击情报。

昨晚二十一点十分左右，到外面休息的工作人员看见了疑似劫匪所乘的轿车。换乘是在二十点出头，由此推算，时间大致吻合。

该工作人员做证称，在轿车开过的瞬间，能看见后座上有三个人影。

很难想象劫匪会放着副驾驶座不坐，三个人挤到后排。算上驾驶座上的司机，应有共计五名劫匪乘坐在一辆中型轿车里。

从西边则没能收集到任何有效证词。基本可以确定劫匪逃向了P市。

就在他们确定了以南边为中心详细查访的方针，正准备一步一个脚印地去做这项麻烦工作的时候，多米尼克来电请求支援。

“什么情况？搜捕逃犯需要人手，这我明白，可为什么特意指定我们？”

多米尼克并非单纯向F警署借调“人员”，而是要求派遣“索尔兹伯里警监和九条涟刑警”。

说是已经跟署长打过招呼，征得了同意……署长那个蠢货是把他们当成勤杂工了吗？

“详情之后再解释。”多米尼克还是一样的回答，“这次要借的不只你俩，我向离得近的其他警署也提出了请求。坦率地说，事态刻不容缓。能拜托你们吗？”

F市到P市车程要两小时，实在称不上“离得近”。即使如此，仍指定玛利亚和涟帮忙，说明不只是搜捕劫匪那么简单。多米尼克急切的语气暗示着，他正面临某种在警察内部都不便公开谈论的棘手情形。

玛利亚叹息一声。蓝玫瑰案那次，他们没被告知详情就应要求去协助多米尼克了，看来这次也是差不多的状况。只有一个选择。

“明白了。到你那边得下午一点左右了，没问题吧。另外，等事情解决后请我喝三杯。”

“感激涕零。”多米尼克的苦笑在听筒里响起。

刚从F警署大楼出来，就听见一个兴奋的声音：“玛利亚小姐，涟先生！”

穿着围裙的年轻女性从外面的人行道跑了过来。她头戴印有logo的帽子，帽下露出深棕色短发。

“埃玛，怎么了？抱歉，我们在赶时间——”

“我知道。”

埃玛·格拉普腾举起双手。她左右手各拎着一个纸袋，上面印着跟帽子上一样的logo。那是她现在的东家——警署附近的移动热狗店的标志。

“听说你们要出远门。拿上吧，刚出炉的。”

“可以吗？”

本已做好可能没空吃午饭的心理准备，却意外收到了救援物资。“不过，那个……这个月手头有点……”

“我听芭比[①]说了。下个月再付钱就好。”

“感激涕零。”

玛利亚接过纸袋，脱口说出多米尼克刚说过的台词。从各种意义上来讲都简直想流泪。

“帮大忙了。”旁边的涟也简短道了声谢，随即催促玛利亚道，“喂，走了。你可小心点，别像上星期似的慌慌张张咬下去烫到舌头。”

“用不着你提醒！”

①芭比是芭芭拉的昵称。——译者注，下同

两人坐进涟的爱车，在埃玛的目送下离开了警署。

进入干线公路后向南行驶。时值二月，临近正午了，太阳的位置仍很低。如果没有遮阳板，估计要被阳光灼伤眼睛。

“真是个好姑娘。”

玛利亚匆匆吃完热狗，用纸巾擦拭着黏糊糊的嘴边。埃玛·格拉普腾和芭芭拉一样，也是受桑福德大厦案影响而丢了饭碗的人。听涟说，她曾在那起案件中协助调查。现在她在热狗店工作——同样是涟安排的。也不是没想过她在远离NY州的土地生活是否会不安，但她本人表示：“我再也不想在高楼里工作了。”

没想到她会用昵称叫芭芭拉，她俩的关系竟然变得这么好了。似乎是因为境遇相似而很投缘……连试图预支工资的事都让埃玛知道了，玛利亚不禁脸上发烧。芭芭拉也真是个大嘴巴，怎么能泄露机密呢？

“过后再把钱补上吧。”涟把空纸袋扔进垃圾桶。吃的都是一样的热狗，他的嘴角却一点也没脏。“当务之急是回应巴罗兹刑警的请求……听起来，他刚才在电话里只说了个大概？”

“倒也没太语焉不详。他说事态刻不容缓——难不成摊上定时炸弹了？比如那伙劫匪挟持人质躲进了据点。”

“那新闻应该会报道吧。”

车载收音机完全没传出类似的新闻。“……关于昨夜发生的女性遇害案，P警署……”夹着杂音的播报声传进耳里，但没有半个单词暗示其与运钞车抢劫案有关。没过一会儿插入天气预报，接着又开始公布音乐排行榜。

猜想落空了啊。仔细想想，若只是劫匪蛰伏不出，多米尼克没必要遮遮掩掩，还指名让自己和涟去帮忙。

“瞎猜也没用。”玛利亚仰头靠到椅背上，“多米尼克说之后会解释详情……等到了P市，撬也要撬开他的嘴。”

“麻烦别闹到要写检讨的程度。”

涟的回答毫无幽默感。

※

经过大约两小时的行驶，P市的街景映入眼帘。

车道拥挤起来。遇上交通堵塞了。探头向窗外望去，能远远看见警车。好像是在路检。

除此以外——

“空军？”

有水母船在天空中翱翔，气囊上标着“AIR FORCE”的字样。

而且不止一艘，光是能看见的就有三艘，正在P市——准确地说是绕P市周边巡回飞行。

不光设置了路检，还有军方在上空监视，实属大动干戈。若是已查明劫匪就潜伏在P市倒还能理解，但他们的大致去处是在玛利亚和涟出发前才刚弄清楚的，而劫匪实际被目击是在昨晚，时隔半天，他们已离开P市的可能性也很大。实施戒严是什么情况？

没过多久便开到检查站，玛利亚和涟出示了身份证明，负责路检的警察向两人回以敬礼。

“巴罗兹刑警跟我打过招呼了。请即刻赶往警署，大家都在等候。”

——“大家”？

“感谢捎话。”

涟礼貌地道谢后，将视线移回道路前方，踩下油门。向来主张安全驾驶的下属很少开这么快。

“坐稳了。事情可能比我们想象的更严重。”

就沿途所见来说，涟算是言中了。

去P警署的路上有好几辆警车擦肩而过。以往也曾多次来这座城市查案，见到如此频繁的巡逻还是头一回。

路检、军用水母船、巡逻。气氛紧张得像是有穷凶极恶之徒潜伏于此……抢劫运钞车也属于恶性犯罪，但从戒严的架势能感受到事情不止这么简单。

玛利亚和涟到达P警署是在十三点出头，基本符合预计。

两人下车走进警署大门，面熟的银发中年男人——多米尼克·巴罗兹刑警出来迎接。

“抱歉突然喊你们过来，红毛、黑发。”多米尼克寒暄一句便匆忙招呼道，“先来会议室吧。在这边。”

“等等，多米尼克——”

还没来得及追问详情，银发刑警的背影便远去了。“真是够了！”玛利亚把头发甩得乱糟糟，和涟一起追了上去。

警署充斥着慌乱——甚至可以说是杀气腾腾的气氛。

偌大的建筑里电话铃声此起彼伏，搜查员的讲话声与走廊上的脚步声交错纷飞。F警署忙碌时也很吵闹，但终归与大城市警署的“盛况”不可同日而语。话虽如此——

“对不住，这会儿有点手忙脚乱的。”

看来今天的状况对多米尼克来说也非同寻常。一行人登上楼梯，沿二楼走廊前进。到了会议室门口，银发刑警以眼神催促两人进屋。

就在这时，会议室的门从里面打开，一个身影轻盈地出现在走廊上。

是一个女人。

浅茶色眼睛，浅黑色及腰长发，缺乏表情的脸庞如同人偶一般，有些似曾相识。

乍看看不出年龄。像二十多岁，又像三十多岁——

脚步僵住了。

“玛利亚，你怎么了？”

涟的询问也左耳进右耳出。玛利亚目不转睛地凝视着门前的女人……等等，她不是回祖国了吗——

女人的嘴唇动了动，扬起浅到连客套都称不上，却的确含有慰劳意味的笑容。

“辛苦了，巴罗兹先生。”

听到声音的瞬间，怀疑转为确信。

哪儿还用得着猜年龄。和我同岁。我认识她。姿容举止都与那时候如出一辙。

“别老这么叫我……喂，红毛，你怎么了？”

“赛琳！”

身体忽然又能活动自如，玛利亚几乎是推开多米尼克跑上前去。女人微微睁大双眼，片刻后以平静的声音说：“好久不见。有多少年没见了，索尔兹伯里小姐？”

玛利亚高中时期的室友——赛琳·托斯提万投来似在追忆遥远往昔的目光。

※

“你什么时候来的 U 国？为什么会在这儿？”尽管明白现在不是叙旧的时候，玛利亚还是忍不住连珠炮般发问，“回来了倒是告诉我一声啊。吓我一跳。”

“哎呀，对不起，我忘啦。”赛琳用手指按住嘴角。

——骗人。准是想看我大吃一惊才故意没联系我。

和赛琳当室友时被折腾得团团转的记忆在玛利亚脑海中复苏。

“喂，等等。”多米尼克插话道，“红毛，你认识我们的验尸官？”

验尸官？！

“赛琳，解释一下。你什么时候进入警察系统工作的？”

在意想不到的地方重逢，得知意想不到的近况，机敏如玛利亚也难免一头雾水。

“哎哟，这可不像闷声不响当上警监的‘红发恶魔’的台词。”

漂亮的反击。玛利亚发出呻吟。居然在这种场合又听见自己高中时期的恼人绰号。

“巴罗兹刑警，这位是？”

许是判断局面将一发不可收拾，涟适时地提出问题。

“哦，对。”多米尼克清清嗓子，“赛琳·托斯提万，今年年初进入P警署的验尸官。任职时间尚短，但经验丰富，技术也没的说。”

“听名字像是F国人？”

“是的……因为丈夫的关系移居到了U国。”

赛琳用右手手指深情地抚摸着戴在左手无名指上的银色戒指。

原本只对人偶感兴趣的赛琳找到了结婚对象。与之相反，我还——不，这种事无所谓。

年初那会儿，蓝玫瑰案尘埃落定，玛利亚和涟正为桑福德大厦案而奔波。听多米尼克方才的口气，赛琳就连对他都没透露自己和玛利亚的关系。明明从银发刑警那里打听玛利亚情况的机会要多少有多少。

真没想到再见时赛琳都结婚了。更出乎意料的是，赛琳竟然当上了验尸官，其技术甚至得到了多米尼克的保证。

——是那起案件让她选了这条路吗？就像自己一样。

“虽然有一肚子话要讲，”包括我也是——多米尼克的神情如此述说着，“但闲话以后再聊。其他人该等烦了。进屋吧。”

经过意外的重逢总算进入会议室，已有三名男女在座位上等候。

其中一人是熟面孔。铜褐色短发，深灰色眼眸，豹子般强健的身躯裹在军服里。是个三十岁出头的男人。

“就知道你会来，约翰。”

“嗯。这次也拜托了，玛利亚。”

U 国第十二航空队少校约翰·尼森起身敬了个礼。

看到有空军的水母船在飞，玛利亚就隐约猜到了，军方的指挥官果然是他。他的寒暄一如既往地郑重，但与一年前初遇时相比，姿态和语气都随意得多。

其余两人也继约翰之后站了起来。这两个人是第一次见。

一个是看起来五十多岁的男人，中等个子，微胖，身穿西服，暗茶色头发里夹杂着许多白发，只是没多米尼克那么夸张。眼睛颇有特点，上扬的眼角，蓝色的瞳仁，兼具知性与乖僻的气质，一副学者派头。

另一个是中等身材的女人，黑色中长发，棕绿色眼睛，一副大圆眼镜堪堪挂在鼻梁上，年纪似在二十岁到二十五岁之间，或许是在场所有人里最年轻的。

“我是国立卫生研究院的古斯塔夫·雅尔纳赫。”年长的男人率先开口，“请允许我再次为敝研究院的严重过失表示歉意。”

“我是伊薇特·弗洛金，”年轻女人深深低头，再抬头时把圆眼镜弄歪了，“雅尔纳赫教授的助手……那个，这次实在是——”

国立卫生研究院？

研究机构的人和运钞车抢劫案有什么关系？对方一上来就道歉，让人不知怎么回答。

“我是A州F警署的玛利亚·索尔兹伯里。”

“我是同警署的九条涟。”

简单表明身份后，玛利亚转向银发刑警。

“多米尼克，差不多也该告诉我们了吧。发生了什么？真的只是搜捕劫匪吗？”

“不是。”多米尼克的答复很直白，却像是挤出来的，“情况还要更糟糕，搞不好会闹得天翻地覆。”

“欸？”

“‘吸血狗’从关押他的医院逃走了，很可能正潜伏在P市。必须尽快抓住他，否则后果不堪设想。”

玛利亚花了十几秒才弄懂多米尼克的话是什么意思。

“啊？！”她抬高了声音，“‘吸血狗’？你是说——二十年前的案子里那个？”

“就是那个‘吸血狗’。准确地说，自逮捕他至今已经过去二十一年了。”多米尼克的表情明显扭曲了，“他被判无期徒刑，实则被送进医院，偏偏又在这时候逃走了。”

“完全没听说。不仅新闻没报道，就连我们也没收到一丁点消息，这算怎么回事？”

“这是有原因的。情况复杂。”

多米尼克看向古斯塔夫。

关押“吸血狗”的医院难道是——

“他被关押在我们国立卫生研究院里。”古斯塔夫表情沉重地说，“这二十年来，他一直表现出堪称模范囚徒的温顺态度。谁知道——不，不找借口了。都怪我们疏忽，才招致如此事态。”

教授旁边的助手伊薇特像挨了训似的缩着身子。

“等会儿。”涟举起手，“麻烦先解释一下‘二十年前的案子’。说来惭愧，我对 U 国古往今来的案件并不能做到如数家珍。”

“对了，九条刑警，你当时还在 J 国。”约翰咕哝道，“不过我对这起案子也了解不多，只是通过新闻知道的。在我们之中，多米尼克刑警、雅尔纳赫教授，应该是你们两位最清楚。”

“是啊。”多米尼克挠挠后脑勺，“二十多年前，有个人无差别杀害了六名男女，那人就是‘吸血狗’——真名是德里克·赖利。说实话，在这个国家，比那家伙杀人更多的杀人狂大有人在，但‘吸血狗’的年龄和作案手法都非同寻常。”

“此话怎讲？”

“那家伙第一次杀人是在十三岁，被害人是和他同龄的女朋友。”

沉默笼罩了会议室。

“他于十六岁那年被捕。在那之前，他横跨各州杀害了六个人，男女老少都有。被害人之间不存在任何关联，唯独作案手法有一点相通：包括最初遇害的女朋友，所有人的前颈都被用利刃割开了。”

“前颈？”涟皱起眉头，继而像是想通了什么般喃喃道，“原来如此，‘吸血’的名号是这么来的。”

“还是那么敏锐呢，黑发。”多米尼克苦笑着说，“搜查资料和庭审记录上都记载着德里克·赖利本人的供词：‘是为了掩盖咬脖子时留下的牙印。’当时，被害人颈部的伤并未公之于众，不料嫌疑人落网后，媒体把消息捅了出去，引发轩然大波。由于半数被害人是在有‘吸血鬼’传言的地方被发现的，加之凶手是青少年，‘吸血狗’案使得举国震惊，成了尽人皆知的重大案件。”

尽管彼时尚年幼，玛利亚仍清晰地记得那阵新闻热潮。“你就算遇袭也能把对方打趴下。”父亲和伯父异口同声，令她无法释怀。

与玛利亚年岁相近的约翰，想必同样对“吸血狗”这个名字记忆犹新。况且凶手是与他几近同龄的少年，说不定他对那起案子的印象之深更甚于玛利亚。

胡思乱想间，玛利亚蓦然想起二十年前的朦胧回忆。记得凶手好像——

“德里克被捕后，我们对他进行了包括精神医治在内的治疗，并着手研究他的犯罪动因。”古斯塔夫接过多米尼克的话，“这些治疗研究经过漫长的岁月，一直持续至今。当初他的去向没泄露给媒体，算是不幸中的万幸……可现在惹出这么大的娄子，我开始不确定隐瞒他的关押地究竟是不是正确的做法。”

“大致背景我明白了。”涟转向古斯塔夫，“细小的疑问暂且不提，我想先确认五点——第一点，德里克·赖利是什么时候逃走的？”

“二月七日，当地时间上午十点左右。”

已经过了整整三天。不知德里克·赖利具体关在哪里，反正只要搞到车，他潜伏到U国任何一个地方都有可能。

说到车，劫匪抢劫运钞车是在二月八日，“吸血狗”逃走的第二天。常言道“天有不测风云”，重案巧合地接连发生，不得不参与两项搜查，实在是流年不利。

……等等，真的是巧合吗？

“第二点，你们判断他很可能潜伏在P市，是基于什么理由？”

“很简单。”

多米尼克的声音充满了苦涩。

“有人遇害了。”

“什么？！”

“冷静些，索尔兹伯里小姐。”自从进入会议室后便像人偶般沉默不语的赛琳手捧一摞文件开口，“昨晚，一名女性在市内的停车场遇害。被害人名叫克拉拉·格温，二十六岁，在市区商业街的酒馆工作。推测死亡时间在今天零点前后，夜里二十三点到凌晨一点之间。看样子是下班路上遇袭的。问题是尸体的状态……前颈被利刃割开，惨不忍睹，就像巴罗兹先生刚才讲的‘吸血狗’案的那些被害人一样。不过直接死因是遭受重击，八成是遭到了撬棍这类细长钝器的殴打。案发现场附近没发现钝器和刀具。”

“遭受重击？不是颈部伤口失血过多而死啊。”

“要是在活着的时候被剜开前颈，尸体及其周围会血流成河。”赛琳答道，语气像是回忆起了案发现场的情形，“即便是‘吸血狗’，也怕血液溅到自己身上……不知道他是先咬脖子还是先杀人，总之割开前颈是在用其他方法杀害死者之后。作案手法也和二十年前的案子类似。”

从F国来留学的赛琳成为玛利亚的室友，是在一九七〇年，“吸血狗”被捕的六七年后。她也和涟一样并未实时见证“吸血狗”案，按说不该知道作案手法，大概是从多米尼克那里听说的。

也许有无差别杀人狂正潜伏于大城市之中。玛利亚后知后觉地明白了P警署为何大张旗鼓地加强巡逻，乃至兴师动众地请出空军。

“当然，模仿犯罪的可能性也不为零，”多米尼克道，“但‘吸血狗’前脚刚跑，后脚就有人遇害，时间太接近了。‘吸血狗’逃走的消息没有公开。总不会是凶手无意中重现了二十年前的无差别杀人案吧，天底下哪儿有这等巧合？我们只能以‘吸血狗’本人在潜伏过程中犯案为前提展开行动，别无他法。”

“来这边的路上，我们听车内广播报道了昨晚的案子。倒是没提颈部有伤口。”涟说。

“其实我们连案件本身都不想公开，鉴于有多个尸体发现人才迫不得已公布的。颈部的伤口也不知能瞒到什么时候……真头疼。”

玛利亚插话道：“等等。刚才我也问过，‘吸血狗’逃走的消息没公开，那你们是怎么知道的？我们警署没收到任何消息。”

“那是我们……不，是研究院的意思。”伊薇特战战兢兢地举起手说，“他逃走的事，我们只通知了各州首府的大警署……同时做好了最坏的打算，拜托他们暗中收集州内杀人案的信息——谁知德里克这么快就惹事了。所以我和教授今天急忙赶到了案发地P市。跟他打交道最久的，整个U国也就教授一人。”

简而言之，为防情报泄露，像F警署这样的地方中小警署被当成了局外人。能理解这种做法，可还是火大。

“得知劫匪也疑似逃到了P市，我简直想质问上苍：怎么偏偏赶在这个节骨眼上？奈何事已至此，我们索性充分利用那伙人，把他们当作路检和搜查的借口。当然，发现那帮劫匪就当场捉拿归案——但‘吸血狗’才是我们真正的目标。我们还向其他警署请求了支援……红毛，黑发，抱歉把你们卷进这种麻烦事里。联系F警署时，我想到最值得信赖的就是你俩。能请你们协助吗？”

“服了你了。”玛利亚猛抓头发，“一句都不解释就喊我们过来，这会儿还假客气什么？请我喝十杯我就答应。”

昔日室友也参与了搜查，根本没有拒绝的选项。

“还真像你的作风。”约翰露出苦笑。

“似乎谈妥了，”涟不紧不慢地插嘴道，“不过我的问题还没问完。第三点，德里克·赖利当时才十六岁，二十年过去，他的相貌应该变了不少。没有近期的脸部照片，要抓捕他会很困难。”

“这个不用担心。已经弄到了。是一年前给他做定期体检时拍的——看。”

多米尼克往桌上扔了张纸。

纸上印着一个男人的照片。像是扩印的，画质不高，但能看清长相。

气质沉静，与无差别杀人狂给人的凶恶印象相去甚远。

细长的眉毛。知性与悲哀交织的眼神犹如饱经风霜的流浪汉。乍看看不出疯狂。

头发偏长，嘴边留着胡子。实际年龄应在三十五岁左右，从照片却判断不出来。这么看像二十多岁的年轻小伙，那么看又像四十多岁的成熟中年人。

身为警察，也算是跟不少罪犯打过交道，玛利亚深知不能仅凭长相辨别一个人是否有重案在身。尽管如此，照片上的人还是怎么看都不像夺走六人性命的恶徒。

“照片上是这个模样，但自他逃走已经过了三天，他剪了头发、剃了胡子也不是没有可能。请把这点也考虑在内。”

听过多米尼克的讲解，涟点点头，抛出下一个问题。

“第四点，‘吸血狗’因其猎奇性没进监狱，而是被关进医院，至此还算正常。可为什么是由国立卫生研究院来关押？去那儿做精神鉴定是走错地方了吧。”

“是因为他罹患的疾病。”

“疾病？”

“狂犬病。德里克·赖利感染了狂犬病病毒，所以才由我们收容了他。”

“狂犬病——”黑发下属咕哝，“所以才叫他‘吸血狗’啊，而不是吸血鬼。”

玛利亚也记得新闻上曾说，被害人都感染了狂犬病，凶手德里克·赖利自身也患有狂犬病，这些事实使得“吸血狗”的叫法逐渐约定俗成。

“实际上，狂犬病不是只有狗才会得，所有哺乳动物都有可能感染。”古斯塔夫补充，“被感染者咬伤后，病毒会通过伤口侵入神经细胞，很快到达脑部，引发恐水症、恐风症、精神错乱等各种症状。好在狂犬病和感冒等疾病不同，只是接近病毒携带者并不会引起二次感染，但遗憾的是，目前尚未找到发病后的治疗方法。刚才提到我们在对德里克进行‘治疗研究’，大半内容其实都是关于狂犬病的。”

短暂的沉默过后，涟低声说：“有些处理方式我不太能接受，请一并回答。第五点，为什么一味隐瞒‘吸血狗’逃走的事实，甚至对地方警署封锁情报？从市民人身安全的角度考虑，这样做相当不妥。归根结底，究竟是什么情况导致了他的脱逃？”

“这个……”

古斯塔夫欲言又止。就在这时——

一阵急促的敲门声响起，不等回话，会议室的门便被打开了。进来的是一个搜查员模样的年轻人，面无血色，气喘吁吁。

“怎么了？我们还在开会——”多米尼克的表情僵住了，“喂，难不成……”

“被摆了一道。”

年轻的搜查员声音颤抖。

“出现了第二名被害人。刚刚接到报警称，在阿什比地区的独栋房屋发现一具前颈被割开的尸体。”

幕间（Ⅱ）

在那之后，“赫蒂”也频繁出现在我的梦里。

我心里明白这是幻觉。

她已经不在人世了。是我害死了她。再说，我都不清楚自己现在身在何处。能来见我的只有幽灵，要不就是我的头脑编织出的幻象。

证据就是“赫蒂”的声音含混不清，以至于到第二天早上，我便会拿不准那声音是否真的和记忆中的她一样，乃至辨别不出那是男声还是女声。

——想出去吗？

不知道。出去没准又会重复二十年前的行为。一想到这个，我就胆战心惊。

——没事的。

——你一定能行。

是吗？过了整整二十年，外面的世界肯定彻底变样了。我心里没底。

——别担心。

——真到危急关头，我会保护你的。

你好温柔啊。我杀了你，你还一直这么关心我。

——别说什么杀不杀的。

——不是你的错。是我不好，害你成了罪人。

——所以，我要赎罪。

——我想帮你重见天日。

——在你孤零零地葬身此地之前。

——到外面的世界来。希望你来见我。

真是自私的幻觉啊，我心想。

再怎么后悔，过去也无法一笔勾销。我夺走的那些生命永远不会再回来。

然而在不断与“赫蒂”对话的过程中，一个念头逐渐膨胀。

——希望你来见我。

对了，我还没好好向赫蒂道过歉。

二十年前，我怕别人发觉我和她的关系，都没出席她的葬礼，也没能在她墓前献花。

必须离开这里。

即使冒着重蹈覆辙的风险，也要离开。

无从向赫蒂道歉，徒然在此度过余生，岂不是更虚伪吗？

许是对外面世界的渴望刺激了幻觉，“赫蒂”的话越发具体。

——对你的警戒彻底松懈了。钻空子不难。

——每月一次的定期体检是可乘之机。他们不绑你，也不蒙你眼睛了。随行的只有保安和负责此事的女职工两人。

——穿过从病房到实验楼的走廊，尽头的楼梯背后是监控死角。

——假装身体不舒服，进入死角，抢走随行保安的警棍，把保安弄晕。

——用同样的方法剥夺职工的反抗能力。最好在她呼救前就让她陷入昏迷。要是没能阻止她喊叫，先逃再说。

——顺利制伏两人后，拿走他们的ID卡。如有可能，把衣物也抢走。

——从楼梯附近的紧急出口出去就是停车场。在那儿找辆车脱身……

“赫蒂”的声音不知不觉间变成了我自己的声音。我在脑海中反复预演着逃跑流程，几十遍，几百遍。

如果有的选，我也不想动粗，但关我的房间锁得严严实实，撬锁逃走难如登天。我只能趁离开房间去体检的路上动手。

我猜机会仅此一次。若是失败，警戒会变得远比现在更严，我有生之年再也别想逃走了。

即便成功，又能逃到什么时候？倘若恢复自由身后得意忘形，抑制不住冲动——

算了，别想这么多。

杀害赫蒂，逼死家人，浪掷二十年人生，只落得个杀人狂的污名。我没什么可再失去的了。

要说有，就是去往她身旁所需的时间。

在这里无所事事，只会让时间白白流失。

行动当天——我成功逃走了，不费吹灰之力。

直到被我抢走警棍击中头部的瞬间，保安都没弄懂发生了什么。

随行的女职工吓得瘫坐在地，叫都叫不出来，面色苍白地颤抖着。用警棍打晕她轻而易举。

我是照“赫蒂”所说在楼梯背后动的手，也许是拜此所赐，没有人察觉，我得以拿走他们的ID卡。

两人都还有呼吸。我在萌生罪恶感的同时松了口气。一个杀人狂事到如今再说这话有点亏心，但无意义的杀戮还是尽量避免为妙。

我扒下保安的制服，迅速穿上，将警棍别在腰间。最好带件武器以防万一，况且保安不拿警棍也显得不自然。

我看到了紧急出口。时隔二十年，我又来到外面的世界。

深吸一口气后，我握上紧急出口的门把手。

※

伊薇特·弗洛金拖着拉杆包，环顾P市天港国际机场。要等的上司古斯塔夫·雅尔纳赫连个影儿都没有。

她用手帕擦了擦脖子。这儿暖和得跟MD州像是两个世界。

位于A州P市商业区附近的这座机场规模极大，面积与客流量均属U国顶尖级别。一旦和同伴走散落单，便很难再找到对方。

一九八四年二月十日，上午十一点四十分。

自P市昨晚发生惨剧的消息经由MD州警方传到伊薇特等人耳里，已经过了六个多小时。

接到联络的其实是古斯塔夫。伊薇特的社会地位还没高到能直接从搜查机构那里获悉机密事项。不知不觉间，她俨然成了古斯塔夫的助理，而说穿了，她在研究室里的角色就是个打杂的。就连MD州警方带来的消息，她都是给古斯塔夫家里打电话才知道的。

德里克·赖利逃走后第三天，预想中最糟糕的事态之一出现了。她昨天才刚驱车东奔西跑，整理出关于他的资料以便向搜查机构做出恰当的说明，把宠物托付给宠物店，收拾行囊，做好离家的准备……下午连研究室都没回，上床睡觉时已是深夜。

老实说，她没怎么睡好。也有太过心慌意乱的缘故，但归根结底还是因为德里克的事像块大石头压在心上。

她回想着他在病房时的样子。气质沉稳，与无差别杀人狂“吸血狗”这一名号给人的印象悬殊。对于形同关在单人牢房的待遇，他从未流露半分不满，似乎将这些都当成了对自己的惩罚，甘愿全盘接受。

然而他逃走了。

紧接着，在遥远的 A 州，“吸血狗”再次露出獠牙。

德里克现在怎么样了？除了祈祷他平安无事，她什么都做不了，这令她感到心焦。

好像陷进回忆了。伊薇特连忙集中精神，终于注意到一个身穿西服的熟悉身影。

“雅尔纳赫教授……辛苦了。”

她跑上前打了个招呼。

“噢，”古斯塔夫面露惊讶，“是你啊。刚才在经济舱？”

“我可没勇气也没钱买头等舱的机票。”

今早联系过古斯塔夫后，离去往 P 市最早航班的起飞时间只剩一小时。行程非常赶。

温差也很大。与付款时都得戴手套的 MD 州不同，P 市气候温暖，穿得太厚会出汗。外套袖子潮乎乎的。

“是吗？”古斯塔夫咕哝一句就迈开步子。伊薇特默默跟在他斜后面。

虽然是古斯塔夫的助理，但伊薇特跟他并没亲密到会并肩边走边闲聊。而古斯塔夫也向来拒人于千里之外——或者说，他身上有种令人不敢靠近的气息。他没有妻儿。

伊薇特自己也是单身，父母已亡故。研究室曾有人半开玩笑地说："学者分为两种，一种是埋头研究错过最佳婚龄的，另一种是埋头研究也不知为何照样能结婚的。"伊薇特毫无疑问——恐怕古斯塔夫也是——属于前者。

"联系过P警署了吗？"古斯塔夫突然问。

"啊，联系过了。"伊薇特慌忙回答，"落地后我马上打了电话……中午会有人来接。"

与研究并不直接相关的诸多事务大抵由伊薇特负责安排。

古斯塔夫又应了句"是吗"，自言自语般咕哝道："十年了啊……只有这酷暑没变。"

伊薇特不知怎么回答，陷入沉默。

古斯塔夫所说的"十年"，大概是指他十年前申请的学术假期。大学等机构常采用这种长期休假制度，有很多学者会在假期里研究与平时不同的课题。

古斯塔夫也不例外。听研究室的老资历说，他在十年前的学术假期奔赴P市，进医院任职，开展了为期数月的田野考察。

在这片冬天也很温暖的土地休假，不知古斯塔夫当时是什么心情。至少肯定比十年后的今天平静得多。

平日里本就严厉的表情，现在看上去更显僵硬。这也是当然的——在警方看来，是他们把凶恶的杀人狂放跑了，不可饶恕。

"准备好他的照片。这是警方最想要的情报。"

"请稍等。"

伊薇特跑进附近的卫生间，到隔间里打开行李。里面太乱，她不好意思在众目睽睽之下翻找。

胡乱叠了几下的浅桃色外套旁，是直接装进去的一摞文件和活页夹，白底上印有红十字的纸箱包着活页夹的边缘挤在行李里。

她抽出活页夹确认德里克的照片。说实话，感觉不足以用于通缉，不过或许会对搜查略有帮助。

倒是纸箱里的东西更有可能帮上忙——但愿不要用到它。

伊薇特盖上行李，拿着活页夹走出隔间。握着拉杆包的手渗出汗水。

中午十二点五分，P 警署的搜查员来到机场迎接古斯塔夫和伊薇特。

第 3 章　吸血狗——内侧（Ⅱ）

1984 年 2 月 10 日 12:05 ~

埃尔默再也遏制不住胃里涌起的恶心感，摇摇晃晃地从众人身边走开，以手扶墙。

苦涩的呕吐物沿食道反流而上，弄脏了嘴和手、地板和墙壁，难闻的气味弥漫开来。也许是由于没吃上像样的早饭，他吐到地上的几乎只有酸水。

没人责备埃尔默的失态。往旁边一瞧，只见伊尼戈、金和苏珊娜都无暇顾及这点小事，凝视着房间内的某一点。

竭力压下反胃感、平复呼吸，埃尔默也战战兢兢地转头看向床上的那个。老天啊，告诉我这只是一场噩梦——

祈求无情地落空了。

眼前的场景没有丝毫变化。西奥多里克前颈红肉外翻，面目全非地仰躺在床上。（图 3）

前颈的伤口像是被粗暴地扒了皮，渗出的血弄脏了衣领和床单。尚未干透的暗红色液体在床下的地板上浅浅洇开一大片。

疑似凶器的小刀掉在床左边隔开些距离的桌子底下。血濡湿了刀尖。明眼人都能看出，那些血刚流出来没多久。

死了——西奥多里克被杀了？！

“为什么……为什么啊？”老套的疑问脱口而出，“为什

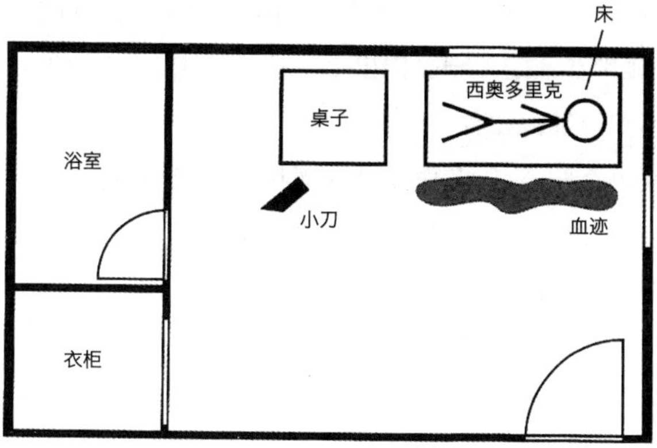

图 3

么……西奥多里克会……是谁，是谁干的？”

“吵死了。”金的一声大喝让埃尔默住了嘴，“这不是正在想吗？安静些，别干扰我。”

从没见过他说话这么大声。埃尔默这才惊觉事情的严重性，不禁脚下发软，脊背冰凉。

他们的结局将会怎样？

抢劫运钞车的计划是由西奥多里克制订并主导的。他在同伴们都不知情的情况下暗中安排，准备好了换乘的车和藏身之处。

最要命的是，抢完钱后的最终逃亡手段还在西奥多里克脑子里。他不肯透露半点信息，理由是“我怕随随便便说出来，你们会走漏风声”。

掌控一切的西奥多里克不在了——剩下的几人该逃到哪儿，怎么逃？

求救无门。报警是别想了。贸然把事情闹大，只会露出马脚被捕，葬送人生。

“我们得……把握一下状况。”伊尼戈的声音打破沉寂。他向依然瘫坐在地的苏珊娜伸出手，拉她起来。“你觉得西奥多里克是什么时候被杀的？”

“我怎么知道。”苏珊娜嘴唇颤抖，面无血色，“我又不是刑侦剧里的验尸官。只能看出他死后没过多久。”

“金，你觉得呢？”

“和苏珊娜一样。”

“埃尔默，你呢？”

仿佛只是顺便问一嘴的敷衍语气。

“怎么看都是……刚刚被杀。”

伊尼戈闻言挠了挠头：“大家也都这么觉得啊。”

四人在医学方面都是外行，只有接受医师诊断的份儿，没法像推理小说和刑侦剧里那样详细推算出死亡时间，顶多能说出乍看之下的印象。

话虽如此，眼下压根用不着专业知识。血还没干。

伊尼戈又向西奥多里克的手腕伸出胳膊。他站到离床约一米远的位置——不致踩到周围血迹的最近距离——探着身子撑起手肘。

“还热乎。看来不是好几个小时之前就死了。”

“有脉搏吗？”

埃尔默抱着一线希望问道。伊尼戈无情地摇了摇头。

“骗人的吧。”

“那你也来看看呗。”

伊尼戈从床前退开，将埃尔默推上前，后者提心吊胆地伸出胳膊，摸上西奥多里克的手腕。

是温热的。完全感觉不到脉搏。埃尔默踉跄着后退一步。

众人半晌无言。少顷，苏珊娜挤出声音说：“怎么回事，西奥多里克为什么会被杀？我们起床后就一直待在客厅里。虽然去了几次厨房和厕所，但谁都没靠近过西奥多里克的房间。可为什么还是……有人溜进来了？从哪儿进来的？那家伙又跑去哪儿——”

“不见得是跑了。”

金看向左边的墙。衣柜和浴室的门并排而立。

意识到金想说什么，埃尔默起了一身鸡皮疙瘩。凶手此刻仍藏在其中一处吗？

“埃尔默，去看看。”

伊尼戈的语气仿佛在命令狗。

埃尔默目瞪口呆，看向其余两人。可苏珊娜和金都只是瞥了他一眼，好似在说“当然是你去”。

根本违抗不了。埃尔默从三人身上移开视线，迈步走向那两扇门。

他膝盖哆嗦着，先伸手向浴室的门，猛地打开。

没人。看了看浴缸，是干的。连个人影都没有。

他又打开旁边的衣柜。没人藏在里边。仅角落里放着毛巾和内衣。

“这里也没有。”伊尼戈蹲下身往床底瞧。

“那儿我刚才看过了。”苏珊娜瞪了伊尼戈一眼，“总不会是藏在床垫下面……搞不懂。到底怎么回事？”

如苏珊娜所说，西奥多里克躺的床上并无可疑的隆起或缝隙。

要说其他能藏身的地方，也就只有办公桌了。桌前摆着一把带扶手的皮面椅子。埃尔默挪开椅子向桌底看去，别说人了，连个通往地下的暗门都找不见。

椅背上挂着个包，似乎是西奥多里克的私人物品。拉链没拉，能看到里面。几乎是空的，只有用来遮脸的口罩和帽子。

桌上有一台电话机。本来应该第一时间报警——假如他们没犯下抢劫运钞车这等重罪的话。

埃尔默打开抽屉。里面装着挂有车钥匙的钥匙串、香烟和打火机。大概是西奥多里克换衣服时从兜里拿出来的。

他定睛注视掉在桌腿附近的小刀。十有八九是割开西奥多里克前颈的凶器。

看着眼熟。抢劫时西奥多里克就带着这把刀，说是紧急情况下能防身用，到头来反为其所伤，着实讽刺。

"可能是那边。"

金指指位于房间东侧，离床上的枕头约一米远的窗户。遮光窗帘微微敞开一条缝，露出窗户的月牙锁。

"窗户锁着呢。"

"你仔细瞧瞧。锁得不严。"

还真是。月牙锁虽挂在锁扣上，但没锁严，内侧的把手斜朝下耷拉着。

"你是想说，凶手从窗户溜进来，杀死西奥多里克后再翻窗出去，利用绳子之类的东西从外面扣上了月牙锁？"伊尼戈问。

"如果只考虑进出的方法，有这种可能。"金表示肯定，"西奥多里克说要'去跟蛇头交涉'。也许是那个蛇头，或者装成蛇头的什么人从窗外发出信号，与西奥多里克取得接触并杀害了他。"

"不，等等——等一下。"埃尔默忍不住插嘴，"这太奇怪了。遭到这么……这么残忍的袭击，西奥多里克竟然没有呼救？”

“都说了前提是‘只考虑进出的方法’。”金不耐烦地答道，把松动的月牙锁扣严，“这么明显的疑点我早就想到了。扣月牙锁也没那么轻巧，在窗外摆弄机关，被人看见的风险很大。外面可是有警察和空军在巡逻……简直了，净是想不通的事。”

“话说，”苏珊娜似是忽然意识到什么，垂眼看向自己的手掌，“我们进这个房间的时候，门没锁，对吧？”

埃尔默倒吸一口气。

——我要开门了，可以吧！

他记得很清楚。转动门把手的正是苏珊娜。门没锁，一下子就开了。

倘若凶手是从窗户进出的，按说该锁上门，尽量延后其他人进屋的时间才对。

还是说，凶手误以为房门锁着？西奥多里克窝在房间里却没锁门吗……不对劲，他素来谨慎，这不像他的行事风格。

“从窗户进来，再从门出去？”伊尼戈率先说出答案，“没把窗户锁严，单纯是因为太匆忙了，只随手扣了下——”

等等，那岂不是意味着——

“凶手逃进别的房间了？”

除西奥多里克以外，金和苏珊娜昨晚也住在一楼，而他俩今天在客厅从早上待到中午，房间一直空着。

“又或者是从别的房间迅速翻窗逃走了。”金表情阴沉地点点头，“必须尽快确认有没有这种可能。去查看其他房间，大家一起。”

为西奥多里克默哀片刻后，埃尔默一行人离开了发生惨剧的房间。

“没关系吗？那个，就那么把他……留在那儿。”

埃尔默没能说出“尸体”一词。

“犯不着挪他。”金的回答很直白，“那跟凶器不一样。贸然挪动，万一我们的衣服和鞋染上血，也是个麻烦。”

凶器小刀由金用毛巾擦拭并包好后小心翼翼地握在手里。现实与刑侦剧不同，既然无法详细勘查，他们便没必要拘泥于保护现场，也没理由把危险的凶器留在原处。

理是这个理，可尸体又另当别论。

换洗衣物有人提前备好，却也不多，得省着用。能用自来水，但没有洗衣机。考虑到说不定还得在这栋宅子里逗留几天，冒冒失失地增加脏东西显然不是上策。看来伊尼戈确认西奥多里克的体温时避免踩到血泊，也不仅仅是出于抵触。

“当务之急是搜宅，是吧？”

伊尼戈卷起衬衫下摆。

他的腰带上别着一把手枪，枪口装有消音器。袭击运钞车时，就是这把枪夺走了两名押运员的性命。

“幸亏带上了，很遗憾不得不这么说。金，把弹匣还我。”

“还不到时候。就算找到凶手，也是先威慑一下就够了。”

昨晚在去 P 市的车上，弹匣交给了金来保管。听出这句话里“交给你的下一秒怕是就要被一枪爆头”的弦外之音，伊尼戈咂了咂舌。苏珊娜挖苦道：“枪口朝下放是常识吧。”埃尔默无话可说，关上了西奥多里克的房门。

西奥多里克曾指示大家在逃亡告一段落后卸掉枪里的子弹。他是预想到了可能会引发内讧的事态吗？埃尔默感到心口凉飕飕的。

耗费几十分钟的“搜宅”以徒劳告终。

他们从离西奥多里克的房间最近的屋子搜起，依次检查每个人住的房间、空房间和公用浴室——见自己的房间遭人查看，苏珊娜皱起眉头——却连个人影都没找到。每一扇窗户都上了锁，遮光窗帘也全都拉着。

莫非在全员齐聚西奥多里克的房间之际，入侵者悄悄进入客厅，从玄关或窗户溜之大吉，抑或爬楼梯上二楼逃走了？理论上有可能，但玄关门的门闩没有动过的痕迹，窗户也没什么异常。包括埃尔默和伊尼戈的房间在内，二楼空无一人，窗户也全部关着。

车库亦然。卷帘门关着，从内侧反锁，与埃尔默上午换轮胎时并无二致。

※

所有人都回到客厅时已过十四点。

伊尼戈和苏珊娜坐在沙发上，神色中流露出空虚与茫然。

埃尔默也一样。本来还指望能找到些与真相相关的线索，却连一点头绪都没抓住。

“邪门了。”金喃喃道，“哪儿都没人。也没发现有人进出过的痕迹。现在这栋宅子里有呼吸的人，就只有我们四个。我不太愿意这么想，但是……”

“等等，阿金。”伊尼戈压低了嗓门，“你该不会是想说，杀死西奥多里克的人就在我们之中吧？”

“我就直说了。没法否定这种可能性。”

“拜托！”苏珊娜瞪大眼睛，“从西奥多里克进房间后，到大家一块儿过去之前，我们几乎一直待在客厅啊。虽然去过厨房和厕所，但离开的时间充其量也就五分钟左右。这么短的时间里，要无声无息地进入他的房间，不等他叫出声就杀死他——还把脖子割成那样——清理干净身上溅到的血，再若无其事地回来，简直是天方夜谭！刚才搜宅时不是确认过吗？换洗衣物没少，西奥多里克的房间和公用浴室也都不像有人冲过澡的样子。”

“别那么大声。苏珊娜，你的说法有个很大的漏洞。何止五分钟，从西奥多里克进房间，到发现他的尸体，有个人在这期间可离开过好几个小时。”

金向埃尔默投来冰冷的目光。

埃尔默大惊失色，猝不及防……

“胡……胡扯！我干吗要杀西奥多里克——”

“先不谈动机。关键是有没有杀他的机会。车库离西奥多里克的房间不远，趁客厅里的我们不注意溜进他的房间一点也不难。”

埃尔默嘴唇紧绷。

“血口喷人。我本来没想去车库，是遇害的西奥多里克本人命令我过去检查车子的，不是吗？”

“也有可能是你预料到他会命令你去检查，提前对车做了手脚。”

“金，你给我适可而止。”苏珊娜毫不掩饰烦躁，“还说什么‘先不谈动机’，明明动机才至关重要吧。我们杀西奥多里克是图什么啊？只有他能带我们脱离困境。你倒是干得出来，可埃尔默这个胆小鬼哪儿敢杀他？”

“你说什么？”

金刚开口反驳，就听到远处传来鸣笛声。

埃尔默顿觉脊背发凉。其余三人的表情也不约而同地僵住了。

是救护车还是警车？有如丧钟的声音渐渐变响——未在宅邸前停留，又远去消失了。

吓死了。似乎不是冲这边来的。

但也无法断言是去了很远的地方。一种等死般的煎熬感油然而生，仿佛上了绞刑架，脖子套上绳索后就被扔下不管了，死不了，又无法逃脱。

金伸手打开桌上的收音机。恰在此时，播音员开始播报不祥的消息。

> ……点左右，在……地区的停车场发现一名女性的尸体……警方将此案定性为他杀，正展开搜查……
>
> 此外……方向的公路从今早开始的路检仍在持续，警方称“在本市北部发现了MD州运钞车抢劫案劫匪所用车辆”，暗示……案有可能是劫匪团伙所为。
>
> 另一方面，据相关人士称……的前颈有刺伤的痕迹……警方则表示“死因等问题尚在调查”，呼吁市民继续保持警惕。
>
> 下面为您播报下一则新闻——

苏珊娜啪地关掉收音机。

良久的沉默。过了一会儿，她嘴唇颤抖着说：“刚才那算什么？P市发生了杀人案?！怀疑是我们干的?！真是锅从天上来！”

“都说了别那么大声。冷静点。”

“怎么可能冷静得了！”苏珊娜瞪着金道，“你也听见了吧，他们找到了车子……为什么？说是在‘本市北部’发现的，可我们明明把旅行车丢在了更靠北的地方——通往17号州际高速公路的岔路口跟前，离P市还有老远呢。那里四通八达，他们怎么就猜出我们逃到了P市——”

伊尼戈狠狠拍了下桌子。

未收的餐盘和收音机震得跳了起来，发出哗啦啦的响声。苏珊娜的话音戛然而止。

“事到如今还慌什么，别乱了方寸。”伊尼戈自我宽慰般喃喃道，环视埃尔默等人，“别忘了，我们可是轰动全U国的大案的当事人！心理准备早就做足了好不好。背一两口黑锅算什么？还能给我们长长威风，多棒。”

虽是荒谬的歪理，要稳住渐趋混乱的场面倒是足够了。

“也是……”苏珊娜不好意思地咕哝。

金也长叹一声：“抱歉，我有点冲动了。埃尔默，刚才的话当我没说。”

相比于杀害西奥多里克的指控，这句道歉的分量太轻。埃尔默无言以对。

“稍微梳理梳理吧。刚才的新闻带来了新情报：警方掌握了我们逃到P市的确切证据。还以为他们得伤会儿脑筋呢。不得不承认，我们小看他们的搜查能力了。”

要在实施抢劫后顺利逃走，得找个地方丢弃旅行车。燃油迟早耗尽，不能在加油站久留。再说，开着同一辆旅行车在U国到处跑，易增加目击情报。对埃尔默一行人而言，换乘不显眼的轿车顺理成章。

然而“换乘”谈何容易，用常规套路行不通。埃尔默如梦初醒。

——还没结束。

西奥多里克在逃亡路上如此警告，想必是因为意识到了“换乘”所蕴含的危险。伊尼戈那句“留下个麻烦”竟言出祸从。

“还有一点。”金继续道，“对于西奥多里克今早提起的‘第三种可能’，不能再一笑置之了。”

——有跟我们毫不相干的其他恶性案件发生。

“仔细想想，对我们来说‘只是杀人而已’的案子，在善良的普通市民看来，也是不折不扣的恶性案件。话虽如此，他们搞出这么大阵仗的理由——还不太清楚。也许是想在查其他案子时顺手把我们一网打尽。”

埃尔默注意到金中途停顿了一瞬。

伊尼戈和苏珊娜都一声不吭，像在回避重要的事实。

“那个……广播里是不是说死者‘前颈有刺伤的痕迹’来着？西奥多里克也被割开了前颈……这是巧合吗？”

说着说着，埃尔默脑中闪过可怕的想象。

去车库时，汽车的后备厢开着。千斤顶的手柄也不翼而飞。

目睹西奥多里克的惨状之际，有人喃喃说了句——“吸血狗”。

难不成——

“是巧合吧。”

金一句话就把埃尔默的疑问应付了过去。

但他的表情微微扭曲，目光中透着对口无遮拦者的责怪。

“总之，我们的处境和早上相比没什么不同。不……由于少了西奥多里克，甚至可以说更差了。厨房里还有食物，但剩得不多。就刚才所见……大约够撑三天。在那之前，先耐心等待路检撤销，或是西奥多里克提到的蛇头来接触。这是我们当前能采取的最佳求生策略。也不是没办法强行突破路检，但那是万不得已之策。我们开来的不是赛车，要是演变成电影里那种汽车追逐战，我们恐怕插翅难逃。”

“无论如何，现在都只能安安静静地躲在这儿等着，是吧。”

“还得时时刻刻祈祷警察别盯上这里……”

山穷水尽了……物资和时间都在告急。

状况天翻地覆，以致昨晚大家欢声笑语围坐桌旁的光景有些不真实。

P 市很大。回顾来路，徒步范围内没有商场。想悄悄采购物资就必须开车。

至少目前新闻还没提及劫匪的身份——埃尔默等人的名字。即使大摇大摆地走在街头，遭人认出相貌而被捕的风险也很小（但愿如此）……可开车是另一码事。

“换乘”后的去向暴露了，这意味着警方很可能已查明车型，用假牌照的事八成也露馅了。冒冒失失地开车出去，若是让巡逻中的警察看见便万事皆休。

只要警方还在持续警戒，就不能出门。

“西奥多里克提到的蛇头……有人知道联系方式吗？”埃尔默问。

其余三人摇了摇头。

“好像是通过电话联系的，但只有他知道号码。估计也没留记录。这次计划不也全在他脑子里吗？我们抱着希望打开他房间里的包，结果里面除了抢劫时戴的口罩和帽子外什么都没有。”

诚如苏珊娜所言，这次抢劫只有计划，没有“计划书”。“记在脑子里”是西奥多里克一贯的做法。拜其所赐，埃尔默有好几次差点拖了后腿。

大家甚至没被告知计划的全貌。这栋宅子就是很好的例证。

只有西奥多里克掌握着全部细节。

而他以出乎意料的形式退场了。

是谁杀的？那家伙是从哪儿逃走的，怎么逃的？答案依旧成谜。

能明确的只有一点——在这次抢劫计划中，他们有多么依赖西奥多里克。

该怎么办……该怎么办才好？

众人一筹莫展，徒然度过将近半小时。苏珊娜举手道："我想休息一会儿。"

"休息……现在不也相当于在休息吗？"

"埃尔默，难道你不累吗？"

埃尔默一时语塞。逃亡目的地暴露，陷入警方与军方的重重包围，还以离奇的方式失去了领导者，说不心累是假的。

"你看怎么合适，阿金？要不轮流去睡觉，一次去一个人？"

"我倒是也想，可西奥多里克这个前车之鉴在这儿摆着呢。我们明明都待在客厅，他却被杀了。也不知是用了什么方法，叫人干着急……就连他那么谨慎的人都没来得及发出喊声，可见凶手相当驾轻就熟。只放一个人独处很危险。"

"喂喂，真不像你会发表的高论。"

"那我问你，在亲眼看见他那副惨状之后，你敢说自己还能一个人上床睡得倍儿香？"

听了金的反问，这回轮到苏珊娜哑口无言。

"全员集中在一处比较好吗？"伊尼戈问。

"这样做也有风险。假如凶手在我们之中，一旦另外三个人都睡着就完蛋了。"

"我说你啊……都这时候了，怎么还在说这些？"

“可能性并没排除。不光埃尔默，你和苏珊娜也都有嫌疑——对你们来说，我也有。”

“那要怎么办啊？”

“跟昨晚一样。定个集合时间，大家一齐回房，到点儿就回到客厅。

“我知道你们想说什么。‘这跟轮流去睡觉有什么区别’，对吧？但从现在的状况来看，把风险降到零是不可能的。不管采取什么方法，危险都仍然存在。那么，分散风险要来得好得多。”

“荒唐！这都什么歪理啊——”

“我说了，我反对只放一个人独处。风险应该由大家一起承担，这样才公平。放轻松。西奥多里克一事的教训惨痛至极，但这下我们知道了宅子周围有危险人物。知道有危险，就能做出防范。大家锁好门窗，察觉不对就马上呼救。我想不出比这更安全的办法了。”

※

没人提出反对意见——准确地说是没人想得出其他办法，大家遵循金的提议，各回各房休息了。

埃尔默也上楼回到自己的房间。他锁上门，查看衣柜、浴室和床底——空无一人——并确认窗户也已锁好。

透过遮光窗帘的缝隙能看到外面的世界，乍看之下是司空见惯的平静街景。

他重新拉好窗帘，将床上的枕头、毯子和床垫挪到地上，把空床拖去当障碍物挡在门边，然后躺进放到地上的被褥里……身心疲惫，却难以成眠。

这种状态还要持续几天？

到点儿集合，吃晚饭，回房就寝，迎来早晨……想想就郁闷。

再说，谁敢保证能一连几天平安无事？

不光是食物够不够的问题。外面发生了杀人案，万一警察来查访，是假装不在家，还是若无其事地假扮善良的市民？

心头的不安甩也甩不开，唯有兜里的便笺本能排遣心绪。

发生了不得了的事。T被杀了。前颈被割开。不知道是谁干的。

从哪儿写起呢。回想起来，今天从早上起就不对劲。脖子上出现了奇怪的痕迹——

几乎没怎么睡着，就到了集合时间十六点。

埃尔默挪开床，小心翼翼地打开门，踏上走廊走下楼梯。苏珊娜和伊尼戈已经等在天井式客厅里。

看样子他俩也没怎么休息好，都没精打采的。尤其是苏珊娜，妆化得比平时浓，却仍遮不住黑眼圈。

“嚯，你看着像是没太睡着啊。”

“凑合吧……能躺会儿总归舒服些。”

一直待在客厅的话，恐怕会更累。

在伊尼戈和埃尔默对话的同时，苏珊娜面色阴沉地注视着走廊深处。

“话说，金还没醒？”

埃尔默感到心脏几乎冻结。

性格一丝不苟、从不迟到的金，过了集合时间还没出现在客厅。

“发生这种紧急事态，就算是那家伙，也难免睡过头——”

伊尼戈僵硬的声音被打断了。

惨叫声响起。

宛如临终悲鸣、野兽般粗野的叫声。

是从金的房间那边传来的。

“金！”

伊尼戈冲了过去。苏珊娜见状紧跟其后。埃尔默也急忙站起身。

难道说——不会吧……

祸不单行，最糟糕的预想以最糟糕的形式应验了。

金已然气绝。

他上身靠着床，腿搭在地上，脚下已化作一片血海——

红色液体从被割开的前颈汩汩流出。

第 4 章　吸血狗——外侧（Ⅱ）

1984 年 2 月 10 日 13:50 ~

第二名被害人死在自家一楼的卧室里，双手双脚遭绳子绑住，前颈左侧被割开。

“诺曼·鲁瑟，一九三七年生。”涟读出死者驾照上的信息，“登记的住址是 P 市格拉纳达西路 ×× 号。就是这栋房子。”

“看着不像四十七岁啊，挺显年轻。”红发上司探头看了看驾照上的照片，又看向尸体，皱起了眉，“不过，变成这副惨状，长什么样都白搭。”

被害人是睁着眼睛死去的。死相极为痛苦，与驾照上表情平淡的面容——法令纹比同龄人要浅，皮肤上也没长斑——迥异。

“驾照是两年前更新的。照片和尸体右侧脸颊上都有痣，虽然尚需核实，但应该是本人没错。”

P 警署接到第二个人遇害的报警约十分钟后，涟和玛利亚与多米尼克·巴罗兹刑警、赛琳·托斯提万验尸官一同进入现场——位于市中心北部住宅区的独栋房屋。

本来还纳闷会以怎样的方式协助多米尼克，谁知到达 P 市后不到一小时，便目睹了疑似出自在逃无差别杀人狂之手的惨案现场，哪怕是涟也始料未及。

另一边，玛利亚咕哝着“真倒霉，出差补贴得要双倍才划算”，环顾尸体周围情况。

美得惊人的五官，浓密的红色长发，特定光线下宛若燃烧的红宝石般闪耀的眼眸，堪比模特的身材——只是头发四处乱翘，上衣有一颗扣子开了，衣摆没掖进套装裙，西服软塌塌的，一点也不挺，皮鞋鞋尖都快破了。从多种角度来说，这副姿容都过于惹眼，与杀人现场格格不入。

房间一角放着一张质感厚重的床。被害人右半身朝下侧躺在——没在床上，是躺在地毯上。双手反绑于身后，双脚脚腕被紧紧捆在一起。绑住双手的绳子另一头系在床腿上。

前颈被深深割开，流出的血渗进地毯，洇开一片红色的污痕。然而只有尸体颈部下方有明显血迹，纵观整个房间，溅到血的地方很少，不像是有人在这里被切开了脖子。

“跟第一名被害人一样。脖子上的伤是在心脏停搏后弄上去的吗……”

赛琳在尸体旁蹲下。在P警署初遇之时，涟感觉她无论从褒贬的意味来说都像个人偶，这印象在验尸现场也并未改变。面对被害人的惨状，玛利亚的旧友表情淡漠，缺乏变化。

“皮肤略显苍白……体表温度较低，尸僵扩散……尸斑较淡，指压褪色……眼球——”

赛琳小声嘟囔着，像抚摩心爱的人偶般查验尸体。

尸体与凶案现场的状况非同寻常，再加上赛琳自身的独特气质，使得验尸过程犹如游乐园的鬼屋表演，散发着非现实的气息。

F警署的鲍勃·杰拉德验尸官也会嬉皮笑脸地验尸……或许要近距离面对尸体，必须具备相应的优异感性。

少顷，赛琳站起身来。

“估测死后过了两小时到四小时。但这只是初步推测。根据解剖结果，可能得修正死亡时间的范围，这点要注意。”

涟感到她如同人偶的表情里闪过一丝踌躇。玛利亚似是也觉出别扭，以警察的口吻向旧友发问：“措辞真严谨，倒是像你的作风……有什么在意的地方吗？”

“稍微有点。”赛琳将视线移向尸体，“详细鉴定等拿到眼科就诊记录和解剖结果再说。单从尸斑状态来看，误差应该不至于大到半天或一天。”

现在将近十四点。除眼病情况还需确认外，如果赛琳的估测无误，死亡时间应在十点到十二点之间。这是光天化日之下的罪行。

“死因是什么？”涟问。

“多半是遭受重击。后脑勺有几处遭钝器殴打的痕迹。再者，绑缚部位的皮肤有严重擦伤，说明死者曾试图强行解开绳子。”

被害人被凶手绑住，挣扎间遭殴打致死。是这么个顺序吗……总觉得有哪里不对。

“被绑前的状况不太明确啊。”玛利亚说出了涟心中的疑问，“被害人可是成年男性，只要不是受虐狂，不可能老老实实任人捆绑。我觉得凶手在用绳子绑住被害人之前，需要先设法限制其行动。”

“出其不意把被害人打晕就行吧？”多米尼克提出假设，“然后趁他昏迷绑住他。被害人恢复意识后奋起反抗，凶手施以致命一击……也跟被害人遭到多次殴打的事实相吻合。”

“那干吗还要绑被害人？要是一击就能打倒，还拿什么绳子，直接猛殴后脑勺不就得了。”

“我哪知道。”许是同样意识到了这个矛盾，多米尼克早早认输，“能抓住‘吸血狗’审讯最好，就是不知道他能不能给出条理清晰的回答。这跟那家伙的手法一样，我只知道这么多。”

“过去的无差别杀人案里，被害人也都被绑住了吗？”

方才刚在P警署听说了杀人狂“吸血狗”一事。好学如涟，也未曾查阅过当时的搜查资料。倘若这次案件再现了过往案件——那么包括昨晚发生的杀人案在内，已与杀人狂的脱逃撇不清干系。

“谈不上一模一样，总之有不少被害人被发现时，尸体都呈捆绑状态。当时的第二个和第三个，还有——”多米尼克挠了挠银发，“算了，还是从头解释快些。出去一趟吧。”

※

出了大门，是一片打理得十分整洁的庭院。

角落里停着一辆汽车，估计是被害人的。现在又多了两辆警车。涟和玛利亚乘坐的便衣警车停在前方路旁。

再往前是灌木丛，其深处是一栋建筑的墙壁，看着像集会场所。那里是住宅区的拐角，与左侧邻宅隔着宽阔的道路。获取目击证词大概很简单。

“——第一起案子发生在一九六〇年十一月，A州C县的山里。”

多米尼克带了搜查资料的复印件。他从停在院子边的警车里拿出活页夹，打开了话匣子。

“C县？”

位于P市东南方，濒临国境。如此说来——

“很敏锐嘛，黑发。‘吸血狗’以前可能造访过P市，对这片土地有所了解也不足为奇。被害人名叫梅赫塔贝尔·英格利斯，时年十三岁，是‘吸血狗’德里克·赖利的恋人。她死于闲置的山中小屋，前颈被剜得稀烂。当时的尸检报告认为，死因是后脑勺遭到撞击。颈部的伤是凶手行凶后用小屋里留有的旧锥子弄上去的。”

“小屋里的旧工具——”玛利亚用手指抵住下巴。看来这位U国上司也并不了解二十年前案件的详情。“一时冲动杀人后，情急之下抓了手边的工具来用吗？”

“也未必如此。‘吸血狗’和被害人似乎把那栋山中小屋当作约会地点，他完全能事先了解屋里有什么工具。不过约会云云都是后来才知道的。从被害人死亡到发现尸体超过一天，没法通过不在场证明锁定嫌疑人。被害人的父亲同样有重大嫌疑，这点也成了妨碍。”

“父亲？莫非他虐待女儿？”

“本人矢口否认，但实际情况跟虐待也差不了多少。他没有正经收入，甚至不给女儿吃饱饭。被害人母亲去世得早，没有其他家人，和父亲两个人生活。站在被害人的角度来看，与父亲关系紧张，在家里待不下去也不奇怪。”

十三岁正是多愁善感的年龄。也许她是想在无人之境向男朋友寻求片刻安稳。

不料男朋友却害死了她。

“案发一个月后，赖利一家因父亲工作变动离开A州，搬到远方的O州居住。相应地，之后的无差别杀人案也换了舞台。第二起案子发生在赖利一家的新居住地O州Z市郊外的森林里。自第一起案子后过了半年，一九六一年五月，有人在游步道上发现一具老妇人的尸体，系他伤身亡。被害人名叫乌尔丽卡·克林瓦尔，七十四岁，出生于东部大洋彼岸，是从P国过来的战争难民。她失去了丈夫和儿子，在森林附近的管理小屋独居……这个老婆婆好像曾四处散播些无稽之谈。”

“指什么？”

“嗯——‘森林里有吸血鬼出没’。”

沉默蔓延。

“八成是老糊涂了，把故乡的古老传说照搬到了建国不到二百年的新天地。”

“等等，最先提出‘吸血鬼之森’这个说法的不是媒体吗？”

“一开始是这个老婆婆传开的。讽刺的是，正是她本人使传言变成了事实……我接着介绍案情。推测死亡时间是发现尸体约一天前，具体来说是前一天的十一点到十九点之间。老婆婆住的小屋就在游步道入口附近，可街坊四邻避之唯恐不及，没能及时发现尸体也是这层缘故。”

消失将近一整天都没人注意，可见遇害的老妇人过着颇为孤独的生活。

“死因是遭受重击。路边有块沾血的石头。问题是死法。森林的游步道两旁架设有路绳，以避免游客偏离路线。遇害的老婆婆双臂大张，手腕被塑料绳紧紧系在路绳上，姿势就像钉在十字架上一样。”

多米尼克双臂向左右展开，摆出尸体的姿势。

“还不仅仅是绑在上面——”

“前颈被以利刃剜开了，是吗？”涟喃喃道。

“是啊。”多米尼克回答，“出血量很大，但根据血液飞溅范围和伤口情况，可以判断出是死后割开的。手腕则有擦伤的痕迹。凶手先绑住老婆婆，在她挣扎时砸死她，再割开前颈，大致是这么个顺序。顺带一提，经认定，绑手腕的塑料绳、捅脖子的菜刀都是老婆婆所住小屋里的东西。看样子凶手是仗着当地人烟稀少，现场筹集全套凶器后把老婆婆拖到森林里去的。可惜小屋里没留下凶手的痕迹。凶手为什么要绑住老婆婆并剜开前颈也不得而知——当时了解的信息还有限。”

“德里克·赖利没进入嫌疑人名单吗？相似的案件在他的原居住地和新居住地接连发生，头一个怀疑的就是他吧。”

“A 州和 O 州的距离可有三千公里左右呢！两个案发地之间隔着好几条州境线，共享情报、联手调查都很难。毕竟跟第一起案子时间相隔太久，动机也不明。前颈的伤口也没公开。何况第一起案子还有其他重大嫌疑人，把两起案子联系到一起的人即便有，也是极少数……当时的搜查员是这么说的。茫无头绪间，第三起案子发生了。自第一起案子后过了约一年，一九六一年十月，K 州 L 市的空店铺里发现一具男尸。”

“O 州的南部邻州啊。”

离“吸血狗”的新居有三百公里以上，虽不及与 A 州的距离，但也够远的。

“时间和空间的阻隔不见得只是借口，也许的确成了无差别连环杀人案调查进展缓慢的一大原因。而且被害人没有共同点。第三名被害人是四十一岁的男性，名叫保罗·爱德华兹，是当地体育俱乐部的教练。他的手脚被用捆绑带绑在椅子上，后脑勺遭到殴打，前颈还挨了一通乱划。现场没发现钝器和刀具。”

以教练为职的成年男性？

“德里克·赖利十三岁首次作案，算来这时候刚升上高二，照理说体力敌不过对方吧？”

“被害人患有宿疾，做教练是以口头指导为主，遇害时特别消瘦。资料上说他长期找医生开止痛用的吗啡。”

身子骨这么弱还要进体育俱乐部，莫非他是那种热衷奉献的性格？“被害人的熟人对他的印象都是老好人。”多米尼克补充说道。

“可是，”玛利亚侧头沉吟，“O 州的初中生是怎么跟 K 州的教练搭上关系的？又不是同班女生或者附近的老婆婆。就算是邻州，也没近到能随便跑过去玩的程度。”

“德里克·赖利参加了当地的体育俱乐部，两人所属俱乐部的主人是朋友，会轮流在双方的场地举办比赛，他俩多半是那时候接触上的吧。尸检结果表明，保罗·爱德华兹是在德里克·赖利所属俱乐部赴 L 市比赛当天遇害的。推测死亡时间是上午十点到下午一点之间，与比赛时间完全重合。也因为是该赛季最后一场比赛——对了，项目是足球——工作人员和运动员家属也都提前过去留宿了一晚，当天给上场选手呐喊助威，可谓相当声势浩大的集体活动。而且赛场离尸体发现地有段距离，徒步往返很困难。”

“咦？那不就没法犯案了吗？”

“一查才知道，原来德里克·赖利在比赛前一天以身体不适为由请假了。他没跟大家一起动身，没乘公交没住酒店，当天也没出现在赛场，直到家人回来前他都在家看门——当时的证词记录是这么写的。”

“拜托，”玛利亚瞪大眼睛，“这一听就超可疑啊。为什么这回没能逮捕他？”

“你问我我问谁？”银发刑警发起牢骚，“经后来的调查得知，德里克·赖利确实没有案发时的不在场证明，但也没有任何证词或证物显示他偷偷溜出家门去L市了。况且保罗·爱德华兹还有些不好的传闻。据说他把开来的吗啡倒卖了一部分到黑市。”

“真的吗？”玛利亚漂亮的眉毛一挑。

“只是流言。”多米尼克叹了口气，“后来发现纯粹是捕风捉影。但对当时的调查人员来说，和黑社会之间的纠纷这个角度也不容忽视。”

无法准确锁定目标，以致调查陷入了僵局啊。

“你刚才说尸体是在空店铺里发现的，没收集到目击证词吗？”

“不凑巧，还真没。其实发现尸体的地点是那家店地下的备品室，外面看不到，响动也传不出来。从后门拐进小巷就没人会看见。虽说市郊人烟稀少，如此彻底地避开人们的视线也不简单。但还是有搜查员开始怀疑，凶手会不会并非单纯出于怨恨作案。就像在印证这种推测似的，又过了半年，一九六二年四月，‘吸血鬼之森’再次出现牺牲者，累计下来是第四名被害人。”多米尼克频频停顿，时而扫一眼资料，“这次的被害人是一名男孩，名叫雷克斯·巴克利，十一岁，是当地的小学生。”

“继少女、老婆婆、患有宿疾的成年男性之后，这回轮到男孩了吗？除了论体力不是凶手的对手以外，看不出什么共同点。”

“这才哪儿到哪儿，之后的被害人更是五花八门……接着说第四名被害人。死因是溺水。‘吸血鬼之森’深处远离游步道的池塘浮上来一具尸体。”

溺死在森林深处的池塘？

“发生了什么啊？是遇难了吗？”

“差不多。几个同学强行拉他一起去试胆，只有他彻底走失了。其他小孩陷入恐慌，在森林里走散，之后得到收留，唯独雷克斯·巴克利下落不明超过一个星期，警方和街坊四邻拼命寻找也无济于事。最后尸体在池塘里发现时，已经死亡一天以上了。池塘位于一片洼地，周围有两米高的断崖，上面还有疑似失足跌落的痕迹，并且尸体右腿骨折。光看这项信息，也可以说这是一场在森林里走失后发生的不幸事故。但还发现了让人没法这样下定论的其他痕迹。”

“前颈被割开了？”

“没错。不过伤口好像比之前的被害人要浅。没发现凶器。尸检资料上说，从伤口的形状推测，用的是玻璃碴。估计是从街上的垃圾桶里随便捡的吧。总之明显不是摔伤的。警方也终于开始认真考虑将这一连串案件定性为无差别连环杀人案。”

“也太晚了。”

“你这纯属事后聪明嘛。是很晚，这点我基本同意——但前三起案子发生在不同州，其中两起还另有嫌疑人，没能及时作为连环命案调查也情有可原。真正有资格指责此事的，只有从没提出过错误推理的搜查员。玛利亚，你敢拍着胸脯说自己有这个资格吗？”

“不说话没人当你是哑巴。”玛利亚瞪了涟一眼，“——话说回来，找了一个星期都没找着的孩子，又过一天就冷不丁浮在池塘上了？凶手是不是把他关在了哪儿，杀害后抛尸到了池塘里啊？”

“当时也有这种声音，可要把尸体扛到离游步道那么远的地方，终归存在风险。刚才我也说了，池塘那儿是一片洼地。多半是掉进搜救队看不见的死角了。摔断了腿、极度虚弱的人，要呼救谈何容易。”

而“吸血狗”正好撞见了他吗？

“警方正式将此案作为无差别连环杀人案展开搜查，却久久抓不到决定性证据。在L市的第三案中没收集到目击证词貌似是个难点。况且用来行凶的塑料绳、捆绑带这类东西，要么是现场原本就有的，要么是杂货店就能买到的量产货，也没法通过购买途径揪住狐狸尾巴。

“调查将近半年都没取得进展，束手无策间，出现了第五名被害人。一九六二年九月，O州首府C市一家宠物店的女店主在自家店里遇害。

“被害人名叫范妮·皮尔逊，时年三十岁。宠物店是她从亡父那里继承的，无奈经营每况愈下，她甚至会大老远跑到车程一小时的Z市去发传单，‘吸血狗’就住在那儿，完全有机会知道猎物的住址。”

“尸体具体是在宠物店的哪里发现的？收银台后面？”

多米尼克摇了摇头。

“是在车库的车里。跟第二、第三起案子的被害人一样手脚遭绑，被塞进了公司用车的后备厢，前颈被捅得稀烂。据推测，直接死因是绞杀……不清楚是先勒死再塞进后备厢，还是先塞进后备厢再勒死的，但基本可以断定第一步是绑住手脚，割开前颈则是在最后。资料上说，遭捆绑的部位可见擦伤，车子周围却几乎没有血迹。后备厢里倒成了不折不扣的血海。”

“割开前颈的凶器是什么？”

“手术刀。发现尸体的后备厢里还放着个包，装有全套宠物医疗器械，应该是从包里拿的。凶器没放回包里，扔在后备厢角落。”

“医疗器械——那家宠物店还兼做动物医院吗？”

“被害人的父亲是干这个的。被害人本人学的是药学，想来没有兽医证。父亲的死或许也是店铺经营状况恶化的原因之一。地处市郊也是一大劣势，被害人父亲的朋友称，那家店大白天也冷冷清清的。”

“那么冷清，也真亏得能有人发现尸体。”

“第一发现人就是被害人父亲的那个朋友。休息日过后他来查看情况，发现明明在营业时间，店门口却仍挂着‘休息中’的牌子，感觉蹊跷就绕到了车库，看见后门开着，汽车上插着车钥匙——就是这么个经过。推测死亡时间大概在发现尸体的前一天，是那家店的定休日。在后来的调查中，有多项证词表明，德里克·赖利在行凶当天乘坐过开往C市的公交。

“我知道你想说什么，红毛。‘为什么不把他扭送到警署’，对吧？

“棘手的是找不到能证明他杀人的证据。用来勒脖子的绳子——绑住第三名被害人的捆绑带也一样——是个人就能从杂货店买到。凶器是被害人自己的手术刀。案发当天他在C市的动向也一直没能掌握。再说德里克·赖利当时只是个初三学生，年仅十五岁，第一起案子发生时才十三岁。怎么可能是这种小屁孩——不可否认，调查人员怀有这种先入为主的想法。结果，又过了一年多，‘吸血狗’才落网。一九六三年十月，最后一名被害人的尸体在‘吸血鬼之森’深处被发现。被害人名叫洛拉·迪肯斯，时年十六岁，是个女高中生。”

又是“吸血鬼之森”吗？

“手法和前几案基本一样，用钝器殴打后绑住被害人手脚，再剜开前颈。被害人说要‘去玩’就再无音信，两天后搜救队才找到她，人已经死亡二十四小时了。又过了三天，德里克·赖利被捕。”

“挺快嘛。是怎么成功逮捕这么个犯下近乎完美犯罪的杀人狂的？”

“黑发，这话你可千万别在当年参与过调查的人面前说。少女去男朋友家玩，之后就失踪了，换你你头一个怀疑谁？”

“被害人是德里克·赖利的新恋人？”

“他俩是在高中认识的。其实在案发几个星期前，被害人也去过赖利家……看样子是少女爱得更加热烈。再加上赖利跟其他被害人也有联系，警方终于下决心上门搜查，在德里克·赖利的房间里发现了疑似凶器的小刀。血迹被擦去了，但刀刃形状与洛拉·迪肯斯颈部的割伤吻合。德里克·赖利当场被带走，坦白了罪行。

“他执着于剜开被害人前颈的理由，在他落网后也终于水落石出。‘我想喝赫蒂的血。回过神来，我已经咬住她的脖子了。’——据说这几句供词冒出来的时候，搜查员都一下子毛骨悚然……看来以当时的鉴定技术，还无法从被害人颈部的伤口检验出德里克·赖利的唾液。不过，供词里也有不少‘他的血简直无法下咽’‘与赫蒂的血味道悬殊’这类含糊、异常的内容。

“逮捕德里克·赖利后还弄清楚一点——他和那些被害人都感染了狂犬病。警方对德里克·赖利做了包含精神鉴定在内的医疗诊断，发现他感染了狂犬病病毒。要是把被害人的尸体都挖出来再查一下，想必能验出全员中招的结果。当时的精神科医生在庭审中做证称，‘吸血狗’之所以绑住被害人，也有可能是由于感染导致的妄想。而关于血液味道的供词，以及被害人颈部的伤口情况都泄露给了媒体，于是德里克·赖利有了稀世杀人狂‘吸血狗’的称号。”

多米尼克低头看了眼手表，合上活页夹。

“稍微耽误了点时间。尸检这会儿也该做完了，剩下的之后再讲。详情在警署的资料里也有记录。”

※

“前颈的伤口是利刃造成的，小刀或者菜刀。”赛琳如哼歌般有节奏地讲述着尸检意见，“创口比前天的被害人要宽……也许是用放在厨房里的菜刀划的。”

P 警署的鉴定人员称，调查这名被害人家里的厨房时，看到水槽里放着一把菜刀。

刀上看不出血迹，也没检出疑似属于凶手的指纹。刀柄可见戴手套握住的痕迹。

“根据伤口情况推测，后脑勺的挫伤由较细的重物造成……估计是铁锤、撬棍之类的工具。没准昨晚那个被害人也是遭到了同一件物品的殴打。”

至少被害人的卧室里没见留下这类东西。凶手是如赛琳所暗示的事先准备好了，还是从被害人家的工具箱里随手拿的？

“用来捆绑手脚的绳子是被害人家里原本就有的吗？”

“没找到类似的绳捆……看着像是成品，查找凶手获取绳子的途径可能得费一番功夫。”

从 MD 州到 A 州的路程很长。假设“吸血狗”若无其事地随便进了家杂货店去买，符合条件的店不计其数。只是不清楚他从哪儿筹来的资金。

无论答案如何，偶发杀人的可能性都很低，只能这么认为。推测死亡时间是中午，市内正在加强巡逻。假如这是与“吸血狗”毫不相干的杀人案，比如口角升级发展成杀伤，那么比起不慌不忙地把被害人用绳子绑住，想尽快离开现场才是人之常情。

尽管如此，凶手还是绑住了被害人。必然性何在？如多米尼克所说，“吸血狗”有一套仅他自己才理解的规则吗？还是……

“托斯提万验尸官，请问是否存在被害人在别的地方遇害，再被搬到家里的可能？”

“无法断言绝对没有。”赛琳回答，并未反问涟为什么打听这个，“因为血迹延伸到了后颈。如果身体一直是侧躺姿势，血不会流到那个位置。可如果是在别的地方剜开的前颈，地毯上的血未免太多了，而门和床之间又没有其他明显血迹……就算凶手捅完脖子后动了尸体，也顶多是改变身体朝向。从尸斑状态来看，尸体在此处保持这个姿势至少有两小时。”

推测死亡时间是两小时到四小时之前，与尸体呈现出当前姿势的时间相近。即便死者是在四小时前遇害，两小时前被从别的地方搬到了这里，考虑到挪动尸体所需的时间、捆绑手脚要费的功夫，时间非常紧迫。死者就是在这间卧室里遇害的——这样想比较自然。

“只凭尸斑就能看出这么多啊。”

“玛利亚，你当了几十年警察，连尸斑这种基础知识都没弄明白吗？简直令人目瞪口呆。你该去警校重修了。”

“我工作还不到十年呢！”

“简单来讲，尸斑就是血液的沉淀现象。”赛琳淡淡地开始解说，“人死后血液循环停止，体内的血液受重力牵引坠积于尸体低下部位，并逐渐凝固，呈现于体表便形成尸斑。若趁血液尚未完全凝固时翻转尸体，尸斑也会受重力影响转移到下方，是否会留下转移痕迹要看凝固程度。相对地，若经过较长时间，血液已完全凝固，那再怎么翻转尸体，尸斑也不会转移。观察尸斑的状态，就能推断人死后过了多久、尸体是否被移动过。”

“就是这么回事。还没听懂吗？要不让她给你开一门特别课程，从早到晚一遍遍讲给你听，直到你听明白为止？学费你付。”

“用不着！听过刚才的解释就足够了。”

“很好。托斯提万验尸官，辛苦你了。”

“没关系。另外，能容我插一句吗？”

“什么？”

“不必为了迎合我用那么郑重的称呼。你是索尔兹伯里小姐的搭档吧？叫我赛琳就行。那个——”

“我叫九条涟。不用加敬称，直接叫名字就好。”

“明白了。那就叫你——涟警官。”

从没有人这么称呼过自己。莫非这是F国式的玩笑？在这种严肃的场合，赛琳唇边却泛着浅浅的笑意。

尸体的第一发现人是看起来四十岁上下的女性。

她在市中心经营一家私人咖啡店，被害人诺曼·鲁瑟在她的店里当咖啡师。过了中午，诺曼还没到店里来，也联系不上，她有些担心，就暂停营业去往他家，结果透过卧室窗帘的缝隙目睹了尸体的惨状。

问询是在客厅进行的。面对无力地瘫坐在沙发上的女人，涟开始发问。

“确定死者是诺曼·鲁瑟没错吧？”

“我看着是。”

女人呜咽着点了下头。特意赶到迟迟不现身的员工家里绕窗查看的举动，还有那哭得红肿充血的眼睛，都无声地诉说着她对被害人的心意。

“房门能打开吗？”红发上司问道。

咖啡店店主露出悲哀的神色，摇了摇头。所以才要绕到窗边查看啊。看来她跟被害人的关系没亲密到能保管对方家门钥匙的程度。

问询还涉及诺曼的个人信息。

店主称诺曼自从十几年前离婚后就没有固定交往对象，始终一个人生活，五年前开始在她店里打工。据说是在上一份工作中人际关系不理想，心生厌倦之际看见“招聘店员”的海报，决意跳槽。

“全都是……听他说的。他跟熟客会聊上几句……工作之余有没有和哪个客人私下交往密切就不清楚了。”

店主声音苍白地补充道。

多米尼克在她面前蹲下身来。“虽然可能会勾起您伤心的回忆，但还请再回答我一个问题。您最后一次见到诺曼·鲁瑟是在什么时候？”

“昨晚七点多……店里打烊后，我们一起打扫卫生，为第二天的营业做准备，忙完我说了声‘辛苦了’，目送他回家……之后我就再也没见过他。”

店主双手掩面，声音颤抖。

“红毛，黑发，你们怎么看？”

对第一发现人的问询结束后，涟和玛利亚、多米尼克、赛琳一起走出房门时，多米尼克冷不丁发问。

“她是无辜的——如果你是想问第一发现人是否可疑。”

红发上司当即下了定论。

“推测死亡时间在上午十点到十二点之间，一般的店铺在这个时间段都在营业。假设她是凶手，从市中心的店里驱车来到这儿，殴打被害人并绑住手脚、割开前颈，再匆匆返回店铺——光是往返路程就得十分钟，以最快的速度完成整套杀人流程，也要花半小时以上。不知道她的店繁忙程度如何，总之，她去被害人家里前暂时关了店门，可见人手不足，要去杀人的话想必也得挂个暂停营业的牌子，引客人和周围人起疑的风险很大。退一步说，假如‘被害人过了中午还没来上班’是彻头彻尾的谎言，真正的杀人现场是她的店里——根据赛琳的判断，尸体至少在卧室里放了两小时，逆推一下，必须在十二点之前把尸体搬到被害人家里，这也不太现实。”

玛利亚的推论与涟方才的想法很接近。

“再说，她没必要暂停营业赶去假扮第一发现人。有更省事的办法，比如在客人面前给被害人家里打个电话，装出一副担心得不得了的样子，之后可以等打烊再过去，也可以按兵不动观望几天。通过拖延尸体发现时间以使死亡时间难以估计，远比制造拙劣的不在场证明更安全。”

“红毛……你不先怀疑‘吸血狗’，而是从排除案件关系人的嫌疑着手吗？”

“办案绝不能先入为主。”

听这口气，就好像她从没提出过充满偏见的推测似的。

“锁的事也有点蹊跷。”涟接过玛利亚的话，“搜查员刚刚赶到时，被害人家的房门和窗户全都锁着，对吧？”

“是啊。我收到报告称，接到第一发现人的报警后，搜查员打破客厅窗户进入了现场。房门锁着，但没挂门链。没找到房门钥匙。诺曼·鲁瑟的衣兜里也没有。大概是凶手拿走了。完事后，凶手用被害人的钥匙从外面锁上了房门。”

“那凶手是怎么闯入被害人家里的？”

银发刑警不禁屏息。

涟继续道：“既然窗户是在接到报警后才打破的，凶手的闯入手段就只剩下两种可能：凶手在屋外袭击被害人夺走钥匙；或者被害人自己把凶手迎进家里。”

“等等，后者根本不可能吧。从早上就开始戒严，又是路检又是空军又是巡逻的，新闻也在一遍遍播报戒严情况。这种形势下，一个素不相识的人出现在门口要求进屋，有谁会傻到乖乖放对方进来啊？”

“这逻辑对前者同样成立。到处都有警车和空军的水母船在巡逻，凶手难道想不到在室外行凶有多危险吗？”

短暂的沉默过后，多米尼克仍不死心地辩解说：“没准凶手绕到了被害人的视线死角呢？比如在不临街的后院敲窗户吸引诺曼·鲁瑟的注意，等他开窗探出头来就用撬棍猛砸，类似这样的办法也未必行不通吧？”

“巴罗兹先生，只有后脑勺可见殴打的痕迹。”

赛琳一针见血，多米尼克发出呻吟。

殴打后脑勺。也就是说，诺曼·鲁瑟遇害时是背对凶手的。照银发刑警所说的方法，凶手与被害人的站位就跟被害人遭殴打的部位对不上了。

趁被害人从窗户探出头的当口，凶手从外面亮出刀具威胁被害人，同时翻窗潜入——这种可能性也不是没有，但难保被害人不会高声喊叫抑或做出意料之外的抵抗。凶手是如何看待这些风险的？

“真是的，到底怎么回事啊。”多米尼克抓了抓银发，“既不是在外面遇袭，又不是不慎引狼入室，那诺曼·鲁瑟是怎么和‘吸血狗’发生接触的？”

“后一种可能还有讨论余地。如果对被害人来说，凶手并非素不相识——”

“你是指伪装成‘吸血狗’行凶的熟人作案？！这更不可能了。我们没把第一名被害人的详情透露给媒体，也没说‘吸血狗’可能潜伏在P市——就连他逃走的事都没提，怎么会有人在今天上午凭空冒出模仿‘吸血狗’犯罪的念头？未免太奇怪了。”

“是很奇怪。不止这一点。”玛利亚皱起眉头，“要是像涟说的，不是‘吸血狗’杀的人，而是被害人的熟人模仿‘吸血狗’作案，那就没必要把门窗全都关好。随便把哪扇窗户打开或砸碎，往窗框上印脚印，伪装成外人作案就行。说到底，作案时间也很奇怪。上午十点到十二点之间……刚才也说过，普通上班族这会儿早就开始工作了。照理说被害人也该去上班了才对。遇害前的这段时间里，被害人在哪儿、做什么呢？”

“看样子暂时得不出结论。”赛琳平静地打了个圆场，“有必要从其他角度确认此案是不是‘吸血狗’所为。”

“回P警署吧。”涟举手道，“雅尔纳赫教授说不定能根据尸体状态找出线索。对于‘吸血狗’德里克·赖利的性格和行为，他大概比我们熟悉得多。”

※

“……嗯，找人准备一下。越快越好。尽量在两小时，不，一小时之内——哎哟行了！我知道！直升机或者战斗机都行，总之派人通过最短路径运到C州。没工夫磨叽了，不定什么时候又要出事……不要紧，她那边我去说。这次的案子结束后我请你喝上两三杯。靠你了，约翰！”

回P警署的路上，在手握方向盘的涟身旁，玛利亚几乎是把无线电对讲机摔了回去。

其间能隐约听到约翰的反驳：“一小时?！别太离谱了！”“去基地就得花上一会儿，准备也需要时间——”诸如此类。精悍的青年军人强忍头痛的模样赫然浮现在眼前。

说完这一连串近乎强人所难的请求，玛利亚长出一口气。她靠到副驾驶座上，用虚脱的声音询问背后的人：“赛琳，坐我们这辆车没关系吗?”

“嗯。”赛琳在后排点了点头，“刚才除了工作都没来得及说别的——而且我想跟你的搭档好好打个招呼。”

车里坐着涟、玛利亚和赛琳。多米尼克不在。这会儿他应该正坐另一辆警车往警署赶，像前一刻的玛利亚一样用无线电对讲机四处发号施令。空军那边可以由玛利亚向约翰提出请求，P警署的搜查员却是涟和玛利亚无权直接指挥的，要靠多米尼克来部署。

“涟警官，我听巴罗兹先生讲过你和索尔兹伯里小姐的事。他说F市有个来自J国的优秀搜查员，还有个说不清是聪明还是迟钝的邋遢红发警监。”

“过奖。对我的形容姑且不提，对玛利亚的评价很准确呢。”

“喂喂，这话什么意思啊?！”

“哎呀，我只是原样复述巴罗兹先生的话而已。”

涟听见玛利亚在咬牙……她和昔日高中室友的关系可见一斑。

“对了，得知玛利亚的朋友在这儿当验尸官，我还真挺惊讶。你以前就对法医学感兴趣？”

“嗯，觉得比较适合我。”

目睹赛琳方才工作之熟练，若问有没有别的职业更适合她，一时还真想不出来。

“少骗人了。在U国留学那阵，你可从没说过要当验尸官。”

“彼此彼此，我记得你高中时不是特别讨厌警察吗？那时候的你要是见到现在的你，不知会做何感受。”

赛琳淡淡地回答，语气里透着怀念，又带有些许悲哀。涟装作不经意地斜眼看向上司，只见玛利亚扭着头。“就你话多。”她咕哝了句，声音里流露出微微的痛苦。是错觉吗？

“你是说，高中时的玛利亚跟现在很不一样？”

“不，倒不如说一点也没变，惊到我了。”

“原来如此。睡过头迟到是家常便饭，提起学习就头疼，一条道走到黑，动不动对人大打出手，屡屡受到停学处分，没错吧。”

“好厉害啊，涟警官，你有看穿过去的才能？”

“你们俩！掀人老底当乐子也适可而止吧！”

在玛利亚的叫唤声中，P警署进入视野。

休息时间结束了——逮捕无差别杀人狂的战斗，尚看不到一丝胜算。

※

“是他。”古斯塔夫·雅尔纳赫教授瞥了一眼尸体和凶案现场的照片，立即挤出沙哑的声音道，“模仿犯罪的可能性也不为零，但颈部的割伤和以往的无差别杀人案受害者非常相像。”

——P警署会议室氛围紧张，与一个半小时前碰头时不可同日而语。

古斯塔夫跟无差别杀人狂德里克·赖利打交道的时间比任何人都长。许是这层缘故，古斯塔夫对二十年前案件的详情也了如指掌。

“伤口的形状啊。”多米尼克以手抚额，吩咐候在墙边的搜查员，“核对一下当年的搜查资料。”模样最年轻的搜查员旋即冲出会议室。

指向杀人狂作案的佐证多了一个。然而，还不够。

“别净说‘也不为零’‘非常相像’这种模棱两可的话，没有更可靠的方法能证明是德里克·赖利干的吗？”玛利亚逼问古斯塔夫，“既然割开前颈是为了掩盖咬痕，牙形姑且不论，一两滴唾液混进颈部的血肉里总归有可能，也许能从中验出‘吸血狗’的DNA啊。我认识一位精通DNA的学者，把样本带给她，她肯定会帮忙仔细检验的。”

多米尼克猛地抬起头来。

“你是指弗兰基·坦尼尔博士的研究室？蓝玫瑰案那个？我在那起案子之前就听说过坦尼尔博士的名字。研究领域相似也算是有缘。虽说没直接见过面。”

“我们也参与了对那起案件的调查。回会议室之前，我打电话拜托过研究室那边了，事前打点已经做好，之后只要把样本送去就行。”

涟想起了几分钟前的一幕。连句像样的寒暄都没有，脱口就是“劳烦做个鉴定，十万火急”，这样究竟算不算事前打点，涟心里直犯嘀咕。希望事后不会收到对方的投诉。

古斯塔夫沉默少顷，说：“那边能帮忙自然最好。但是，能并行开展的工作也不该耽搁。还有比DNA分析更便捷的手段。伊薇特，P市近郊能用电子显微镜的设施都有哪些，清单列完没？”

“啊，列完了。”古斯塔夫的助手伊薇特挺直脊背，翻开笔记本，“最近的是……A州立大学理学部有一台今天下午空着。”

“再好不过。巴罗兹刑警，我想从两名被害人身上采集可用于电子显微镜观察的样本。顺利的话，说不定能比坦尼尔研究室那边更早出结果。”

“让赛琳到场监督。来个人带路去停尸房，顺便给赛琳捎个话：‘另取一份用于鉴定DNA的样本，以便在军方的人过来时立即交付。’完毕。”

另一名搜查员向伊薇特招了招手。戴眼镜的助手跑向会议室角落的拉杆包，打开拉链，拿出一个半透明的盒子。依稀能看见里面装着形似棉棒和镊子的物品，像是采样套装。

“那个……我去去就回。”

戴眼镜的助手笨拙地鞠了一躬，跟负责带路的搜查员一起走出会议室。

一波既平，会议室归于寂静。屋里还剩下涟、玛利亚、多米尼克和古斯塔夫。约翰离席去给空军部队下达指示了。

“雅尔纳赫教授，容我再问一遍。”涟再度提出先前因接到第二起案件的报警而被打断的问题，“对‘吸血狗’脱逃一事下封口令的理由是什么？刚才你说德里克·赖利患有狂犬病，那此事就更加匪夷所思。狂犬病发病后的死亡率是百分之百。要是能在感染后至发病前接种疫苗，倒还有一线生机——可狂犬病的潜伏期短则数天，长也就几年。据我所闻，症状发展到出现妄想的程度后，通常一个星期左右患者就会陷入昏睡状态，

犬病发病后不到一年就会死。对遗属只传达这个一般性事实，让他们误以为德里克·赖利要不了多久就会死——或是已经死了。”

“不是我一个人拍板的。这是当时国立卫生研究院全体成员的判断。”

古斯塔夫默认了涟的推测。

为了避免可以预见的指责，国立卫生研究院隐瞒了变种病毒的信息与“吸血狗”的生死。多半是盘算着只要把他关在病房里，真相就不会大白于天下。

不料“吸血狗”逃走了。

倘若公开这一事实，就相当于承认国立卫生研究院二十年来一直在欺骗被害人家属。关押之初的判断，如今以始料未及的形式束缚住了研究院成员——古斯塔夫等人的行动。

“理解原委不代表认同。”玛利亚的表情扭曲了，“赶紧公开吧，把情况和盘托出。杀人狂逃窜在外，无辜民众的生命正处在危险之中，没空畏首畏尾了。这样你们不也能轻松点吗？”

“全部公开有什么好处？告诉人们‘二十年前那个公认死于狂犬病的无差别杀人狂其实还活着，并且在感染病毒的状态下逃走了，他也许就在你附近，请小心’？一个弄不好，整个P市就会陷入恐慌，还有狂乱的市民四处追赶德里克，试图处以私刑的危险。这样一来，德里克和市民无疑会两败俱伤。对于公开此事会造成的后果，你们警方负得起全责吗？”

“都有人遇害了！你们还只想着保全名声，一味掩盖事实？如果你以为能永远隐瞒下去——”

“等等，红毛。我也反对在现阶段就公开德里克·赖利的情报。‘吸血狗’逃走的事还没公开呢，刚第二起案子，围绕模仿犯罪的可能性就差点讨论不出结果，你忘了吗？‘吸血狗’是病毒感染者，这是一项珍贵的情报，有助于辨别是不是模仿犯罪。现在还不该贸然亮出手牌。”

或许是承认多米尼克的主张有几分道理，玛利亚不甘心地咂了咂舌，说了声“知道了”。然而从她的表情能看出，她内心对此完全不认可。

一触即发的氛围愈演愈烈。涟换了个话题。

“雅尔纳赫教授，德里克·赖利感染狂犬病病毒变异株一事属实吗？他能存活二十年之久，有没有可能不是因为病毒变异，而是由于他自身的特殊体质？”

“后一种可能性也不能排除。”古斯塔夫恢复了冷静的语气，“但我们目前的结论是，大部分症状是病毒变异造成的。”

“你是说，‘吸血狗’咬被害人的脖子，也是变种病毒导致的症状？”

“可以这么想——为图方便，我们称之为‘D 病毒’。”

“德里克”（Derek）的 D 吗？这名字起得够随便的，不过取名的品位对学者而言并非必需。

“‘D’……跟吸血鬼小说似的。”玛利亚咕哝。

“刚才做过简单的说明，下面我再详细讲讲。狂犬病病毒主要经外伤感染神经细胞，从神经末梢上行至神经中枢进入脑部。偶尔也有未经外伤而从眼部感染的病例——总之，经由神经细胞而非血管感染，是狂犬病病毒的一大特征。病毒到达脑部后会增殖，在引起狂犬病特有症状的同时沿神经细胞抵达唾液腺，随唾液排出体外。人也好，狗也好，其他动物也好，都遵循这一感染路径。

“D 病毒也一样。德里克的唾液附着到被害人的颈部，该部位被割开后伤口仍残留有唾液的话，就有可能通过电子显微镜观察到病毒。不知该不该说幸运，D病毒的外壳呈标志性的子弹状，与普通狂犬病病毒并无不同。若能用电子显微镜观察，这会是一项便利的指标。”

随着古斯塔夫的讲解，玛利亚脸上毫不掩饰地写满了问号。

“玛利亚，保险起见容我问一句，说到底，你能正确理解病毒是怎么一回事吗？”

“欸？！当……当然了。不就是细菌的同类嘛。”

“大错特错。”听到预料之中的回答，涟故意叹了口气，“不知你还记不记得在理科教科书上看到的细菌剖面图，那些示意图上大多画着细胞核、细胞质、细胞膜等结构。而病毒没有这些，大小也只有细菌的十分之一到百分之一不等。构成病毒的是遗传物质——比如DNA，以及覆盖遗传物质的衣壳，有些病毒还有包膜。此外几乎没别的了。细菌单体也能分裂，病毒则无法仅靠自身繁殖，需要吸附到细胞上注入遗传物质，利用细胞内的物质复制自身部件——遗传物质和衣壳，组装起来再释放到细胞外。病毒只具备这种最低限度的功能。”

“什么鬼，一会儿部件一会儿组装一会儿最低限度功能的……又不是科幻电影里的小型机器人。那玩意儿能算生物吗？那种东西真能引发人体机能失常，让人病死？”

“从某种角度来说，你的观点是对的。”

古斯塔夫点了点头。

“如果将生物的必备要素定义为‘自我繁殖’‘能量转换’‘与外界的明确界限’，那么缺乏前两者的病毒就不能称为生物。但你所说的‘那种东西’的确存在于自然界中，会夺走人的生命。

“狂犬病尤为特殊，感染时的状态和症状发作的机制至今成谜。只知道病毒从伤口侵入体内，沿神经细胞到达脑部，至于狂犬病病毒为何对神经细胞亲和性很强，电子显微镜水平或分子水平下发生着怎样的作用，现代科学还阐释不了。换作蓝玫瑰，倒是能基于花瓣色素的合成过程来解释‘为什么以往的玫瑰没有蓝色的’，可狂犬病的病理研究甚至还没进展到这一步。D 病毒也一样。发生了怎样的变异，这种变异为什么令德里克存活了如此之久，都还没弄清。着实惭愧。

“言归正传——这次的关键在于，不同种类病毒的衣壳和包膜形状各不相同。从细长的棒状到球状，乃至像你说的只能形容为科幻电影里机器人的形状，无奇不有。如刚才所说，狂犬病病毒的衣壳呈类似子弹的形状，因此能明确地与感冒病毒、水痘病毒区分开来。能用电子显微镜观察到子弹状图像的话，就基本可以确定是德里克行凶。”

“OK，先这么办就行。”红发上司定睛看向古斯塔夫，“哎，你刚才提到唾液会混入病毒是吧……那要是发病的人咬了别人，被咬的人也会感染喽？”

“没错。”古斯塔夫露出佩服的神情，“只是要加个条件：得咬得足够狠，以使唾液中含有的病毒能到达神经末梢。跟天花和感冒不同，只要没出现极端情况，狂犬病病毒就不会传染给别人。反之，感染狂犬病病毒，意味着感染者身上发生了‘极端事态’。断定二十年前那些被害人死于德里克之手的理由之一，就是从他们的尸体上检测出了狂犬病病毒。总不会是遭割喉的被害人全都在和德里克接触之前就患有狂犬病吧。”

短暂的沉默。

“不过当时基因分析技术还不够发达，难以辨别从被害人身上检测出的病毒是德里克带来的 D 病毒还是普通狂犬病病毒，连D病毒是变异株这点都没能查出来。能够确认的只有一个事实：在时隔二十年的今天，D病毒仍存在于德里克体内。”

“我想请教一下，是否可以说，D病毒引起的症状跟既有的狂犬病是一样的？”

“搞不懂。”古斯塔夫摇了摇头，“也许该换个病名了。”

问了个没价值的问题。涟抛出剩余的疑问。

“既然德里克·赖利是如此至关重要的人物，对他的监视和警戒想必极为森严……恕我问得难听：为什么时至今日居然能轻易让他跑了？”

“大意了。”古斯塔夫愁眉苦脸道，“因为过去二十年了，只能这么说。自从被关进来，德里克不吵不闹，安静得堪称模范囚徒。这导致了我们的疏忽。他抓住了离开病房去做定期体检的时机……其他职工发现异状时，随行的保安和职工已被抢走ID卡，倒在楼梯的死角不省人事。保安还被扒掉了制服，警棍也被抢走了。德里克穿上抢来的制服乔装成保安，用ID卡逃到了研究院外面——这就是我们现阶段的推测。”

“当时没报警吗？”

“只向州警本部传达了情况，靠他们展开追踪搜查，可惜效果有限。州首府犯罪频发，警署匀不出充足的人手，再不把情报告知中小警署，恐怕连追查德里克的行踪都很困难。”

所以应该赶紧公开啊。玛利亚以眼神诉说着。

古斯塔夫将双肘撑在桌上，双手扶住额头。“这次的事完全是我们初期应对不当造成的，找不了任何借口。”

“先全力搜捕德里克·赖利吧，过后再哀叹也不迟。我最后再确认一点，这对于锁定他的逃亡路径很有必要——关押德里克·赖利的是国立卫生研究院的哪个设施？”

古斯塔夫抬起头来，困惑地眨了眨眼。

“卫生研究院本部，位于过敏与传染病研究所一角的病房楼……跟这个有什么关系吗？”

※

能否称得上搜查会议姑且不提，与古斯塔夫一起讨论了将近半小时后，涟和玛利亚一起离开会议室。手表指针指向十五点二十分。距抵达P市才过去不到三小时。

“涟，你最后那个问题是什么用意？”下楼时玛利亚问道。

涟反问她：“你还记得运钞车抢劫案发生在哪天吗？”

“怎么又说回那个案子了……前天啊，二月八日。我还没糊涂到这都能忘。”

“德里克·赖利是在二月七日逃走的，抢劫案前一天。也许你和巴罗兹刑警都认为纯粹是凑巧——可这真的只是巧合吗？”

玛利亚轻启嘴唇，投来严峻的目光。

“你想说不是这样？依据是？”

“关押地点。国立卫生研究院本部设在MD州。如果我没记错，抢劫案现场距离那边不到一小时车程。”

玛利亚睁大了眼睛。

“等等，你该不会是要说——劫匪开车把‘吸血狗’带到了P市？！”

“我不敢断言，可事情实在太巧，让人没法全盘否定。从整个U国的尺度来看，国立卫生研究院本部和运钞车抢劫案现场只有咫尺之遥。案发日期也只差一天。况且据推测，劫匪到达A州P市是在昨晚二十三点左右。紧接着，晚上二十三点到次日凌晨一点之间，第一名被害人遇害。还有，‘吸血狗’的家乡在国境附近的C县，从F市过去要途经P市……这一切能都归结为巧合吗？”

玛利亚用指尖抵住下巴。

“何止有几分道理。我早就纳闷了，‘吸血狗’——德里克·赖利从病房逃走后是怎么跑到P市的？徒步走上三天也走不了多远，要往远处逃只能开车。但‘吸血狗’被捕时才十六岁，刚上高一的年纪，能不能考驾照都不好说……何况在病房里关了二十年之久，忘记怎么开车也不足为奇。”

可若是有人开车载他，又另当别论。

向国境进发的劫匪和要回家乡的“吸血狗”。若是他们因利害关系一致而结伙——

涟自己也清楚这是漏洞百出的谬论，本来属于想哪儿说哪儿的玛利亚提出来，涟加以否定的那种。“吸血狗”和劫匪之间怎么会产生联系？

然而简单地归结为巧合没问题吗？涟无法彻底甩开这个疑虑。

左思右想间——

“哎呀，两位好。”

下到一楼时，有人向他们打招呼。赛琳正从地下室上楼，看样子是刚从停尸房回来。“怎么了，要去巡逻？”

“来看看你那边的情况。采完样本了？”

这项分析十分重要，能够确定从昨天到今天发生的两起杀人案是不是“吸血狗”所为，将大幅左右搜查方针。

“刚采完。助手姑娘和军人先生分别拿走了。之后就是解剖……能再看出点什么就好了。”

看来赛琳也有想不通的地方。这次的案子果然没那么简单。

“对了，赛琳。”玛利亚想起什么似的开口，“听说‘吸血狗’逃走前抢走了保安的警棍。前两名被害人头部遭到了殴打，凶器会不会就是警棍？”

“这个嘛……”赛琳垂眼摇了摇头，“从伤口情况来看，凶器是有一定分量、带棱角的东西。警棍重量不够，形状也不太符合。”

弄到了钝器……却没使用？

是随手扔了？是后知后觉地害怕暴露行踪？还是优先考虑杀伤力而改用了别的凶器？可是对现在的“吸血狗”而言，警棍是宝贵的武器，逃亡过程中应该很难筹措其他钝器。

“真头大，搞不懂的事太多了。”

玛利亚提议稍微歇会儿，赛琳也表示赞同。三人走向大厅的自动售货机。就在这时——

入口处的自动门打开，身穿西服的一男一女走进警署。

玛利亚和赛琳同时停住了动作。

红发上司屏住呼吸，片刻后表情骤变。

“愤怒”一词都不足以形容她的眼神，她露出近乎杀气腾腾的目光，看着身穿西服的男女——准确地说，是看着几步之外的那个男人。成为玛利亚下属的这一年半里，涟从未见她如此露骨地对他人表现出敌意。

涟将视线转回玛利亚身旁。赛琳的脸色也有变化。

依旧是那张人偶般缺乏表情的脸。但和玛利亚一样，她看向男人的眼神绝对算不上友好。

男人身材颀长，看上去跟玛利亚和赛琳是同辈人。

他有着宛如杂志模特的俊逸风姿，略长的金发，蓝色的眼眸，高档西服穿得自然合身。

莫非是哪个权贵人家的公子？他周身的氛围与疲惫的警署成员迥然不同。

与之形成对照，同行女人的外表则不甚起眼。她戴一副方框眼镜，头发在脑后随便一扎，涂着色调柔和的口红，给人的感觉与其说是朴素，不如说是刻意收敛，像影子似的默默跟从。估计是男人的随从或秘书吧。

那男人什么来历？是玛利亚她们的熟人，还是……

男人注意到了这边，夸张地睁大双眼，以做作的姿势张开双臂。

“哟，好久不见。没想到会在这儿碰到你。我们有多少年没见了？”

“少来这套。”

连客套的寒暄都没有。涟第一次听到玛利亚这般冰冷的声音。

“这么多年来你都在哪儿东逃西窜呢？终于打算自投罗网了吗，文森特？”

“真伤人。我只是在家父公司的海外分店间跑动罢了。不像你。”

被称为文森特的男人对玛利亚的冷嘲热讽不以为意——至少表面上如此。

“今天过来没什么要紧事，就是跟这儿的署长打个招呼。你是来工作的？在地上爬来爬去找证据吗？真是辛苦了，玛利亚·索尔兹伯里。”

“嗯，忙着呢，不像你。”

“是吗？”

见玛利亚态度漠然，男人没趣地冲她哼了一声，转而看向赛琳。“哎呀，你也回来啦，赛琳·托斯提万。”

“好久不见，奈瑟尔先生。”

赛琳只回了一句就又陷入沉默，目光中毫无感情。

文森特·奈瑟尔没再对赛琳说什么，又将视线转向涟。

“你是？”

语气冷淡得像在排挤外人。涟也直截了当地答道：“我是索尔兹伯里警监的下属。”

“文森特先生，到时间了。”

女人提醒道。她的嗓音不高不低，缺乏特点，难以给人留下印象。

“噢，是嘛——那我失陪了。好好尽公仆的职责吧。就是不知道你能在这个位置上待多久。”

伴随着居高临下的言辞，文森特·奈瑟尔带西服女人乘上通往最高层的电梯。

涟意识到自己在不知不觉间绷紧了身体。他们的身影刚一消失，僵硬的肩膀便泄了劲儿。

那男人什么来历？

他说是来打招呼。造访P警署意图何在？

“真让人吃惊。”

一个声音从背后响起。多米尼克不知什么时候下来了，正握着扶手站在楼梯中间。

“红毛，你还认识奈瑟尔家的公子？”

“嗯。”

玛利亚简短回了一句就踏上楼梯，大步经过多米尼克身旁，往楼上去了。涟都来不及叫住她。

“巴罗兹刑警，你知道他？”

“算是吧……不过也只是辗转听说，见到本人还是头一回。虽然比不上桑福德家那样的暴发户，但奈瑟尔家在U国，特别是电器制造领域还算有名。他们原本以G州为据点，据传近期在P市也会开新店。他今天应该是要挨个儿跟我们署长、市长等当地政要寒暄。实际情况就不清楚了。”

还以为这种习气是J国特色，没想到U国也不能免俗。要说企业与地方权贵建立联系的现象世界共通，倒也确实，没什么可大惊小怪的——可还特意跑到警署，未免太煞费苦心。

抑或是有什么别的企图……

“对了，黑发，赛琳，回会议室吧。跟空军的联合例会快开始了。”

多米尼克说罢便沿着楼梯往上走，涟和赛琳一起跟随其后。然而玛利亚和那男人方才的对话仍占据着涟的脑海。与单纯的熟人再会相去甚远，似是有什么隐情。

“赛琳，方便的话能不能告诉我，那个人跟玛利亚是什么关系？”

赛琳停下了脚步。她闭上眼睛，片刻后以平静的声音说：“文森特·奈瑟尔害死了索尔兹伯里小姐的挚友。具体的问她吧。我不能再说更多了。”

※

如同在嘲笑调查人员似的，就在联合例会开始前，P警署接到报警——发现了第三名被害人。

报警人在电话里称“尸体的前颈被割开了”，据说语气十分惊恐。

现场是加菲尔德东街的独栋房屋，差不多在机场的正北方向。

※

“我建议实施禁足令。”

十五点半出头。

放在会议室桌上的无线电对讲机里传出约翰压低的声音。“这不是作为空军的表态，而是我个人的意见。依照文官统治的观点，军方不应限制市民的自由。最终判断就交给你们了。”

一本正经的发言。

“别都推给我们啊。”多米尼克抱怨道，“不过——借用下红毛的台词，没空畏首畏尾了。署长那边我去提，只是不敢保证结果。我会尽己所能，但别抱太大期望。”

“明白了。根据我们这边的监视信息——虽然不是实时的——目前尚无可疑的通行者。我们将继续巡行，但太阳落山后会更容易看漏。关于这点——”

刺耳的警报打断了约翰的说话声。

“通知全体搜查员。在西伯爵大道 × × 号的公寓发现了颈部遭损伤的尸体。重复一遍。在西伯爵大道 × × 号的公寓发现了颈部遭损伤的尸——”

发现第四名被害人的消息来得猝不及防。

幕间（Ⅲ）

现在想来，或许德里克在搬到 O 州之前就变得不对劲了。

不过这都是在他被捕后才意识到的。头一个女孩——是叫梅赫塔贝尔吧——死掉的时候，谁都没料到居然是德里克干的。

你问德里克是个什么样的人？

班上其他人不是跟你说了不少吗？“是个好孩子”“认真乖巧”“看着不像会做出那种事的人”——我的回答也一样。假如有比谁最面善的比赛，他八成能得第一名，怎么看都跟犯罪沾不上边。

听说他上小学时还帮助过受欺凌的女孩。嗐，凶犯令人意外的一面是老生常谈了，往往在事后越传越夸张。

但是——他真的是个好人。升上初中后不久，他越发频繁地在午饭时间消失。当时不知道他去哪儿了，后来一琢磨，他是和梅赫塔贝尔在一块儿呢。像他那样的人，肯定不忍心放着连午饭都吃不上的女孩不管。

所以啊，警官。

我是这么想的。我认识的德里克，和报纸、电视上说的“吸血狗”差得实在太多。

德里克之所以变成杀害多达六人的无差别杀人狂，会不会并非他自身的缘故，而是受什么来路不明的东西影响发疯了？

我不清楚前因后果。他是不是非自愿地被变成了怪物？

没什么理由。只是作为认识他的前同班同学，很难不这么想。

说回一开始的话题。

梅赫塔贝尔死后，他那股消沉劲儿的确非同一般。

他好像在有意掩饰，避免让周围人看出来，可现在回想，自从梅赫塔贝尔死去一直到他搬家，我感觉他一次也没发自内心地笑过。

搬到新家后想必也郁郁寡欢吧？

※

你以为我们没受到任何良心的谴责吗？

仅仅是由于杀人狂德里克·赖利的妹妹这个身份，那孩子承受了多少痛苦，经历了多少磨难，老实说，我们没有理解一分一毫。我们想为她做点什么，就收养了她，但说穿了，心态跟捡只可怜的流浪狗没什么两样，提供个住处而已。

那孩子当时简直一团糟。不是指仪表。她的心几乎死了。她眼神空洞得像个幽灵，无论我们说什么都只回“是”或“不是”。夜深人静时往她房间里一瞧，就见她躺在床上哭着喊“哥哥”。

我们并没有袖手旁观。

我们探问她在初中过得如何，也每天都嘱咐她遇到困难就来找我们商量。我们想为她做些力所能及的事。

都是自欺欺人。

要是真心想救她，我们就必须时时刻刻以自身为盾，替她挡住恶意的箭雨，必须向她做出“哪怕伤得头破血流，我们也会保护你”的表态。说什么“遇到困难就来商量”，不就相当于在暗示“不来商量就不帮你”吗？我们用满口漂亮话来维持体面，实则跟她保持着距离。

那孩子想必敏锐地感受到了我们的虚伪和怠慢，开始频繁地嘟囔“想见哥哥”“想去找爸爸妈妈”之类的话。我们轻飘飘地安慰她：“以后我们就是你的爸爸妈妈了。”

只是安慰几句而已。没有任何实际行动。

她加入童子军[①]时，我们打心眼里高兴，天真地以为她是在努力接触外面的世界，在尝试以自己的方式振作起来。

直到最后我们都没发觉，那孩子其实是在寻找葬身之所。

噢，的确，无法完全排除意外的可能。

也许她单纯是想一个人待会儿，骗我们说要去参加女童子军组织的活动就出了门，不幸在山里迷路，失足摔倒了。

可是啊——

我们至今都在后悔当时轻信了她的话，还笑着送她离开，也没给俱乐部的事务所打电话确认一下日程。在万念俱灰的那孩子眼里，我们的笑容大概就像在说“甩掉个麻烦，真痛快”。

后来才得知，女童子军那天根本没有活动安排，那孩子撒了个谎，独自进山了。我们顿觉五雷轰顶。

不仅是受挫于她失踪这一事实，更是懊恼自己的愚蠢。要好的哥哥变成杀人狂，失去父母，在初中和儿童福利机构受欺负，在养父母家和女童子军也找不到容身之所，那孩子孤独绝望到无以复加，而我们竟然没能理解一分一毫。

①以野外训练等方式培养青少年健康成长的组织。

我们的做法无异于亲手把那孩子推向了地狱。多愚蠢的养父母啊，你也这么觉得吧？

那孩子失踪一年后，在谷底河流的下游找到了。

是在人迹罕至的险峻地附近发现的，找起来费时也是没办法的事，可这段时间对我们而言实在太过漫长，对那孩子自己来说更是如此。

把只剩白骨和破烂衣服的那孩子带到墓地下葬，成了我们作为父母最初与最后的工作。

该讲的都讲完了。

可以请回了吗？那孩子的事好不容易才平息，就别再挖掘她的死来迎合公众的好奇心了。

我们没能照顾好她。至少要守护她死后的安宁，这是我们的赎罪。

※

常言道子不类父。

但我认为他之所以变成杀人狂，父亲的影响也不小——别误会，我不是在作为他的初中老师发言，这只是我个人的看法。

这份工作做久了，会见到形形色色的家庭。什么样的都有。父母双全、家境平凡的所谓普通家庭，父母离异或一方死亡的单亲家庭；富裕的家庭，贫苦的家庭；关系和谐的家庭，争吵不断的家庭……家庭环境对孩子行为与成绩的影响绝对不容忽视。

何况十几岁的孩子正处于多愁善感的时期。不光是整体家庭环境，日常生活中父母的只言片语、亲子间的鸡毛蒜皮，也有可能改变孩子的人生轨迹。这是我身为教师的真实感悟。嗐，先强调是个人看法，这会儿又搬出教师的经验，显得有点矛盾就是了。

接着说德里克·赖利的父亲。

一言以蔽之，即“难以亲近、不懂变通的一家之主”。

对，就是个再寻常不过的父亲。性格、为人也没什么特殊之处……我知道你想问什么。这么个普普通通的父亲，是怎么把儿子变成杀人狂的——没错吧？

去家访时，我听德里克的母亲讲了一件往事。德里克捡回来一只狗，父亲却命令他“把它扔了”。

劝孩子别养来路不明的狗，这本身很正常，做父母的会担心孩子的安危，我能理解。万一得狂犬病就麻烦了。

问题在于劝导方式。听母亲的口气，貌似父亲压根没对德里克解释理由，而是命令说：“儿子听老子的天经地义，闭嘴照办。”

换作你是德里克，你会打心眼里服气，乖乖回一句“明白了，是我错了，我会遵从爸爸的指示”吗？

可不是嘛，根本不可能。要么对不容分说的命令生出反感，要么黯然神伤，无论如何，负面情绪都会留在心里，慢慢腐蚀孩子的内心。

刚才我说过，日常生活中父母的只言片语、亲子间的鸡毛蒜皮，也有可能改变孩子的人生轨迹。

以下完全是臆测：恐怕扔狗的事只是冰山一角，生病受伤也不许去医院、禁止和特定阶层的家庭交流这类事在赖利家也频频发生。会不会是这些压抑的经历令德里克精神崩溃，酿成了悲剧？

当然，我不是说有过压抑经历的孩子全都是潜在杀人犯。德里克碰巧由于天生的性格或是某些心理阴影，容易因为一些小事受到心灵创伤，偏偏父亲又对他实行高压教育，不幸的巧合驱使他犯下猎奇杀人的罪行——这样倒也解释得通。

就像一开始说的，这只是我个人的看法。我是想表达：把所有责任都推到德里克头上，或许是很危险的。

毕竟事到如今，已经无从确认赖利家当年都发生过什么。

母亲自杀，父亲因儿子的所作所为丢了工作，整日酗酒，最终开车超速而出车祸丧命。很惨的死法。

欸？

“他会变成杀人狂，和初中同班同学的欺凌就没有关系吗？”

你什么意思？怀疑我们没做出妥善的应对？

到时间了。请回吧。否则我会向有关部门投诉。

※

嗯，我跟那家的夫人很要好。

真的很可怜。她儿子小德里克——我到现在还是习惯这么叫他——闯了大祸，她自己也落得那样的下场。

不了解他们家的人乱传些什么“父母的教育方式不对”“肯定是在背地里虐待孩子”，简直是一派胡言。非要说她教育方式有问题的话，那这个国家的孩子全都是潜在杀手。她们家真的是 U 国随处可见的普通家庭。沉稳的儿子，可爱的女儿，难亲近但彬彬有礼的父亲，再标准不过的普通家庭了。至少在我看来是这样。

你问有没有过什么异常？

我不敢打包票说没有。任何家庭都难免偶有摩擦。哪怕在邻里间传得沸沸扬扬，过一阵大家也就淡忘了。

对了，说来有这么件事。

夫人亲口告诉我，她儿子似乎不太适应初中生活，感觉像是在强颜欢笑。

对此我并不意外。

孩子的世界是很残酷的。欺负人不需要什么像样的理由，看谁不爽、觉得谁碍眼就群起而攻之。从远处搬家过来的孩子更是容易成为众矢之的。

就连我们，起初也戴着有色眼镜，将夫人一家视作“外人”。多亏夫人脾气好，我很快就和她变得亲近起来……她的开朗大约是没遗传给小德里克。他是个稳重、认真的孩子，但总给人一种距离感。

见她苦恼，我就给她出主意。

“让他参加个体育俱乐部，活动活动身体，说不定心情能畅快些呢？”

在学校里没有容身之所，去别的地方创造一个就行了。我想得很轻松。

万万没想到，小德里克竟然把对阵队伍的教练给杀了。

他在俱乐部也没能找到容身之所，于“吸血鬼之森”犯下了一系列可怕的罪行。

我至今都在后悔。我轻率的提议，是不是成了把夫人和小德里克逼至绝境的原因之一？

“吸血鬼之森”的最后一案，少女的尸体被发现时，夫人长吁短叹的样子着实令人目不忍睹。

这是自然，因为死者是小德里克的女朋友。听说他还邀请她到家里玩过。

结果，那时在美食广场的对话，成了我和夫人最后的交谈。

小德里克被捕后过了几天，她在自己家里上吊了。

我到现在都还会梦见往事。

梦见我担心夫人而给她家打电话的那天，她丈夫接起电话说："我老婆死了。"

梦见葬礼上她躺在棺材里沉睡的模样。

她继丈夫之后开口——"都怪你劝他参加俱乐部。"

棺材里的她睁开眼呢喃——"这下你满意了？"

也许我其实算不上跟她要好。

应该再多关心她一些，对她的事再上心一点的。我总是有这种感觉。

我是不是犯下了罪过？

如果说小德里克是罪人，那么间接把他——还有夫人逼至绝境的我，岂不更加罪大恶极？

第 5 章　吸血狗——内侧（Ⅲ）

1984 年 2 月 10 日 16:05 ~

埃尔默迷茫地看着前颈被割开、化为沉默尸骸的金。

骗人……骗人的吧。

——知道有危险，就能做出防范。

——察觉不对就马上呼救。

对大家千叮咛万嘱咐的金，竟这般轻易地死了。

没发现凶器。床上、地板上，都没有疑似凶器的刀具。不可能是自杀。

前颈在滴血。伤口明显比西奥多里克的要深，不过血倒是没溅到墙上和天花板上。惨叫声犹在耳边，怎么想都是刚刚被杀。

“是谁？”苏珊娜的声音近乎悲鸣，“是谁……是谁干的？伊尼戈、埃尔默，是你们吗？你们中的谁杀了金？！”

“冤……冤枉啊。不是我干的。我——”

“别说梦话了。”伊尼戈双目圆睁，“苏珊娜，你也听到惨叫声了吧。当时我们可全都在客厅里，要怎么去杀金？难道你想说惨叫声是有人提前用磁带录好的？”

“这个——”

苏珊娜一时语塞。

伊尼戈乘胜追击："退一万步讲，就算惨叫声是伪造的，女人也一样能发出粗哑的声音，有什么证据能证明不是你干的？"

"都少说两句吧！"埃尔默抬高了嗓门，"现在不是吵架的时候。扯什么惨叫声、磁带……荒唐透顶。也许真的有其他人溜进了这栋宅子……想把我们一个不剩地杀掉。起内讧就正中其下怀了。"

无人应答……并非心服口服的沉默。伊尼戈和苏珊娜向他投来狐疑的目光。

"喂，埃尔默，告诉我，你说的那个'其他人'在哪儿呢？"

"呃……"

埃尔默哑口无言。

总不可能现在正藏在这间屋子的某处。

除了在场三人以外，觉不出有其他人的气息。床底下——金背后也没有任何人。

床这侧的墙正对面，浴室和衣柜的门敞开着。是金出于防范心理打开的吗？但两边都不见人影。

"我们把宅子搜了个遍，什么也没搜出来，不是吗？窗户、玄关门、车库的卷帘门也全上着锁，谁都没法从外边进来。高高在上地告诫我们的金，会乖乖放突然出现的陌生人进屋？"

"这个嘛……"

"要说他会放谁进屋，自然仅限于他非常熟悉、看起来人畜无害的家伙。总是战战兢兢，正式行动时也磨磨蹭蹭，只是像狗一样跟在西奥多里克身后的窝囊废……面对这样的人，就算是金也会大意吧？"

埃尔默顿觉浑身冰冷。

是你杀的吧——苏珊娜的眼神露骨地诉说着。

他惊惶地看向伊尼戈。一样。是你吧——伊尼戈冰冷的目光如此宣告。

顾不上哀悼金的死了。短短几分钟，埃尔默就被原本是同伴的两人盖上了杀人犯的烙印。

“不对，不是我。就凭那点理由，怎么就——”

埃尔默边摇头边后退。拉着遮光窗帘的窗户映入视野边缘。他抓住救命稻草般指向窗户。

“窗户可能开着。要是没锁，没准是有人翻窗进来——”

“还嘴硬。”伊尼戈咂了咂舌，走近窗边，抓住遮光窗帘的一角，打开一条细缝，随即整个人僵住了。

“怎么了，真是开着的？”苏珊娜问。

“没空管这个了。”

伊尼戈低声说，语气紧张急切。他重新将窗帘拉得严严实实，动作小心翼翼，生怕弄乱一丁点。

“有警车——朝这边开过来了。”

埃尔默喉咙里逸出一丝微不可闻的呻吟。

警车——警察发现他们了？

“你说什么！”

“别那么大声。”

一触即发的氛围以意想不到的方式消散，化作更加糟糕的紧迫感。

“只是在往这边开而已。”汗水顺着伊尼戈的鬓角流下，“他们不可能才花一天就发现我们藏在这儿……没事的，肯定没事——”

引擎声越来越近。拜托……千万别停，直接开过去吧。

奈何埃尔默的祈祷转瞬便落空了。

引擎声在宅邸近旁戛然而止。无比漫长的十几秒后，犹如死刑判决的门铃声响彻四周。

来了。警察来了。

怎么办……怎么办。横下心假装没人在家？不行，难保不会加重对方的疑心。若无其事地去应门？别傻了，暴露长相就完了——

埃尔默和伊尼戈呆若木鸡。做出反应的是苏珊娜。

“来啦，这就开门。”

她高声喊道，麻利地整了整衣衫，踏上走廊。

“你——”

你要干吗？埃尔默刚要追上去质问，就被从背后捂住了嘴。一股猛力把他拉了回来。

“保持安静，也别露脸，只能交给她解决了。”

伊尼戈以沙哑的嗓音小声制止了他。

少顷，继卸下门闩的声音之后，苏珊娜与来访者的对话开始了。许是因为开着门，对方的声音也能听见。

“哎呀，是警察？”“我们是P警署的搜查员……想跟您打听个事，请问您有没有在这附近看见可疑人物……”“这么问我可答不上来。那人有什么外貌特征？”“是个三十多岁的男人……”“唔……抱歉。没在附近看见过——对了，新闻上提到有劫匪，莫非问的是他们？到处都在路检，还有水母船飞来飞去。”“还在调查。据说他们持有凶器，万一……请务必锁好门窗，多加防范……遇到什么事立刻报警……”“谢谢。祝你们工作顺利。”“那我们告辞了……”

实际只花了不到三分钟，却令人感到仿佛漫无止境的对话过后，传来锁上玄关门的声音。不久后引擎声再度响起，逐渐远去。

——得救了。

埃尔默浑身脱力，一屁股坐到地板上，金的尸体跳进眼帘。他慌忙别过脸。

不一会儿，苏珊娜回来了。伊尼戈拍拍她的肩："干得漂亮，女主角。"

苏珊娜本人脸上则毫无笑容。

"别天真了。"她耗尽了心力般轻声回道，"只是暂时打发走罢了。他们嘴上说着些无关痛痒的话，眼睛里可一丝笑意都没有……搞不好是在地毯式查访可疑的宅子。"

"什——"安心感霎时间烟消云散，埃尔默发起牢骚，"为什么啊，怎么会这样，早知道就应该假装没人在家的。"

"那样行不通。你们敢断言进这栋宅子时没让任何人看见吗？谁能保证昨晚窗户里透出的灯光、汽车的声音没引起附近任何人的注意？我寻思比起遮遮掩掩，还是大大方方地露面更容易逃过怀疑，就去应门了，仅此而已。埃尔默，别光抱怨，不服就拿出更好的解决方法。你行你上啊。"

埃尔默无言以对。他自己刚才也害怕假装不在会加重对方的疑心。

警方在四处查访可疑的宅子——倘若苏珊娜的猜测不假，这栋宅邸的房主另有其人一事也迟早会暴露。

进退维谷。

此处已不宜久留。他隐隐明白悠闲地逗留一两个星期是不行了，这个倒好说……可运气差的话，怕是不得不在路检撤销之前就逃出这栋宅子。

真发展成那样就完蛋了。是谁说的来着？要是演变成汽车追逐战，恐怕插翅难逃。

话虽如此，永远躲在这儿也不是事儿。

完了……山穷水尽了。明明直到昨天，都还怀抱着甜美的梦想。

那就索性——

“喂，埃尔默，你该不会是在考虑去自首吧？”

心脏差点跳出来。“才没有……”埃尔默挤出的声音凄惨地颤抖着。

“你可想清楚，被抓住的话几乎百分之百会判死刑。警方会认为我们已经杀了两个——不，是足足四个人。”

苏珊娜垂眼看向金的尸体，沉着的视线里已然不含恐惧。或许是麻木了。

“是啊。要是哪个人出卖大家，导致全员落网，杀害西奥多里克和金的罪名兴许会落到叛徒一个人头上。”

敢自首就把所有罪名都推给你。面对这明晃晃的恐吓，埃尔默只得屈服：“我怎么可能会去自首呢。”

话说回来……

是谁杀了金，为什么，怎么杀的？警察的来访令他们暂时搁置了这些，但眼前的尸体是不容否认的现实。从人身安全的角度来看，这方面的危机比警察布下的天罗地网要严重得多。

“窗户到底锁没锁？”

伊尼戈没回答埃尔默的问题，朝遮光窗帘抬了抬下巴，示意他自己去确认。

埃尔默靠近窗户，提心吊胆地打开遮光窗帘。不知该不该说走运，没看见警车。

他看向月牙锁，倒吸了一口气。

没锁严。和西奥多里克房间里的窗户一样。只浅浅挂在锁扣上，没锁紧，好似在高调主张“是用丝线之类的东西从外面锁上的”。

苏珊娜瞟向窗户，皱起眉头。“怎么回事？”同样的疑问不知第几次从涂着浓浓口红的嘴唇滑出。

“谁知道呢。无疑又多了不使用收录机就伪造出惨叫声让人听见的可能。不——也有可能那声音就是金真正的惨叫声。”

凶手杀害金后，从窗外冲着室内发出惨叫声，再迅速锁上窗户。抑或金遇袭发出惨叫声，凶手剜开其前颈，在众人赶来之前翻窗而逃。

若是前者，特意给埃尔默他们听惨叫声的目的何在？即便是后者——

“时间不够吧。我们从听见惨叫声到赶来这里，最多也就花了不到一分钟。”

“那现在开始找收录机？”伊尼戈揶揄道。

苏珊娜涨红了脸，眼神明显带着敌意。

面临警察的威胁时短暂放下的互相猜忌，再次腐蚀起三人的内心。

“算了，先不提惨叫声是不是真的。”伊尼戈瞥了眼金的尸体，“死相也太惨了。说是那个杀人狂——‘吸血狗’干的我都信。”

“吸血狗”？！

“从前闹出那么大风波，可别说你们忘了啊？”

想忘都忘不了。杀人狂“吸血狗”的名号，会令人联想到吸血鬼的作案手法，对埃尔默这一代人——对在场几人来说，可谓某种恐怖印记。

可那都是二十年前的事了，被害人的名字这类详细信息实在想不起来，案件概要也印象模糊。毕竟只是从新闻和传言中间接得知，记不清倒也正常……埃尔默努力搜寻仅存的记忆。

“凶手——那家伙是不是有狂犬病……还喝被害人的血来着？”

“胡扯。我记得的说法是，他为了掩盖咬脖子留下的牙印，才剜开被害人的前颈——”苏珊娜猛然瞪大眼睛，垂眼看向金的尸体，面色苍白，“等等……你想说西奥多里克和金都是‘吸血狗’干掉的？！别说傻话了，那家伙二十年前就被捕了，早就执行死刑，横竖是死了。”

“这都无关紧要。我只是说手法很像。不过我倒是曾经听说，为了治疗狂犬病，‘吸血狗’没去坐牢，而是被送进了某处的医院。那家伙托治疗的福保住一条命，恰巧在这时候逃走了，这种事也不是不可能。”

“真够异想天开的。”

苏珊娜一笑置之。埃尔默却笑不出来，只觉不寒而栗。

——据相关人士称……前颈有刺伤的痕迹——

收音机里的新闻怎么说的？是不是提到昨晚发生了杀人案，被害人前颈有伤口？

——那人有什么外貌特征？

——是个三十多岁的男人。

苏珊娜和警察在门口交谈时，依稀能听见这样的对话。“吸血狗”被捕之际还只是高中生，和他们同龄，如今三十多岁，年纪也吻合。

最关键的是——

埃尔默上午去车库，发现汽车右前轮胎有疑似刀具划出来的裂口。千斤顶的手柄不翼而飞，后备厢开着。

难不成……有人藏在里面？说到底，那辆车是从哪儿弄来的？

搞不懂。西奥多里克说是托地下掮客安排的，他们连那辆车是什么时候等在换乘地点的都浑然不知。

也不清楚联络那个掮客的方法。

西奥多里克——他们不慎把什么东西带进这栋宅子了？吸猎物的血、用刀具割喉的怪物？

咦，等等——刀具？

“金拿着的小刀呢？”埃尔默问。

伊尼戈闻言悚然一惊。他别过眼不去看金的前颈，摸索过其衣物与床的周围后，大声咂了咂舌。

“没有。被摆了一道。”

埃尔默一阵颤抖。割开西奥多里克前颈的小刀，又回到了凶手手上？

“要不要……把宅子再搜一遍？”埃尔默鼓起勇气举手说，“既然可能有人翻窗逃跑了，同样的道理，也可能那人从窗户进来后，反我们的预期而行，现在依然躲在某个房间里……说不定还真能发现收录机。”

“又要搜宅？哪儿有这闲工夫？”苏珊娜话里全是刺。

“排除掉这种可能性的话自然再好不过。”伊尼戈则喃喃表示赞同，“金那家伙……把弹匣搁哪儿了……”

结果是苏珊娜让步了，三人开始搜索。

气氛之凝重紧张，远超第一次搜宅的时候。“吸血狗”真的潜伏在这栋宅子里吗？是另外两人杀了西奥多里克和金吗？抑或未等一切水落石出，警察就先找上门——

他们挨个儿查看房间。每一扇窗户的月牙锁都锁得很严。

车库的卷帘门也从内侧反锁着。

没找到任何人，也没发现任何异状。

用于制造不在场证明的收录机、未知的杀人犯，都连个影儿都没有。只剩最后一个房间了。

再次查看西奥多里克的房间需要勇气。

论尸体伤情之凄惨，是金更甚——然而重新面对失去领导者西奥多里克这一现实，令埃尔默很痛苦。

对埃尔默采取强硬态度的伊尼戈和苏珊娜，内心似乎同样不好受。两人都面色铁青，极力从床上的西奥多里克身上别开视线，查看了一圈衣柜、浴室、桌子和窗户。

凶器掉落的位置不见小刀的踪影。金一度将其回收，恐怕凶手又拿走了。

是不是把它藏到安全的地方就好了？可惜这会儿再后悔也于事无补。而要问保管在哪儿合适，埃尔默也答不上来。他们没有宅邸内各房间的钥匙。即使把小刀收进空房间，房门上不了锁的话，结果也没什么两样。

问题是小刀下落不明……是他们之中的某人悄悄带在身上，还是被其他什么人抢走了？

“最好随身带着车钥匙。”苏珊娜打开抽屉拿起钥匙串。

“是啊。”伊尼戈点头赞成。

幸亏凶手没把车钥匙带走。看来凶手没检查抽屉里面。

“做好随时能离开的准备吧。好在确认了没人躲在房间里。唯有趁着警察巡逻的空隙溜到市外——只要突破路检，剩下的都好说——冲到国境附近，再找去 M 国的门路就行。”

这计划太过粗糙，无奈形势紧迫，没空制订完美翔实的逃脱计划也是事实。

“逃跑之前，苏珊娜，拜托你先收拾一下客厅和厨房。埃尔默，你把东西搬到车里。”

“那你呢，伊尼戈？”

“尽可能擦除房间里的指纹，防止留下我们的痕迹，夜长梦多。你俩心里有数吧？没法带西奥多里克和金走，总不能搭载两个浑身是血的人，也没时间把他们埋到院子里，再说也没有工具。就算能顺利逃走也不代表万事大吉，要是这个地方引起疑心，警方迟早会介入调查。哪怕只是杯水车薪，也应该尽量消除痕迹，避免日后暴露身份。你俩办完事也记得清理自己的房间。别太磨叽。”

这还不磨叽？牢骚差点脱口而出。但的确应该尽力避免留下自己的痕迹。苏珊娜也勉勉强强地应下了，三人开始做撤离前的准备。

在这种节骨眼上分头行动很危险——埃尔默脑中闪过这样的念头。可提议再次搜宅的是他自己，结果浪费了用于逃离的时间，也不好抱怨什么。况且警察不定什么时候又会找上门，分工合作效率更高。

埃尔默往返于客厅和车库，把装有钞票的旅行包堆进车里，然后回到二楼自己的房间。

连K都被杀了。又是前颈被剜开。是谁干的？我受够了。

他清楚现在不是干这个的时候，可就是忍不住在便笺本上奋笔疾书。

记录完，他收起便笺本，戴上抢劫时用的手套，用毛巾擦拭门把手和墙壁。就在这时——

惨叫声响起。

与金那次不同，是尖锐刺耳的——男人的叫声。

——伊尼戈？！

埃尔默冲出房间，站到楼梯平台，越过扶手俯视客厅。

只见伊尼戈瘫坐在地，惊恐地慢慢后退。

在他的视线前方，躺在客厅中央略靠近走廊处的那个映入眼帘——这回轮到埃尔默从喉咙里迸出长长的悲鸣。

苏珊娜仰面倒在地上。

她双手双腿伸展，鲜血从前颈溢出。

第三名同伴已化为物体，眼神空洞地朝向天花板。

第6章　吸血狗——外侧（Ⅲ）

1984年2月10日 15:33 ~

玛利亚目瞪口呆地听着发现第四名被害人的消息。

前颈被割开的尸体?！未免太快了。刚刚才接到发现第三名被害人的报警。

“别开玩笑了。”多米尼克声音嘶哑地说。

P警署的其他搜查员也难掩狼狈。看似镇定的只有涟和赛琳。

“出发去现场吧。事已至此，只能尽快抓住‘吸血狗’，或至少找出相关线索。”

J国下属冷静地对调查人员说。没错……现在不是慌乱的时候。

“多米尼克，加强巡逻。照这个架势，落实禁足令之前就会接二连三有人遇害。”

“独居的人处境或许尤其危险，在查访的同时提醒他们提高警惕。可疑人员可能藏身的地点也有必要彻底筛查。”

“不用说我也知道。就是人手实在不够。我会请求增援，至于能凑多少人就不好说了。”

“我们军方也会派些人。”设置在会议室的无线电对讲机里传出约翰果断的声音，“虽然没有搜查权，但充当巡逻员是足够了，还能牵制凶手。我这就安排一下。”

“感激不尽。拜托了，灰眼睛。”多米尼克道，“我们这边也不能再磨蹭了，快点——喂，红毛，你要干吗？”

“不是需要增援吗？我马上安排。涟，你先去停车场。”

玛利亚对大家说完，重新转向会议室角落的电话机。

※

第三名被害人死在自家浴缸里，全身赤裸地任流水冲刷。

“前颈的伤口与先前的两名被害人类似。”赛琳淡定地做着检查，“腹部可见殴打痕迹，以及刺伤。伤口很深……直接死因是这边吗？”

女人的尸体横躺在浴缸底部，呈微微趴伏的姿势。

皮肤和头发上沾着水滴。据赶来的警官报告，发现尸体时花洒搭在浴缸边缘，还在喷水。花洒现在倒是关上了，然而水已在浴缸外的地板上流成一片，一直漫延到门口。

一丝不挂的丰腴身体——其双脚脚腕上紧紧缠着女式细皮带。双臂的束缚则已解除，手腕上有擦伤痕迹。还有一条女式皮带掉在浴缸的角落。估计是被害人拼命挣扎，仅挣开了手腕上的皮带。

血迹几乎都被冲掉了。前颈与腹部的伤口有少量血液渗出，沿浴缸底向着没塞住的排水口流动。

“尸斑集中于尸体正面，指压褪色……体表温度完全冷却，基本与水温相同……眼球未见干燥。这个也是冲水的影响吗……”

“眼球有什么问题吗？”

“人死后不再眨眼，眼球会干燥，变得白而混浊。但这次现场状况特殊。”赛琳解释道，片刻后站起身来，“还不能下定论……估测死亡时间在今天十点到十四点之间，不过这只是解剖前的推测。应该不至于和最终结果差出好几个小时。”

若她的判断正确，推测死亡时间就是正午前后两小时，太阳高照的时间段。

“时间范围大，是因为泡过水？”

“尸体已冷却的话，初步检验中的分析困难无可避免。正式检验要等解剖。冲了这么久的水，稳态[①] 什么的早没了。”

“稳……什么？”

“单论这次的情况，是指恒温动物维持体温的机能。”涟插嘴讲解，“热天里让汗水蒸发吸热，冷天里通过分解体内脂肪、肌肉收缩消耗 ATP 等方式引发放热反应，使体温保持恒定的机制。”

“别满嘴蹦火星语。ATP 是啥？”

“原来你是在火星上的高中生物课。三磷酸腺苷，以糖、脂肪和氧气为原料在体内合成的化学物质，是供肌肉活动的能量来源，有‘体内能量货币’之称。”

竟沦落到在这种地方补习生物的田地。

总之，给尸体冲水，也有可能是为了模糊死亡时间。此举甚是刻意，不太像无差别杀人狂干的。要说绑住手脚本身就刻意得很，倒也无可辩驳。

“死因是什么？”涟问。

“恐怕是失血过多。凶手殴打被害人腹部使其昏厥，扒掉衣物后用皮带绑住她，把人放进浴缸，捅其腹部，见她快咽气了就剜开前颈——我猜差不多是这么个过程。打开花洒多半是在那

①正常生物体个体内环境的理化性质及生理变量始终保持相对稳定的现象。

之后。凶手大概也不想淋得一身湿。无论如何，都不太可能是自杀。如果是自己捅的，伤口由外到内的方向应该会再偏下一点。”

“那扒掉衣服的理由就不太明确了。”

似是被害人曾身穿的衣物随便堆在浴缸外的脏衣篮里，没有破损，也未附着血迹。

假设作案过程正如赛琳所推测的，凶手何必费那功夫扒掉被害人的衣服呢?

“会不会是想直接往皮肤上冲水，好让尸体冷却得快些? ”

“就算穿着衣服，只要水浸透布料，冷却速度也没多大差别。”涟反驳道。

这倒也是。玛利亚换了个问题：“凶器是掉在那儿的菜刀? ”

“说得通。刀刃宽度和死者腹部伤口宽度大致相同。但还是有必要解剖看看伤口深度。”

疑似凶器的菜刀掉在浴室门外往左约五厘米处，与客厅相连的走廊上。

刀上没沾血，不知是不是凶手用花洒冲掉了。鉴定人员汇报说也没检出指纹。

这次是浸水的尸体啊……

“多米尼克，二十年前的案子里，有个被扔进池塘的被害人对吧。去‘吸血鬼之森’试胆的男孩。”

“嗯。前颈的伤口和狂犬病病毒成为决定性证据，警方得以断定是德里克·赖利作案。搜查资料里应该也写了。”

说是在模仿过往案件也未尝不可。真够恶趣味的——等等。

“花洒是从什么时候开始喷水的，能不能靠用水量推算出来? ”

“很不凑巧，”多米尼克否决了玛利亚的设想，“水表一个月才查一回，而且是以立方米为单位。这个月还没查过。具体到被害人家里今天用了多少水可算不出来。”

不行吗……说归说，银发刑警似乎也动过同样的念头，语气里透着苦涩。

“我有点纳闷。”涟喃喃地说，“这次的一连串杀人案，既不是发生在‘吸血狗’的老家O州的‘吸血鬼之森’，也不是发生在可谓其犯罪原点的边境城镇C县，而是发生在没多大关联的P市，这是为什么呢？他对此地并不陌生——只是我的猜测——光这一个理由还欠缺些说服力。”

“你问我我问谁啊。‘吸血狗’也曾在市区成功作案，说不准是那家伙心血来潮呢。的确，P市位于沙漠正中央，环境与森林大相径庭。正因如此，他才选中了这个和之前完全不同的地方作为逃跑后的狩猎场，也不是说不通嘛。”

或许是料到知晓当年情况的调查人员会这么想，故意反其道而行之——对于多米尼克的假设，涟没再质疑。

“涟，被害人的身份确定了吗？”

“凯瑟琳·韦德，一九四八年生。驾照上的住址就是这栋房子。”

今年三十六岁啊。年龄几乎正好卡在这次的前两名被害人中间。

“卧室桌上有疑似被害女性的照片。驾照一年前更新过，证件照上的容貌和桌上那张照片相符。第一发现人也做证称‘是本人没错’。还需要核对指纹做最终确认，不过死者另有其人的可能性很低。”

“第一发现人是谁，家属？”

“是同事，和被害人在同一家商场工作，说是被害人今天下午有排班却迟迟不现身，也联系不上，就来看看情况。被害人好像是一个人生活。在书架上找到了离婚手续文件，日期是前年。前夫貌似带着女儿移居 W 州了。”

单身独居。推测死亡时间是中午前后。和第二名被害人几乎如出一辙。

是巧合吗？若解释为凶手专门找这样的猎物袭击，也就到此为止了。

抑或被害人之间还存在其他隐蔽的共同点？

蹊跷之处还不止这些。在二十年前的案件里，凶手杀害六人花费了三年。而这次还不到一天，就有三人——不，四人遇害。速度太快了。

“且不提凶手的意图，从可行性来说并非绝对不可能。”许是看穿了玛利亚的疑问，涟接着说，“从第二名被害人诺曼·鲁瑟的住处到这儿开车也就十五分钟。虽然目前还缺乏确切依据，判断不出实际上是谁先遇害的，但即便凶手在每处现场各花费半小时完成杀人等步骤，也不会超出推测死亡时间的范围。”

“手法未免太娴熟了吧？还有第四名被害人呢！可凶手居然完美躲过了巡逻。”

开车单程十五分钟以内，反过来说就是不开车的话时间会非常紧张。凶手作案期间，那辆车停在哪儿了？

停在路边可能会有附近居民或巡警看到，但如果停在被害人家的院子里，又无异于明目张胆地告诉被害人有可疑人物来访。就算悄悄停在附近的商场，到被害人家里也只能走着过去——在开车是主流的大城市步行会很惹人注意。

与高楼林立的 M 区相比，P 市平坦而广阔。鲜见高楼大厦，悠悠覆盖着广袤土地的是平房和顶多两三层的商场。连接各地的是横平竖直的普通公路，以及跨地区的高速公路。驾车出行是大前提。可以说人们会徒步转悠的只有部分繁华街和办公区，不然就是商场里。

在工作日的白天长时间走在住宅区，必然会有人看见。也有可能是用了其他交通工具，比如摩托车或自行车，然而在P市这个典型的汽车社会，其显眼程度不亚于步行。乘水母船更是想都不用想。

“万分惭愧，没什么好辩解的。”多米尼克不甘地咬牙道，“戒严中还有人遇害，是我们P警署的失职。但是——实在不爽。凶手是在大白天作案欤？哪怕我们瞎了眼，总不至于被害人也全瞎了吧。路检和巡逻是公开进行的，这种形势下，素不相识的人找上门来，他们全都丝毫没起戒心？”

“看来需要目击证词。”赛琳轻声说，“幸好尼森先生提出派增援……调去巡逻的人手是不是也能拨出一点在附近问个话？”

“回归基础啊。”多米尼克叹了口气，重新转向玛利亚和涟，“红毛，黑发，抱歉，还得再麻烦你们一阵。事态变得比预想中更严重了。”

第一发现人是看起来和被害人年龄相仿的苗条女人。

她在商场的食品店打零工，说是与被害人凯瑟琳·韦德因排班相同而成了朋友。

“我老公也跑了……也许是同病相怜，我跟她挺投缘的。但凯茜[1]大概比没孩子的我要痛苦得多，不仅丈夫出轨，连疼爱的女儿也被抢走了。明明是她前夫先对不起她。到头来……她还

①凯茜是凯瑟琳的昵称。

遇上那种事……凯茜到底做错了什么？”

话音戛然而止。女人脸色苍白，低头咬住嘴唇。黑发下属以听着不像场面话的口吻回了句“我能理解您的心情”。在这类格外需要照顾他人情绪的场合里，涟的应对向来无可挑剔。

听涟说，J 国有抚恤金制度，即对夫妻之中造成感情破裂的过错方处以罚金。遗憾的是 U 国没有这种制度。无论离婚是出于何种契机与理由，都不会追究当事人的责任。孩子的抚养权也基本是父母平等，不问离婚原因。根据离婚诉讼的结果，甚至有像这次的被害人一样，遭配偶背叛还被抢走孩子的案例。

“你听凯瑟琳讲过那个混账前夫的事吗？他们会不会偶尔见面？”

“我想他们没再见面。她只说前夫带着女儿去 W 州了。隔着那么远的距离，不是随随便便就能见到的，而且换作我，再怎么想见女儿，也不愿意跟那种渣男碰面。噢，对了。记得是在上个星期，她说女儿来信了，高兴得不得了。可为什么……”

女人又一次哽住了。被害人收到女儿的来信而高兴，说明至少在近期她们未能直接见面的可能性很高。再根据她没具体提过前夫的事这一点来看，似乎可以排除复婚纠纷这条线了。

涟换了个话题。

“能讲讲您发现凯瑟琳女士的经过吗？”

“今天我和凯茜的排班都是从下午开始，可过了一点她还没来。打电话也不接。在我们店，旷工一次就会被炒鱿鱼。如果是有急事，凯茜这么认真的人肯定会联系店里请假的。到昨天为止她都还好好的，也不像是身体不舒服的样子……即便遇到堵车，两个小时都没到店里也不太正常。我有点担心，就翘班离开了，到凯茜家是在下午三点半左右。”

“真亏你能成功早退。才旷工一次就炒人的职场，换我肯定战战兢兢的，待不下去。”

涟投来了仿佛在说“还挺有自知之明”的视线。气死人了。

“当然，我跟上司打过招呼了。”女人的嘴角泛起苦笑，“不过老实说，今天店里忙得不可开交，我不否认有一半是因为太忙了想溜出来休息休息。谁知道……朋友竟然遇上那种事，一般人都料不到吧。”

短暂的沉默过后，涟继续提问：“到了凯瑟琳女士家，您都做了什么？”

“我按了门铃，没人应门。车库关着，看不出车子在不在里边，但在要上班的日子开车去别处也很奇怪。她真的不在家吗？我试探着拧了拧房门的把手——门一下子就开了。”

许是回忆起了那时候的恐惧，女人再度面色惨白……不对，等等。

“房门没锁吗？”

女人无言地点点头。

玛利亚与涟对视一眼。第二名被害人家的房门上着锁，这个差异代表着什么？

“我纳闷是怎么回事，走进客厅边喊边找凯茜，然后就……从浴室的方向传来喷水声……走廊上掉着把菜刀……水从门底下的缝隙漏出来，我开门一看，里面是凯茜。”

女人用双手捂住脸。涟说了句“我明白了，感谢您的配合”，暂时中止了问询。

证词还算能自圆其说。尽管过后还需再核实，但起码与目前已明确的事实没什么矛盾之处。

“凯瑟琳可能是在上午十点左右遇害的。”见第一发现人稍微平静了些，玛利亚使出撒手锏，“你今天上班之前，跟她通过电话吗？”

“能通上话就好了。”女人的叹息含着悔恨，“昨天我跟她一起工作到晚上七点多。我们一起在商场的美食广场买了晚饭带走，在停车场分别。回家后，我一个人喝着喝着酒，还是想找人聊聊，就在八点半左右给她打了个电话。可惜她当时正跟别人通话呢。可能是在跟女儿唠家常，顺便感谢女儿来信吧。我也没什么要紧事，就没再试着联系她，一个人喝酒到半夜，睡醒时已经中午十二点多了。我每天都是这么过的。我还以为……今天也会是和往常一样的一天。”

女人已然不再擦拭眼角滑落的泪水。

案发地卧室的衣柜大敞着，看来捆绑被害人的皮带是从这儿拿的。

第一发现人所说的“凯瑟琳·韦德收到的女儿来信”也在卧室抽屉里找到了。

> 妈妈，你还好吗？我过得很好。
>
> 骗人的。其实我很寂寞。爸爸每天都好晚才回家……
>
> 谢谢妈妈送我的十岁生日礼物！我会珍惜的。今年能不能见到妈妈呢？能见到就太好啦……

桌上摆着照片。羞涩微笑着的男女中间，幼小的女孩露出满面笑容。右下角的日期是“1977/06/12”。大约七年前。

右边的女性是被害人凯瑟琳·韦德，容貌跟驾照照片上的基本没什么区别。左边的男人是她的前夫，中间是女儿吧。看样子是夫妻感情和睦时期的照片。

女孩天真无邪的笑容令人心痛。

※

“我想问个问题。”在乘车奔赴第四个尸体发现地的路上，玛利亚开口问漣，“你觉得这一连串案子真是‘吸血狗’干的吗？”

“你是指模仿犯罪的可能性？”驾驶座上的漣保持着目视前方的姿势答道，“凭现阶段的情报，既不足以否定也不足以肯定。得看前两名被害人身上采集的样本能分析出什么结果。我认为我们应该专注于阻止凶手继续作案，以及收集已经发生的各起案件的证物和证词。”

持保留意见啊。

“或许有很多令人费解之处，”多米尼克在后座回话说，“但眼下的结论是，无论是‘吸血狗’作案还是模仿犯罪，都仍存在疑点，不是吗？怎么又提这个？就像黑发说的，等卫生研究院的眼镜姑娘做完鉴定再判断也不迟吧。”

“从第二次作案起，凶手的行动太快了。昨天深夜杀害第一个人，接下来的第二次和第三次作案都是在白天，在天亮开始路检、新闻播报第一个人遇害的消息之后。而且得躲过巡逻……你们不觉得蹊跷吗？”

“第一名被害人和之后的被害人不是同一个凶手杀害的——你是想说这个吗，索尔兹伯里小姐？”赛琳在多米尼克旁边问道，“第一起案子的凶手是‘吸血狗’本人，后面几起案子则是受他感染的模仿犯干的？”

“模仿犯未必只有一个。说得极端点，四起案子的凶手各不相同也不奇怪。”

倘若对各名被害人持有杀意者披着“吸血狗”的皮各自作

案，那么躲过巡逻便也简单得多。只要留心自己负责的现场就行了，不必考虑怎么从一个犯罪现场赶到下一个犯罪现场。

"'不奇怪'个鬼。天底下哪儿有这么巧的事。"多米尼克抬高嗓门，"'吸血狗'逃走的事可还没公开呢。第一个人遇害的新闻也是今早才播报的。虽然前颈有伤的信息泄露给了媒体，但直到中午都还没走漏风声。你的意思是，得知有个可能是'吸血狗'的凶手后才过了短短几小时，就冒出两个乃至三个模仿犯决定趁此机会行凶？！"

"假如是蓄谋已久呢？'吸血狗'脱逃也好，模仿犯频出也罢，都是有人事先精心计划好的，第一起杀人案成了引发后续无差别杀人案的信号——"

"玛利亚，"涟冷静的声音响起，"你的奇思妙想总能让我大吃一惊，但这个猜测存在重大缺陷。且不提怎样接触'吸血狗'让他参与到计划中来、主犯如何选择模仿犯并将计划告知他们这些根本性疑点，我就问你如果是有人'精心计划好'了，模仿犯们何必扎堆作案呢？短短几小时内接连闹出好几起案子，意味着但凡有人走错一步，就会有某个模仿犯给其他模仿犯背黑锅的风险。要是伪造了非常巧妙的不在场证明倒另当别论，可你忘了第三起案子是什么状况了吗？凶手给尸体冲水，反而扩大了推测死亡时间的范围。你不觉得想确保有不在场证明的话，用水冷却尸体会适得其反吗？而且，作案时间是白天。为什么要选这种极易被他人目击的时间段？换我就不会制订这么赶的日程。一天最多一案，考虑到还需要为作案和逃跑做准备而留些富余的话，每两起案子得隔个三天。作案时间也会定在目击者较少的深夜。要上演一出'逃走的无差别杀人狂再次来袭'的戏，这样岂不是更加自然？"

“这么拖拖拉拉的，越晚作案的人越吃亏。警方会提高警惕不说，弄不好除了第一起以外，后面几起杀人案的罪名全都会落到自己头上。”

“假如事先知道其他模仿犯的作案日期，就可以远赴其他州，或者通过别的方式取得不在场证明。你不这么认为吗，索尔兹伯里小姐？”

“啊啊够了！知道了！”

遭涟毫不客气地反驳一通后，又被赛琳补上致命一击，玛利亚抓狂地薅起头发……这两人今天才第一次见面，却莫名挺合拍的样子？

玛利亚郑重地无视了多米尼克好似在说“你也不容易啊”的视线，看向车窗。

现在将近十七点，太阳快下山了。路检和巡逻仍在继续，但尚未接到联络称掌握了杀人狂德里克·赖利的有力线索，运钞车劫匪也依然下落不明。

胸口仿佛有个疙瘩，很不痛快。玛利亚对猜测被驳得体无完肤习以为常，今天却比以往更觉空虚。

她心里清楚。原因显而易见。

——好好尽公仆的职责吧。

文森特·奈瑟尔——

万万没想到今天会再见到那个男人。十多年前那起不祥的案件后——准确地说是高中毕业后，文森特以留学的形式逃出了 U 国，不知所终。

总有一天要让他偿还罪孽。玛利亚向她起誓，却迟迟无法实现诺言。

竟偏偏在搜查这起大案的过程中狭路相逢。是巧合吗？

抑或——

……玛利亚摇了摇头。

想太多了。别分心。不能像以前那样一拳打在那浑蛋的鼻梁上令人不爽，可现在应该把注意力集中在眼前的案件上。

但是，总有一天她会抓住的——抓住将文森特拖上审判席的机会。

※

离开凯瑟琳·韦德家约二十分钟后。

第四具尸体是在距繁华街几公里的公寓内的一个房间发现的。已经有其他搜查员在勘查现场。

被害人的尸体看样子已由别的验尸官大致做完了尸检，横放在蓝色防水布上。

是个年轻男人。二十岁左右——不，更像是十几岁的少年。滑雪服裹住全身，戴着厚厚的手套。

倒也不能说不像北半球二月的装扮，可这里是沙漠中央，有“太阳之谷”别称的 A 州 P 市，天气基本不会冷到需要穿防寒服、戴手套。是被害人计划去寒冷之地旅行，在试穿滑雪服时遇袭了，还是凶手出于某种目的把滑雪服套到了他身上？

滑雪服的拉链拉到锁骨附近，露出了脖子。

和先前那些被害人一样，前颈被利刃捅得稀烂。滑雪服内侧满是鲜血。

前颈遭剜开之处与下颌之间可见勒痕。直接死因是这个吗？

然而独特程度不亚于前颈伤口与勒痕的，是被害人的姿势。

双腿蜷曲，缩着身子，大腿贴近胸口。双肘弯着，好似举手举到一半，手位于肩部上方，手掌朝外。

“这姿势看着像是被塞进了行李箱里，拼命试图爬出来，中途耗尽了力气。”

“情况好像还真跟你说的差不多——就是不知道被勒住脖子、刺伤前颈的被害人还剩下多少力气。”

涟转头看向墙角。

有个大行李箱打开着翻倒在地上，尺寸足以装下一个蜷缩着身体的成年男人。箱底和地板间垫着浴巾，箱子里面也有几条毛巾展开放着。毛巾上有些地方沾着暗红色的血。

“开始出现尸僵了。”赛琳蹲到防水布上的尸体旁边，“尸斑集中于尸体右侧，指压褪色并转移……”

“死后过了四小时到六小时。推测死亡时间在十一点到十三点之间。”壮年男人插嘴道，他似乎和赛琳一样是验尸官，“既没发现用来勒脖子的绳子，也没发现割开前颈的刀具。很可能是凶手带走了。马上要做解剖了，别乱动啊。”

“明白了，谢谢。”

赛琳微微扬起嘴角。她静静地注视被害人的双眼，不知为何歪了歪头。壮年验尸官看怪人似的苦笑了下，离开了现场。

不一会儿，搜查员们赶来把尸体搬走了。赛琳露出意犹未尽的表情。

“之后就等解剖了……总体上对推测死亡时间没有异议，嗯。”

正午前后一小时，与第二和第三名被害人的推测死亡时间相近。虽说车程不到一小时，可如此迅速地连续作案未免太离谱。

“被害人名叫巴尔托·昂德希尔，二十二岁，是G大学的学生。”涟念起笔记，“第一发现人是住在正下方房间的护士，做证称正午过后下夜班回到家时，好像听见天花板上有动静。当时她累得直接钻被窝了，三小时后起床，回想起睡前听见的声音，心里有点不踏实，就去楼上看了看情况。她说可能是因为在工作中听说了昨晚的杀人案，加深了不安。”

“就为这个特地上楼？杀人凶手没准还在那儿晃悠呢，真够胆大的。”

“你没资格说人家吧。”

“是啊。但如果是索尔兹伯里小姐，估计会一觉睡到晚上。”

“你们什么意思啊！”

这俩人到底哪儿来的默契啊……不对，等等。

“听见有动静而已，为什么会不安呢？”多米尼克皱起眉头，“住在公寓里，楼上传出点动静是家常便饭吧。为什么偏偏今天过去查看？声音特别响吗？不是应该听见后马上找管理员投诉或者报警吗？”

“涟，行李箱底下垫着浴巾对吧。原本就有吗？”

“好像是，负责初步调查的搜查员在笔记上是这么写的。不过第一发现人表示‘记不清了’。”

那就更难听见动静了。凶手垫浴巾，估计是为了消除往行李箱里塞尸体时的摩擦声吧。

“房门锁没锁？”

“第一发现人做证称房门开着。她按门铃也不见被害人来应门，往房间里一看，只见地板上铺着浴巾，上面放着一个行李箱，钥匙就插在箱子的锁孔上。她莫名有些在意，就打开箱子，发现了装在里面的尸体——事情经过就是这样。行李箱倒是锁着。”

“被害人和第一发现人是什么关系？”

“住在同一栋公寓楼上楼下两间房的陌生人——哎，也难说，其他搜查员正在跟进调查。负责问询的搜查员在笔记上写到，第一发现人看上去‘受到非常严重的打击’。”

是地下情侣吗？

抑或——那个第一发现人正是模仿犯兼实行犯。

上楼杀害被害人，把尸体装进行李箱，过段时间再若无其事地假装成第一发现人……

不，没必要自己当第一发现人。况且，“听见楼上有动静但睡过去了”这种证词，简直像在上赶着让警察怀疑自己似的。

“好吧，调查第一发现人的任务就交给P警署了。”

玛利亚说完便和漣一起走向隔壁。

——这房间宛若滑雪爱好者居住的城堡。

墙边置物架上有两块滑雪板和两副滑雪杖，还密密麻麻地码放着许多滑雪靴、护目镜和手套。

墙上还贴着几张被害人滑雪的照片。有以雪山为背景、和几个像是朋友的同辈男女身穿滑雪服并排而立的合影，也有别人帮忙拍摄的飒爽滑下银白斜面的抓拍。看来被害人巴尔托·昂德希尔是个滑雪发烧友。

不光墙上贴着照片，桌上也摆着相册。翻开一看，有一张照片里，左腿打着石膏的少年苦笑着站在一所中学的正门前。貌似是升学纪念照。照片中少年的眉眼与被害人的面容极为相似。

仔细看这张照片，只见正门的铭牌上写着“Phoenix——”。本有些纳闷爱好滑雪的人为何要住在与雪无缘的P市，若是从小就住在这儿了倒是说得通。

而且A州也能找到些滑雪场，玛利亚和漣所居F市的郊外、约翰所属空军基地的西北部等地都有——记得听爱好滑雪的同事这么说过。开一两个小时车就能去滑雪，或许P市的地理位置意外地还不错。

可惜被害人再也没有机会享受滑雪的乐趣了。

装尸体的行李箱也是被害人的东西吗？墙上还有些照片以明显不属于A州的山脉为背景。被害人在休假期间去过其他州或是海外的话，有旅行用的行李箱也不足为奇。真是令人艳羡的优雅学生生活——

等等，忘记根本问题了。

“涟，凶手为什么要把尸体装进行李箱？把手腕绑在滑雪板两端，整个人捆在上面不也行吗？就像多米尼克说的二十年前的老婆婆那样。”

“姑且不论行不行，现阶段还什么都不好说。要是像巴罗兹刑警说的，‘吸血狗’是按照自己才理解的规则行动的，那我们揣摩他的目的就毫无意义——至少现在是如此。但若假设凶手有某种明确的意图，这第四起案子存在其他案子没有的特征：尸体能连同行李箱一起搬运。犯罪现场不一定是被害人的房间。”

在别处杀人，并在那个地方制造不在场证明。再将尸体装进行李箱，搬到被害人居住的公寓里，让第三人发现……

赛琳刚才咕哝说尸斑集中于尸体侧面。她验尸的时间较短，尸体已经送去解剖了——过后得确认一下有没有死后被移动过的痕迹。

“总之，必须找左邻右舍问问话。先抛开假设的真伪不谈，不收集目击情报便无从查起……玛利亚，你发什么呆呢？本来就人手不够，这会儿不工作还等什么时候？”

“在想事而已。我从来都很热心工作的！”

花费了大约半小时，却没能得到理想的成果。

在多米尼克的指挥下，玛利亚和涟一起跟着P警署的搜查员们对周边住户展开了查访。然而根据收集到的证词，在推测死亡时间十一点到十三点之间，抑或十三点到发现尸体的十五点三十分之间，没有人看见可疑人物或可疑车辆。

“怎么回事啊。”

没有目击者并不能证明凶手不在现场。即便是附近居民，也不会二十四小时盯着发现尸体的那个房间。在案发的时间段，大多数上班族都出门在外。

可在严密的巡逻网中，大规模的查访下，仍连凶手的人影都抓不着，就另当别论了。是“吸血狗”贼运亨通，还是……

“会不会是有人藏匿了凶手？涟，你之前说劫匪可能把‘吸血狗’带到了P市对吧。莫非‘吸血狗’也藏在那帮家伙的据点？”

“双方合伙作案的说法仅仅是臆测。”慎重的下属没把话说死，“不过……既然凶手这么来无影去无踪，就算不能断定是劫匪，或许也该考虑存在协助者的可能。过去曾与‘吸血狗’有密切交流的人物，或是迷恋其罪行的狂热分子，又或者黑社会后援——具体身份就难以确定了。”

“那个协助者把‘吸血狗’带到了P市吗？”玛利亚用手指抵住下巴，“那还真是相当有计划性。德里克逃走的消息没有公开，说明协助者不是在‘吸血狗’逃走之后，而是从他逃走之前就做好藏匿他的准备了，这么想比较——”

不对，等等，按这个思路往下推的话。

“‘吸血狗’的脱逃是预先安排好的……外人接触不到德里克，想知道德里克在哪儿都很困难，那么——是卫生研究院串通一气把他放跑的？”

“冷静点，你思维太跳跃了。”涟制止道，“卫生研究院没道理把‘珍贵的样本’德里克·赖利从囚笼里放走。套用尼森少校的说话风格，R 国特务为了夺走他潜入了卫生研究院都更靠谱点。”

倒也在理。可是……

“协助者为什么放任‘吸血狗’为所欲为啊？要只是想夺走珍贵的样本，就应该防止他做出任何危险举动，把他关进随便什么地方吧。居然松开牵制‘吸血狗’的缰绳任他行凶……德里克没准会被逮捕啊。”

“不知道。推测而已，协助者是否真的存在都还不好说。话说回来——”涟的脸上少见地浮现出略显自嘲的神色，“假如‘吸血狗’是单独作案，我这个搜查员还真想向他请教请教潜伏技巧。”

素来沉着的下属也无法保持冷静了。

闹了半天你不也不知道吗——玛利亚没心思如此指责他。涟和赛琳指出的矛盾尚未解决。归根结底，已有多达四人遇害，玛利亚和涟，以及包括 P 警署在内的警方和军方，都完败给了凶手。

“一个个都干吗吃的？人手再怎么不够——”

玛利亚不由得抱怨起来，但她的嘴唇忽然僵住，猛地转向下属：“该不会……凶手在警察之中吧？”

“你的意思是，怀有杀人冲动的警察得知‘吸血狗’逃走的消息，趁机化身模仿犯，借巡逻的机会去行凶？”

若在平时，涟多半会揶揄一句“这什么三流刑侦剧的设定”，这次却不同。涟并未一笑置之，而是闭上眼睛，沉思片刻后再度睁开。

“如果是 P 警署的人，确实能事先弄到谋杀目标的详细信息。可巡逻和查访基本是两人一组，要如何瞒过搭档的眼睛，完成绑住被害人手脚这么费功夫的操作？搭档也是同伙的话另说……可只需再查一遍警车的巡逻路线，自然能锁定嫌疑人。巡逻的轮班应该是按时间段和地区分配的。”

倘若迟迟得不到决定性的目击证词，想必多米尼克也不得不怀疑有内鬼。凶手——该说是“凶手们”吗——究竟谨慎到了什么程度？

“又或者，如果警察没直接参与犯罪，那就几乎只剩下一种可能：巡逻中的警察遭杀人狂杀害，被抢走了制服和警车。”

玛利亚也考虑过这种可能，然而真听下属说出口，只觉脊背窜过一阵寒意。

“但可能性很低。”涟继续道，“巡逻是从今早开始的。要免于被任何人目击，也不给两名警察发出紧急联络的机会，使他们失去行动能力，还瞒到现在都不穿帮，哪怕是稀世杀人狂也极难办到。”

“MD州的运钞车劫匪黎明时分杀害了两名押运员。而且根据辖区警署的报告，直到那帮家伙跑路，谁都没发现押运员死了。刚才也说了，提出那帮家伙可能把德里克·赖利带来了P市这个假设的明明是你。”

“处理尸体和丢下尸体不管，后续要花的功夫天差地别。”

这倒也是。

再说，要想确认是否真有警察遇袭，压根用不着在这儿猜来猜去，很容易就能确认：把所有负责巡逻的警察全都叫回来就行。

玛利亚倍感徒劳地回到便衣警车里。恰在此时，无线电对讲机传来呼叫。

“这里是多米尼克·巴罗兹。红毛，黑发，能听见吗？”

“这里是F警署的玛利亚·索尔兹伯里。怎么了？”

“尽快赶回警署。卫生研究院的姑娘联系我们了。凶手确认是德里克·赖利，从尸体的样本里找出了证据。”

※

“这是从被害人前颈采集的样本在电子显微镜下的照片。这张是第一名被害人克拉拉·格温女士的。旁边的是……第二名被害人诺曼·鲁瑟先生的。”

P警署会议室。

在玛利亚、漣、多米尼克、赛琳，还有古斯塔夫的注视下，国立卫生研究院研究员伊薇特·弗洛金诚惶诚恐地将两张黑白照片摊在桌子上。

两张照片构图不同，却很相似，就像以椭圆和曲线绘成的抽象画显示在了夹杂噪点的电视屏幕上。

“好像高中生物课本的插图。是叫细胞剖面图吧？”

挂科补考的记忆与头痛一起复苏。

“八九不离十。”听了玛利亚的感想，伊薇特发出一声苦笑，又慌忙收了收表情，“因为病毒基本都会侵入细胞。这两张照片里值得注意的是子弹状的包膜……聚集在这里，还有这一块的……能听懂吗？”

伊薇特伸出指尖，在两张照片上分别描摹了一个圆。如她所说，一头方一头圆的长条状物体聚集于几处。

“这就是‘D病毒’，严谨来讲是狂犬病病毒所属丽莎病毒属的特征性结构。”上司古斯塔夫补充，“从健康者的人体组织上观察不到这样的图像……除非那人得了狂犬病，或者样本混入了狂犬病病毒感染者的唾液。”

——盘踞在德里克·赖利体内的，是狂犬病病毒的变异株。

——病毒到达脑部后……随唾液排出体外。

“杀人狂德里克·赖利咬断诺曼·鲁瑟的脖子”这一不希望应验的假设，得到了有力的证据支撑。

“真的不存在其他跟狂犬病完全没关系的病毒长成类似的形状吗？”

“我不敢断言没有，但把这些照片拿去给专家看，十个人里有十个人会回答‘看着像狂犬病病毒’。”

几乎可以确定是狂犬病——不，是D病毒无疑啊。

“赛琳，那两人的尸体上有没有被狗咬过的伤痕？”

在搜查的间隙听涟讲过，J国会定期给宠物接种疫苗、扑杀野狗，狂犬病因此绝迹，将近三十年没确诊过新的感染者。

U国的情况则不同。虽然病例数少，但狂犬病至今仍是潜伏于现实中的威胁之一。玛利亚小时候也听父母嘱咐“千万别招惹野狗，小心挨咬”，听得耳朵都起茧子了。

据古斯塔夫说，D病毒的形状和普通狂犬病病毒没有区别。二十年前的案子里，六名被害人身上全都检出了病毒，这次则刚分析了两个人的样本。第二名被害人身上的病毒与“吸血狗”无关，他是在哪儿被狗咬了而患上了狂犬病，这种可能性也无法完全排除——

“没看到有。”赛琳的回答否定了玛利亚的猜测，“要说显眼的旧伤，也就第二名被害人右腹部那处切口疤痕了，八成是阑尾炎手术留下的痕迹……除了钝器伤和割伤，两名被害人身上都没有像是近一两年留下的明显伤口。”

“这样啊。”

模仿犯罪的假设不成立了。

恰好在德里克·赖利逃走的同一时期，有其他狂犬病患者犯下与二十年前案件相似的罪行，这种巧合也不太可能发生。狂犬病又不是杀人综合征，只是感染者自身会死。

至少前两起杀人案的凶手只能认为是“吸血狗”本人了。

“这两个样本的其他位置有没有拍摄到类似形状的病毒？”

听涟这么问，伊薇特一脸歉意地摇了摇头。

“再多花些时间没准能找到……在电子显微镜下寻找病毒，就像在伸手不见五指的森林里用肉眼寻找想要的蘑菇。丽莎病毒全长二百纳米，只有一毫米的五千分之一……根据采样的位置不同，有时也会取到原本就没混入唾液的部分。”

伊薇特的讲解穿插着独特的比喻。总之，“在狭窄的视野下”“大范围地”寻找“很小的东西”伴随着相当大的困难这点算是听明白了。从两名被害人的样本里都检测出病毒，毋宁说算是侥幸。

“核验就交给我们的人吧。”

实在是太难为那姑娘了。无论结果如何，都得好好向她道谢。

“关键是‘吸血狗’。古斯塔夫，现在的德里克·赖利还残存着多少常人的思考能力？他能躲过巡逻，轻松闯进被害人家，绑住其手脚，咬完脖子再割开。可以认为他具有正常水平的智力和判断力吧？”

“可以这么理解。”古斯塔夫以严肃的口吻回答，“精神科医生的诊断是，虽然可见轻中度的谵妄，但智力水平与健康者大致相同。为数不多的异常有‘对血液的渴望’——可感染D病毒的只有德里克一个人，没法区分这是D病毒造成的，还是他原来就有的嗜好。”

“真跟吸血鬼似的。”玛利亚咕哝。

涟举手道：“做动物实验了吗？能否讲讲实验收获呢？”

“实验主要是用小鼠做的。就结论而言，虽然感染D病毒的小鼠大多在数天内会有疑似轻度认知障碍引发的异常举动，但几乎未见咬其他个体之类的攻击性行为。我知道你想说什么……‘那德里克的行为是由什么引起的’，对吧？问题是小鼠和人类感染同种病毒，出现的症状未必一样。另外，我们还得到了耐人寻味的结果。与感染普通狂犬病病毒的小鼠相比，感染D病毒的小鼠寿命显著延长，其中有不少个体比没感染任何病毒的健康小鼠活得还久，差异有统计学意义。”

不仅有唤起吸血嗜好的可能，甚至还能延长寿命。越来越像吸血鬼了。

“他是在哪儿感染的这种病毒？”

“赖利家好像养过狗，二十年前的最后一案发生后不久送到动物保护中心了——那只狗可能就是病毒携带者。”

“不。”伊薇特摇了摇头，“就我们研究室的调查所见……赖利家的狗是从正规饲养员那里购买的，从出生起就由饲养员亲手管教，应该也接种过疫苗……很难想象它会成为D病毒的感染源。根据证词记录，第一起案子发生在二十三年前，那会儿德里克经常和女朋友一起去山里散步。会不会是那时候被野狗、蝙蝠什么的咬了？狂犬病病毒的宿主不仅限于狗和人类。只不过……狗的寿命大约十年，蝙蝠则是三到五年。即使算进教授刚才说的延寿效果，使德里克感染D病毒的源头个体也活不到现在……那个个体不会表现出攻击性行为，所以也不会咬其他个体扩散病毒。”

敢情“吸血狗”是世上独一无二的样本啊。那个杀人狂逃走，咬被害人植入D病毒，证明了是自己犯的罪——怎么听怎么讽刺。

这时，设置在会议室的无线电对讲机传出声音。十八点，到定期联络的时间了。

“这里是第十二航空队约翰·尼森少校。各位搜查员，能听见吗？”

“能听见，灰眼睛。这边全员聚齐了。状况如何？”

“目前还没发现逃往市外的人员。”约翰的回答简单明了，“也没人进入市内。从开始巡视至现在，没有人穿过荒野入侵此地。”

“路检也一样。倒是抓住些不带驾照之类违法的人，但眼下还没有疑似‘吸血狗’或疑似劫匪的家伙落网……市内情况怎样，发现可疑车辆或可疑人物了吗？”

“我们派了四艘水母船在本市外围上空二百米处巡回飞行，没收到报告称有车辆明显行驶异常……你们那边的情况我了解了。要在市区正上方也实施监视吗？还请定夺。”

“求之不得。只要别违反航空法。”多米尼克半开玩笑地应道，“我去跟上级交涉一下，稍微给我点时间。还有，禁足令我们这边得暂时搁一搁。署长那浑蛋，也不知是不是怕担责任，彻底尿了。就算能下令，估计也要等好久以后。”

看来哪个警署的署长都一样窝囊。

对了，方才回到P警署的时候已然不见文森特的身影。看样子是寒暄完立马走人了。尽管丝毫不想看见他那张脸，还是有淡淡黑雾般的忧虑萦绕在心头。

那个男人在这种时候出现在P警署，真的只是为了找政要寒暄吗?

“明白了。先前我提议充当巡逻员的空军人员正在赶去，车辆即将抵达P警署，麻烦接应一下，给队员们下指示。”

“感激不尽。这事我跟负责路检的人说了。万事——”

多米尼克的话以最糟糕的形式被打断了

“通知全体搜查员。有巡逻中的搜查员报告称在密斯里西街××号发现了他杀尸体。重复一遍。有巡逻中的搜查员报告称在密斯里西街××号发现了他杀尸体。前颈有损伤。请尽快赶往现场——”

第7章　吸血狗——内侧（Ⅳ）

1984年2月10日 18:40 ~

——苏珊娜？！

显然已经没救了。从楼梯平台能看见她倒在楼下，纤细的颈部往外冒着血，在客厅流成一片深红的池塘。

骗人。

骗人，骗人，这都是骗人的吧——

许是听见了埃尔默的悲鸣，瘫坐在地的伊尼戈霍地抬起脸。视线相遇。伊尼戈双眼中的恐惧转为愤怒。

“这样啊……原来是这么回事啊。”伊尼戈缓缓站起身，“难怪西奥多里克、金和苏珊娜都那么轻易就被杀了……或许我内心也小瞧你了，觉得‘这软蛋干不出来’。”

他将手伸进夹克衫，举起装有消音器的手枪对准埃尔默。

“真没想到是你干的，埃尔默！”

伊尼戈扣动了扳机。

埃尔默条件反射地闪身。

猛推扶手，借力向后倒下。小小的爆炸声与子弹打进墙壁的声音同时响起。

“呜——呜啊啊啊！”恐惧迟了几秒一下子袭来，“为……为什么，怎么回事？”

弹匣应该交给金保管了，为什么会有子弹——

不，不对。做撤离准备的时候，抑或在那之前，伊尼戈偷偷把弹匣拿回来了。

“噢哟，‘怎么回事’。都这时候了还装傻？”伊尼戈毫不掩饰恶意的声音从天井式客厅传来，“这里没有其他人。三个人被杀，只剩下你和我。那凶手不就只能是你吗？杀了那么多同伴，这会儿又装无辜？”

楼梯嘎吱作响。

上楼了。拿着枪的伊尼戈要到二楼来了。

“冤……冤枉……”

舌头几乎打结。似是躲子弹耗尽了力气，胳膊和腿都不听使唤。“不对，不是我——是那家伙……是他……是‘吸血狗’。而且……我杀不了金——”

“别再找借口了。是你杀的。答案就这么简单。”

脚步声渐近——伊尼戈出现在二楼的楼梯平台。

向狼狈瘫倒的埃尔默刺去愤怒与嘲讽的目光。

“不过，我承认——我很好奇你是怎么办到的。告诉我吧，你是怎么杀死金的？现在不问，可就永远没机会知道了。”

不行，根本说不通。

“有……有人吗？救救——”

下巴挨了一记向上的飞踢。

意识瞬间模糊。后脑勺撞到了地板。

“喂喂小埃尔默，死到临头就别搞那么难看了。”伊尼戈一边大笑一边踢埃尔默的侧腹，“快回答。不然就爽快点交出小刀。只要配合，我就赏你个痛快。”

为什么……为什么会变成这样？

直到昨天，计划都还一帆风顺。假如不在P市停留，趁昨晚开车能跑多远跑多远，也许就不会陷入同伴自相残杀这种脱离常轨的事态了。

不对。

早就脱轨了。从抢劫运钞车的那一刻起，就注定了他们会在不远的将来面临毁灭的命运，不是吗？

就不该参与什么抢劫。应该不受一举致富的甜美幻想诱惑，度过正经稳妥的人生。

等等……真是如此吗？

他——他们有度过“正经人生”的选项吗？

※

他根本称不上有正义感的孩子。

上初中时，他是所谓不良少年团伙里的底层成员，见老大心血来潮把谁定为靶子，就跟其他同伴一起朝那人扔石头、对其又踢又踹。

他害怕自己变成靶子。加入施虐的一方，就能免于受虐。

当然，在“施虐”的团伙里，亦存在“施虐”与“受虐”的等级之差，可哪怕只当个底层成员，也还是待在居上位的团伙比较好。

然而上位下位的等级序列并非固定不变。稍有变故就会导致团伙间的权力关系反转，甚或没法继续待在团伙中。

埃尔默遇到的变故是父母离婚。

老套的沉沦故事。那是他升上高中，从同学那里学到各种娱乐的时候。

母亲走了，父亲特别忙，总是很晚才回家。仗着不再受父母看管，埃尔默越发频繁地游荡疯玩到深夜，以致成绩显著下滑，跟不上课程进度，连“上位团伙底层成员”的位置都坐不稳了。为了散闷消愁，他开始沉迷危险的娱乐——染上了毒品。

想不起契机是什么了。对酒精不耐受的埃尔默来说，感觉能迅速爽到的娱乐之一便是吸毒。

的确，如同做梦般欲仙欲死——仅限药物发挥作用的短暂时间。

试过一次就忍不住想再尝一回，吸完第二次还想吸第三次。不知第几次偷拿父亲的钱去找毒贩的时候，他在领到毒品后立即遭到警察逮捕。

没有人护着他。

父亲勃然大怒，宣布与沦为罪犯的儿子断绝父子关系。母亲已经再婚，别说会面了，连封信都没寄来。高中开除了他，与初中就认识的伙伴们的联系也断绝了。

或许由于是初犯，埃尔默在少年监狱服刑的时间很短，出狱后也无处可去。他辗转打零工，得过且过，为了逃避看不到希望的现实，又一次向毒品伸出手——

不断在监狱进进出出，眨眼间过了十几年岁月。

他会就这样一事无成，屈居社会底层曝尸荒野吗？

买毒品的钱见底了，又没法靠酗酒来凑合。寒冷的天空下，他在小巷里瑟瑟发抖之时——

“是埃尔默·昆兰吗？”

听见一个有点耳熟的声音。

他慢慢抬起头，看到一个面熟的男人静静地俯视着自己。

眼前的男人唤起了遥远往昔的记忆。历经岁月洗礼依然如故的冷冽目光——

“西奥多里克？”

“好久不见，埃尔默。”

时隔十几年，埃尔默与初中时结交的伙伴、团伙老大西奥多里克·霍尔登再度相遇。

西奥多里克做的第一件事是带埃尔默戒毒。

“有必要根除你对毒品的欲望。反正你也没接受过正经治疗吧。”

说中了。埃尔默既没钱也没戒毒意愿，没有医生会那么无私地免费给他治疗。

也曾受过旨在铲除毒品的非营利组织照顾，但负责埃尔默的咨询师只是个假借心理咨询之名高谈阔论的讨厌男人。

“有个口碑不错的诊所。治疗费的事不用担心，我去谈。”

埃尔默拿上西奥多里克给的地图出发去诊所。是小巷尽头的一栋老旧大楼，乍看生意不怎么景气。

他怀着不安走进门——直接说结论，西奥多里克选得有眼光。

“有人会在摄入酒精后性格产生变化。也就是说，化学物质能够大幅改变人的欲望。你自己也吸过毒，肯定深有体会吧。”

看不出年纪的女医生对埃尔默说道。她没有给他做心理咨询，而是展开以用药和验血为主的治疗。

茅塞顿开。此前接诊埃尔默的医生和咨询师都声称“能不能戒掉全看你的毅力”，惯于把责任推给患者，无非是程度有所区别。

只字不提个人意志，仅靠用药剂量和检查结果决定治疗方针，尽管同样是“不问患者意见”的治疗，却让人好接受得多。

不知算不算应了“病由心生”这句格言，过去十几年宛如虚幻一般，埃尔默对毒品的欲望逐渐消失了。

对西奥多里克给自己介绍诊所心怀感激的同时，一抹不安油然而生。

西奥多里克以前是这种会无微不至地照顾同伴的人吗?

疑问的答案在看见痊愈希望的几个星期后揭晓。

西奥多里克把埃尔默叫到美食广场，在桌上摊开诊所的账单。

“这么多费用我也负担不起。来吧，商量一下。”

“你要我全付了？”

埃尔默面无血色。诊疗费和医药费的总额，他打一年工都付不起。

“我拿不出这么多钱……你一开始不是说治疗费的事不用担心吗？”

“是说了。所以我才来找你商量。”

西奥多里克投来冰冷的目光。徒有其名的商量无异于诘问——什么时候能付，能出多少?

埃尔默感到如坠冰窟。这就是西奥多里克打的主意。让埃尔默放松警惕，接受昂贵的治疗，钻进拿人钱手软的枷锁。

西奥多里克并未勒令埃尔默支付治疗费，但埃尔默已然没有“不给予回报”的选项。不动声色地施压，强迫忠诚。手段与初中时毫无二致。

埃尔默说不出话来。西奥多里克忽然起身。

“换个地方说吧。有事想找你帮忙。”

埃尔默坐上西奥多里克的车，被带到郊外的仓库。新的重逢在等着他。

伊尼戈·阿斯凯里诺、苏珊娜·莫林斯、金·罗——共度初中时光的团伙成员聚齐了。大家的容貌都比以往成熟了许多。

“埃尔默?！你是埃尔默吗?”伊尼戈快活地拍了拍他的肩。

“跟以前一样摆着张臭脸。”苏珊娜挖苦道。

金无言地瞥了他一眼。

见每个人的反应都与记忆里如出一辙，埃尔默不禁莞尔。那熟悉的举止却稍纵即逝，三人脸上似乎都或深或浅蒙着一层荫翳。

后来听说，伊尼戈由于男女关系混乱丢了饭碗；苏珊娜遭遇婚姻诈骗，背上大额债务；立志成为文学家的金不受教授待见，研究成果迟迟得不到承认，被迫过着贫困的生活。

埃尔默染上毒品后堕落，三个老同学也各有苦衷致使人生脱轨，沉迷酒精，精神饱受折磨。

出现在他们面前的，是初中时的老大西奥多里克。

西奥多里克向在困境中挣扎的他们伸出援手，制造了一笔绝对逃不脱的巨大人情债——就像对埃尔默做的那样。

埃尔默不太清楚西奥多里克是怎么过的这十几年，做的什么工作。他假装不经意地问过，西奥多里克只回避话题般答一句“现在的工作更适合我”，不肯多说。

“好了，差不多该告诉我们了吧，西奥多里克。”伊尼戈开口道，“为什么要把我们凑齐？像你这样的人，找我们来肯定不是想大家一起开开心心办同学会吧?”

西奥多里克眯起眼，反问道：“我就开门见山了——你们想不想舍弃从前的人生，重新开始?”

※

拒绝西奥多里克的邀约，踏踏实实工作，一点点还钱。也存在这样的道路。

但埃尔默没能选。

不，是没选。他甚至想都没想过要选。就算戒掉了毒瘾，可他依旧无家可归，身无分文，横竖是指望不上玫瑰色的人生，那抓住美梦不放又有什么不对——

什么啊。

自己这不是跟以前相比毫无长进嘛。

为免受虐而加入施虐的一方。以父母离婚为借口疯玩。现在又理直气壮地质问参与恶性犯罪“有什么不对”。把所有过错都推给别人，卑鄙地四处逃避，这不正是他的本质吗？

归根结底，他早就误入歧途，无论朝哪个方向走、怎么走，都不可能抵达“正经的人生”……

“怎么了，埃尔默，干掉三个人的本事去哪儿了？”

腹部挨了不知第几十脚，埃尔默的意识回到了现实。

呼吸因剧痛而紊乱。得赶紧逃。理智发出警告，身体却不听使唤。伊尼戈咂了咂舌。

“你要硬撑到什么时候啊——够了，我放弃。去死吧。”

伊尼戈抬起胳膊，装有消音器的枪口对准了埃尔默的眉心。就在此时——

一个黑影缓缓出现在伊尼戈背后。

伊尼戈正要回头，黑影将小刀扎进了他的脖子。

伊尼戈睁大眼睛，手枪从手里滑落，掉到埃尔默的大腿间。

黑影拽住伊尼戈的头发往后拉，用小刀一记横扫。

鲜血四溅。伊尼戈的身体越过扶手坠落，激烈的撞击声响彻四周。

黑影转向这边。

埃尔默放声惨叫。

是西奥多里克。

本以为头一个就被杀了的老大西奥多里克手中握着沾满鲜血的小刀。

第8章　吸血狗——外侧（Ⅳ）

1984年2月10日 18:15 ~

“哈丽雅特·艾默兹，女性。一九二三年生人。算来今年六十一岁。”

涟读出死者驾照上的信息。光今天就已是第四次走这个流程了。

从市区往西北方向开车约十五分钟，一行人到达住宅区一角某独栋房屋的客厅里。

案发现场与驾照上的住址一致。但尚不知被害人的长相。

红发上司默默瞪着尸体，也不知有没有在听涟讲话。

涟接着说：“第一发现人是两名巡逻中的警察，说是以独居者为重点展开查访并做安全提醒的时候，从窗外发现了被害人。”

“那两个人具体是在哪个区域巡逻？”

“十三点之前是在东南部毗邻CH市的地区。在P警署休息一小时后，十五点起在北部巡逻——就包括这一带。离第二到第四具尸体发现地很远。我让巴罗兹刑警去查通信记录了，不过目前还没有根据怀疑他们。”

凶手会不会混进了负责巡逻的警察里——虽是小概率事件，但为保险起见，涟和玛利亚还是要求发现尸体的警察提供了身份证明。

许是事出紧急，两名警察并未表现出疑问或不满，十分配合。结论是没发现任何可疑之处。

“是啊。”玛利亚答道，将视线移回尸体。

状态明显与此前的被害人不同。

整个头部套着黑色塑料袋，袋口部分用胶带紧紧固定在下巴处。

缠胶带的部位下边，从正面看的脖颈右侧位置，皮肤下的红肉外翻着。伤口倒是不深，给人一种用刀尖躲着胶带略微用力划了划的印象。

尸体还被放到了扶手椅上。

双手手腕分别被以细绳系到了左右扶手上，双腿也被用绳子固定在扶手椅上。绳子是大卖场就有卖的随处可见的那种，和捆绑第二名被害人的绳子一样。

鉴定官为尸体拍完了照。旁边的赛琳用戴着手套的手指娴熟地揭下胶带，静静地将黑塑料袋从被害人头上摘下来。

被害人露出了脸。胶带封住了口鼻。周围的鉴定官一片哗然。

“天杀的，这也太谨慎了。都套塑料袋了还搞这个。”

“看来是想让她彻底窒息死亡。”

玛利亚和多米尼克的表情扭曲了。

赛琳则微微皱眉，又恢复了原本的人偶般的表情，淡淡地指示了句“拍照”。一名鉴定官连忙端起照相机。

几分钟后，赛琳静静揭下封住口鼻的胶带，被害人哈丽雅特·艾默兹终于现出容貌。

浅茶色的中长发已斑白。眼皮微微张开，能看到深褐色的虹膜。皮肤完全失去了血色，但很紧致，皱纹也少，看着不像今年六十一岁的人。

“脸和四肢发绀。尸斑集中于双臂下方和下半身，不易褪色……尸僵扩散。眼球……”赛琳开始验尸，缺乏感情的脸上看不出疲劳，“——死了有段时间了。粗略估算一下，死后过了五小时到九小时。”

现在是十八点二十分，推测死亡时间在九点二十分到十三点二十分之间。

“和第二到第四名被害人的死亡时间很接近。”

四十七岁的男性咖啡师诺曼·鲁瑟，十点到十二点之间遇害。

三十六岁的女性兼职工凯瑟琳·韦德，十点到十四点之间遇害。

二十二岁的男学生巴尔托·昂德希尔，十一点到十三点之间遇害。

然后是哈丽雅特·艾默兹，九点二十分到十三点二十分之间遇害。

由此可知，“吸血狗”是以十一点到十二点这段时间为中心屡次行凶。

把时间范围拓宽到最大限度，也就九点二十分到十四点。纸上谈兵地计算是有四小时四十分钟的时间可利用——反过来说，也就只有这不到五小时。平均每一小时十分钟杀一个人，还包括路上的时间。实际上花的时间估计还要更短。

并不能断言绝对不可行。虽然还需实地验证，但至少就涟所见，凶手并没做什么得耗费一两个小时的手脚。

问题是——

“被害人的行动轨迹也令人在意。他们遇害前都在哪儿……”玛利亚说到一半停了下来，手指抵住下巴。

“不，不对。”她喃喃道，“第三名被害人凯瑟琳的排班在下午。第四名被害人巴尔托是大学生，没课也没兼职的日子时间相对自由。第五名被害人的生活模式还不清楚，但她年过六十，已经退休，一整天都待在家里也不奇怪。‘吸血狗’有充分的机会袭击他们……”

被害人有一大半上午待在家里……的确有这个可能。可是——

“那第二名被害人诺曼·鲁瑟呢？他工作的咖啡店上午十点开门。开门前还要做些准备，按说最晚也得九点就到店里。”

“遭捆绑的时间和实际遇害时间未必一样。比如八点闯进他家把他绑起来，堵住他的嘴让他叫不出声，再弄晕他，然后去其他被害人那里杀人善后，十一点左右回来打死他就行。这样就不会有矛盾了。一开始怎么没想到呢。”

一语戳中盲点。的确，没理由认为每一名被害人遭捆绑和遇害都是在同一时间。然而——

“那又会出现别的矛盾。有警察在巡逻，凶手何苦分两次去被害人家？八点绑人的话，直接在八点杀掉不就行了？”

“唔……”红发上司呻吟一声，抓乱了头发，“真搞不懂……”

填上了这边的逻辑漏洞，那边又有破绽露出。简直不能更棘手。

何况疑点还不止于此。

动机——“吸血狗”为何非要在这么短的时间内连续作案？

“吸血狗”自然也清楚P市全市都在实施戒严。到处设有路检，警车来来往往，还有空军的水母船在本市外围巡回飞行，他何必冒着被目击的风险，在光天化日之下连续行凶？

考虑到各个犯罪现场间的路程用时，汽车可谓必需。作案所必需的交通工具，凶手是如何弄到手的……

答案尚未浮出水面。

在冥思苦想的涟旁边，玛利亚问赛琳：“死因是窒息？”

“还有待解剖确认，但八九不离十。尸体可见缺氧迹象——大范围发绀。没有称得上致命伤的外伤。要说别的，也就腹部的殴打痕迹和膝盖上的旧伤了。颈部伤口也没深到会失血过多致死的程度。”

疑似闷死被害人的那卷胶带放在冰箱上，塑料袋应该是从垃圾桶旁边拿的。

此外，厨房的水槽里放着一把沾血的菜刀。看来和第二名被害人一样，前颈的伤口是从厨房顺来的菜刀造成的。

而用于绑缚手脚的绳捆，则搜遍被害人家里也没找到。推测是凶手带过来的，和第二起案子一样。

“绑缚部位——双手手腕的皮肤擦伤也没第二名被害人那么严重。凶手是不是先殴打被害人腹部让其失去反抗能力，再封口鼻、套塑料袋的？”

也可能凶手一直按着被害人的身体，直至确认其已窒息死亡。“吸血狗”是三十多岁的男性，与六十一岁的女性力量悬殊。

“能推算出被害人从口鼻被封到丧命大概用了多久吗？”玛利亚问。

“顶多十分钟吧，就常规情况而言。绞杀和上吊自杀的情况下，从勒住脖子到呼吸中枢停止工作要一两分钟。脑细胞会在失去氧气供应的几分钟后开始坏死……窒息就是这么可怕。这次的案例也基本是同样的道理。呼吸器官堵得严严实实，被害人估计撑不过几分钟。”

据说就连自由潜高手，在水下停留十分钟也近乎神迹。还来不及吸气就突然被封住口鼻，年迈的被害人想必坚持不了几分钟。

涟提出另一个问题：“‘膝盖上的旧伤’是指什么？”

“感觉是运动损伤。也许做过手术。”

抬眼一看，墙边的架子上装饰着小小的奖杯，“1973 Phoenix Middle-Senior Tennis Cup”——看样子是本地的网球大赛。一九七三年，被害人当时五十岁。能在中高级比赛上夺得奖杯，可见实力不浅。

然而没有次年的奖杯。玄关处、客厅里也都看不到球拍、网球等物品。恐怕是因伤无奈退役了。

“赛琳，赶紧安排解剖。”多米尼克吩咐，“尽可能缩小推测死亡时间的范围。决不能继续放任‘吸血狗’为所欲为了。”

“嗯，争取在主刀医生过劳倒下之前抓住他。”

赛琳回答，听不出是开玩笑还是认真的。她正要随抬尸体的担架离开，忽然又转头道：“巴罗兹先生，索尔兹伯里小姐，涟警官，之后的事就拜托了。”

说罢，她从背面上了运输车。过了一会儿，运输车开走了。

“可恶！”多米尼克右手握拳猛击左手手掌，“还说什么不能放任‘吸血狗’为所欲为，这家伙都无法无天了！”

他似已怒不可遏。

“彼此彼此。”玛利亚接话道，“被叫来帮忙却搞成这样……实在是无地自容。”

“我们并不是全能的。有时间后悔，不如稍微行动起来如何，警监？”

“用不着你提醒！”

“不，你们做得很好。被害人的推测死亡时间基本在正午前后。在你们赶到P警署之前，‘吸血狗’那浑蛋就已经杀掉一大半被害人了。要是我早点联系你们，没准能阻止他行凶。”

“太高看我们了。”

这个杀人狂头脑聪明到能轻松躲过巡逻网，就算涟和玛利亚上午就赶到P市，也不见得能阻止他行凶。玛利亚慨叹“无地自容”，涟同样满心羞愧。

“总之，现在只能稳步推进眼前的工作。巴罗兹刑警，你那边查到凶手的蛛丝马迹了吗？”

“不知算不算蛛丝马迹，倒是有一个发现。厨房门内侧下方安有菜刀架，可五个插槽全是空的。”

“空的？”玛利亚皱起眉头，“水槽里有一把对吧，就是割开被害人前颈的那把。没发现其他菜刀吗？”

“是啊。冰箱里有剩下的水果，起码该有一把水果刀，但没有找到。”

“说不定是‘吸血狗’拿走了。仔细想想，剜开第四名被害人巴尔托·昂德希尔前颈的凶器还没找到，假如那件凶器就是从这家的厨房拿走的菜刀——”

“很有可能。各个被害人的推测死亡时间很接近。发现尸体的顺序和实际遇害顺序未必一样。”

凶器或许仍在凶手手上。凶手屡次行凶而至今未落网，令这一事实显得无比沉重。

“联系到被害人家属了吗？”

“住在W州的儿子儿媳正在往这边赶，离A州有段距离，估计要明天才到。没有其他亲属。儿子的父亲——被害人的丈夫很早就死了。”

多米尼克在电话里听被害人的儿子说，被害人一手把他拉扯大，待他成家独立后便一个人留在P市生活，说是不想离开与丈夫一起留下了很多回忆的地方。

自从在训练中伤了脚，她跟网球同好也断了联系。退休以来这一年，她常给儿子打电话抱怨“每天都闲得要命”。

那两名警察说是在“以独居者为重点展开查访并做安全提醒的时候”发现了尸体。看来第五名被害人确实是独居。

“又是独居。”玛利亚咬牙切齿，“怎么回事？‘吸血狗’三天前才刚从MD州逃走，为什么能这么精准地加害P市的独居居民？刚才提到的菜刀也是一个道理。从迄今为止的犯罪手法来看，‘吸血狗’在尽可能使用被害人家里就有的东西行凶。‘吸血狗’从哈丽雅特·艾默兹家里拿走菜刀，去割开了第四名被害人——那个男大学生的脖子，岂不是说明他预料到了男大学生家里没有菜刀？”

一阵可怕的沉默。

不止一两个人，光今天就有四人遇害。若将玛利亚的推测也考虑在内，已无法简单地归为巧合。“吸血狗”事先掌握了目标的情况。他从哪儿弄到的信息？

即便用某种方法获取了被害人的个人信息和出行方式，若非熟知当今P市地形，要躲过警察的巡逻屡次行凶近乎天方夜谭。

有协助者提供情报也不无可能。可那个协助者是出于什么目的放跑了“吸血狗”，任其大肆杀戮？再往前推，协助者是怎么接触上“吸血狗”的？

另外——

“多米尼克，这儿在发现的时候就是开着的吗？”

玛利亚走近客厅的一扇窗户。

大小容人进出绰绰有余。月牙锁没扣上，蕾丝窗帘随微风轻轻飘舞。窗外是后院，栅栏对面是隔壁家的墙。如果凶手是从这扇窗户逃走的，恐难有人目击。

“说是‘窗户本身关着，但月牙锁没扣上’。”多米尼克翻动笔记本，“发现尸体的那两个人说，他们在找能进屋的地方时，注意到窗户没锁。房门锁着，还挂了门链。不知道‘吸血狗’是从哪儿进来的，但出去肯定是从那儿翻的窗。”

能看到其他窗户都锁着。正如多米尼克所说，逃跑路径十有八九就是此处。

问题是闯入方法。凶手是如何在不惊动独居老妇人的情况下潜入她家的？

从第二名受害人起都有同样的疑点。或是房门锁着、钥匙被带走，或是反过来，房门没锁。逃跑路径昭然若揭，然而凶手闯入各个被害人家里的方法依旧疑云重重。

调查初期，他们讨论过在屋外袭击被害人再把尸体搬进室内，以及被害人自己放凶手进屋这两种可能。可接连发生了四起案子，且都避过了巡逻的耳目，前者便不再是唯一正解。难道被害人在方便凶手作案的时间恰好都待在屋外吗？

后者也说不通。在市里设有路检，警车和水母船四处巡回的形势下，要想让被害人连房门的门链都放下，必须设法解除对方的戒心，比如假扮成警方人员什么的，至少得有乔装用的衣服和身份证明。

古斯塔夫说，“吸血狗”在逃走之际拿了保安和职工的ID卡，还抢走了保安的制服。利用这些，也许很容易就能让被害人开门。

穿着保安制服，遮着照片晃一下ID卡，用“可能有歹徒潜伏在此地。您有没有在附近发现什么异常”之类的借口诓骗被害人……见被害人放松警惕，就请求“再跟我详细讲讲”，让对方取下门链，如此一来，要闯进去也并非不可能。

可是——

“关于‘吸血狗’的相貌和衣着，你们向第一线的巡逻员透露了多少信息？”涟问。

“一开始给你们看的脸部照片，还有他从保安身上抢走的制服的照片，我给所有人都发了复印件。”多米尼克的回答一针见血，“跟国立卫生研究院的安保公司也核实过。他们的制服款式和警服完全不同。要是他穿着那样的衣服冒充警察，无论坐在汽车驾驶座上还是走在外边，按说都会有真警察看见。可至今都没收集到任何目击情报。”

何况凶手昨晚就犯下了第一起杀人案，相当于宣告“逃走的杀人狂就在此地”。如此状况下，持续假扮保安对自己来说有多危险，“吸血狗”心里自然有数。ID卡的作用也有限，未必每个被害人都对不亮出照片的人毫不起疑。

涟看向玄关。门周围没有争斗的痕迹，第二到第四起案子也一样。能确定的是，趁人不备也好，引人疏忽也罢，总之凶手轻松闯进了被害人家里，这是事实。

玛利亚用手指抵住下巴。

“话说，我一直很纳闷凶手为什么要这么紧赶慢赶地杀掉这些人。会不会是想在我们警察和P市居民加强警戒之前能多杀一个是一个？姑且不论我们实际上是怎么行动的，只谈杀人狂的心理。凶手在过往案件中没有暴露身份，花费三年之久杀害了六个人，如今则是被关了整整二十年后逃走，处境与当时相比完全不同。如果‘吸血狗’的最优先事项是满足吸血冲动，也就是杀人本身，他没必要非得像二十年前那样慢慢杀人。”

多米尼克脸色大变。

“你是说已经有第六个乃至更多人遇害了？！只是我们还没发觉？”

“无法否定……只是推测而已。凶手也许杀完第五个人就收手了，也许现在正要将杀人的魔爪伸向下一个人。总之，凶手的作案目标里，绝大多数是独居居民。但第一名被害人是在昨晚回家路上遇袭的对吧？今天也马上要入夜了。万一凶手并非只盯着独居居民，而单纯是挑方便作案的目标下手——把巡逻的重点过分放在住宅区，反而可能会误事。”

“别开玩笑了……本来就忙不开了，还得再扩大巡逻范围吗？”

“唯独这次我也赞同玛利亚的意见，巴罗兹刑警。”涟举手道，“我们在凶手面前一败涂地，只能硬着头皮用人海战术了。找左邻右舍问完话，我们就也加入巡逻，并向F警署请求支援。随时用无线电互相知会进展，可以吧？”

※

二十分钟后，多米尼克发来了告知“进展”的联络。不是巡逻成果，而是关于第四名被害人的调查进展。

“从第一发现人那里得到证词了。她果然是巴尔托·昂德希尔的恋人，两人是因为碰巧住在同一栋公寓的上下楼认识的。第一发现人说，她最后一次见到生前的恋人，是前一天晚上从被害人房间里出来的时候，这点没能核实，找两边的邻居问也毫无收获。邻居都是前一天二十三点以后才回到家，今天九点前就出门上班了，既没看见第一发现人和被害人，也没看见凶手。”

“工作太拼命了吧，悠着点行不行。”玛利亚语带讽刺，“对了，第一发现人做证称下班回到家后听见楼上有动静，这点确认了吗？”

“第一发现人确实说‘好像听见’了，但还不清楚是她听错了，还是楼上真有骚动。要看调查进展——”

含糊的语尾体现了前景之严峻。

※

结束了成果寥寥的问询，在快餐店稍做歇息后，涟和玛利亚一起坐上便衣警车，开始在P市市内巡逻。

十九点半，黑暗笼罩了天空。许是过了下班高峰期，车灯的光芒星星点点。

“真够呛……不是我抢多米尼克的台词，这回可不是开玩笑的。”玛利亚瘫坐在副驾驶座上，“平时这会儿我都回到家舒舒服服地歇着了。”

“说错了吧，你不向来都是‘去繁华街道无节制地摄取酒精’吗？再说，是你自己提出扩大巡逻范围的。难不成事情发展成这样，你还打算把麻烦事全推给P警署？我真想把‘因果报应’这个词用包装纸包起来奉送给你。”

“够了，你这家伙别得理不饶人！”玛利亚扬起漂亮的眉毛，“我明白……眼看着凶手为所欲为，哪儿有心思悠闲地休息。我会在P警署这边奉陪到底，直到案子尘埃落定。不，我会搞定的。说到做到。”

红发上司难得说出了值得钦佩的话。你刚才吃的汉堡里混进了什么奇怪的东西吗——调侃尚未出口，涟便在脑中将其打消。前挡风玻璃上映出玛利亚的面庞，她脸上流露出自责的神情与对连续杀人狂的愤怒。

等等……只是如此吗？

自P警署大厅那一幕以来，今天的玛利亚似乎比平日里多了几分斗志。

——好好尽公仆的职责吧。

文森特·奈瑟尔——

玛利亚和赛琳的熟人。是那人绝对称不上友好的嘲讽点燃了红发上司的怒火吗？

——文森特·奈瑟尔害死了索尔兹伯里小姐的挚友。

趁此时间问详情也未尝不可。然而直觉告诉他，现在还不该碰这个话题。

涟在沉默无声的车内操纵着方向盘，忽见有车灯光芒沿反向车道从对面急速接近。

明显超速了。轿车以无视信号灯的势头与涟和玛利亚的便衣警车擦肩而过，瞬间驶远。

“好大的胆子。到处都是警车，还敢开这么快。”

玛利亚目瞪口呆地咕哝完，突然转头看向背后。

“涟，刚才那辆车是什么车型？”

“看到车标了。看车身轮廓，多半是T社生产的厢式轿车……”

记忆深处的信息被唤醒。

“莫非——”

“是运钞车劫匪的车！”玛利亚猛地抓起无线电对讲机，“这里是玛利亚·索尔兹伯里。多米尼克，能听见吗？！”

“怎么了，红毛，找到凶手了吗？”

“不，是另一伙歹徒。”

一瞬的沉默过后，多米尼克的大嗓门几乎要把对讲机的喇叭都震坏了。

“怎么偏偏赶在这个时候！地点是？”

“正沿16号公路超速北上。是T社生产的厢式轿车。从空军的水母船上也许能看见，去找约翰确认。车牌号是——”

“A州TH××××。”涟报出在眼前一晃而过的号码，“可能是假车牌，但还是向交通局确认一下。”

“明白了。你俩在哪儿呢，在追踪那辆车？”

“在反向车道呢，现在再追也追不上了。我们去那伙人的据点，追踪就拜托P警署了。”

“据点——喂，你知道他们的据点在什么地方？”

“现在正要开始找。从开车的架势来看，对方相当慌张。那么，只要朝那辆车开来的方向走，总能——”

“找到了。”涟盯住挡风玻璃前方，“在铜叶山方向，略微偏北。你那边没准也接到报警了。我们直接去现场。”

涟猛踩油门加速到接近车速上限。“简直了，这什么倒霉日子。”玛利亚的抱怨从副驾驶座传来。

在涟的视野前方，夜空下的一个角落——

橙红色的光芒微微摇曳，黑烟滚滚升起。

※

涟和玛利亚跳下便衣警车飞奔过去时，疑似据点的独栋房屋火势已越发猛烈。

宽敞奢华的二层宅邸，庭院也很大。换作平时，要是有人说这样的豪宅里藏着运钞车劫匪，一时半会儿都不敢信。然而——

隔着栅栏能看见车库，大敞着，里面没有汽车。似是通往宅邸内的门里冒出烟来。

能听见鸣笛声，却不见消防车的踪影。几名身穿制服的警察在疏散路边看热闹的人群。

“我是警察。这里什么情况？”涟出示身份证明后问道。

“不清楚。”年轻警察的回答透着不安与紧张，“我们也刚赶到，也不知道有没有人困在里面——站住，那边那个红发的人！不能进去！”

“我也是警察！”玛利亚回吼，“我去去就回，别让无关人员靠近！”

不等回话，她就冲进了宅院里。“都说了不能进——”方才的警察惊慌失措。涟制止了他。

“我去把她带回来。你们继续监视周围并引导交通。等消防车来了，不用管我们，立刻让他们开始救火。情况紧急，分秒必争。”

“好的。”

警察表情僵硬地点点头。涟转身就跑。背后传来“注意安全，别冒险”的祈求声。

涟比预想中更快地追上了玛利亚。

她不停拧着玄关门把手，边喊“见鬼”边用鞋踹门。

“玛利亚！”

“不行，这边锁着。门把手还越来越烫了。”

“从车库那边绕一下吧，没工夫破门破窗了。”

涟和玛利亚一起跑向车库。

车库果然是空的，压根没有汽车的影子，只有一把短螺丝刀放在墙边的储物架上。

烟雾从大敞的门喷薄而出。玛利亚用左臂掩住口鼻，低着头冲了进去。涟紧跟其后。

走廊尽头有一扇半开的门，对面像是客厅。红光若隐若现，越靠近热气越浓。

不知消防车能不能及时赶到。得在房子烧塌之前确认有没有人困在里面。

涟和玛利亚并肩穿过门，踏入客厅。

谁知等待他们的是匪夷所思的光景。

“什——”

玛利亚张口结舌。涟感到脊背窜过一阵寒意。

火焰从房间深处的墙边升腾而起，金属制的煤油桶倒在桌子附近。是洒了可燃物吗？

以火焰为背景，看起来像是男性的尸体伸展着双腿。

上半个脑袋飞了，显然没救了。脑浆溅了一地，一部分在火焰里燃烧。装有消音器的枪掉在尸体近旁。是用它打爆了头吗？

然而令涟——恐怕也包括玛利亚——恍然失神的，不是那具尸体的惨状，而是围着尸体的活人。

三个吸血鬼在啜饮牺牲品的血。

其中一个是女人，正扶起脑袋开花的尸体的上半身，对着脖子左侧啃咬。

另两个男人则轮流将嘴伸向同一具尸体的脖子右侧。吮吸液体的声音传入涟耳中。

气流瞬间驱散烟雾。三人嘴边都满是鲜血。

不光是嘴，全员的前颈都被剜开了。

到达P市后多次目睹的标志性伤口，按说会令人绝无法再活着动弹的、用刀具一类物品深深割开的痕迹。“吸血狗”的刻印。

——你是说已经有第六个乃至更多人遇害了?!

竟然在这种地方啊。

头部损毁的尸体也有类似的伤口，颈部的肉外翻。三人摄取着尸体的血，自己的颈部也在往外流血，胸口染成黏糊糊的一片红。

火星落到了他们的衣服上。他们对火焰、热气和颈部的伤口都满不在乎，面色苍白地啜饮着鲜血。

天哪……难道说，这是……

涟下意识地后退，弄响了地板。

吸血鬼们抬起头，站起身来。脑袋开花的尸体失去支撑，倒在地上。

“涟!”玛利亚的喊声将涟拉回现实，“进行回收。来帮忙。优先拿不会动的。”

“——明白。”

装有消音器的枪，以及头部被打飞的尸体。这两样是要优先收集的证物。至于另外三人——

吸血鬼们蹬地而起。女人扑向玛利亚，两个男人扑向涟。

那不是求救的动作，而是怪物捕杀猎物的袭击。

玛利亚从制服内侧掏出枪，打穿了女人的腿。女人倒在地上，脖子上的裂口发出类似漏气的声音。

涟侧跳躲过男人们的攻击，朝东方面孔的吸血鬼踢出一记扫堂腿。对方仰面倒地，他旋即踩住其膝盖扭断关节。

地板嘎吱作响。回头一看，第三个人，浅黑肤色的吸血鬼龇牙咧嘴，向玛利亚伸出双臂——

糟糕——

“玛利亚！”

红发上司转过头来，将枪口对准对方，奈何吸血鬼动作快了一瞬，就势将玛利亚扑倒在了地板上。

“可恶……”

玛利亚呻吟着，试图用没拿枪的另一只手推开吸血鬼的肩。吸血鬼的牙齿逼近了她的喉咙。

来不及了。就在涟的心脏几乎冻结的刹那——

“闪开！”

烟雾中跳出一个人影，踢向吸血鬼的侧腹。吸血鬼在地板上滚了几下，狠狠撞到墙上。

约翰·尼森少校瞥了吸血鬼一眼，而后看向玛利亚。

“能站起来吗？”

“嗯……得救了。”玛利亚站起身，“你怎么找到这儿来的？”

“我不是说了军方也会派人巡逻嘛。”约翰简短地回答，又沉着脸道，“之后再解释情况。现在怎么办？”

“牵制住在动的家伙。不用勉强，别靠近这边。这帮家伙很危险，千万别让他们给咬了！”

“明白。玛利亚，九条刑警，你们也动作快点。没时间了。”

大火已烧毁了客厅的很大一部分。

涟跑向枪那里。枪身发热，好在还没烫到拿不住。看样子没有走火的危险。

玛利亚把自己的枪收进枪套，蹲到尸体身旁。涟绕至另一边，和上司一齐动手抬起尸体，搬向走廊。

回头一看，只见约翰朝第三人的膝盖踢了一脚。第三人倒地后，扔挣扎着试图站起来。

“难道没有痛觉吗？他们究竟是——”

“约翰，撤退了。”

“我知道——你们也快跑，这个房子到极限了！”

约翰转身跑到走廊。紧接着，传来什么物品碎裂的剧烈声响，与此同时，房屋像地震般摇晃起来。

吊灯坠落，压在了吸血鬼们身上。

火海之中，他们依然在挣扎。

没有足够的时间保护他们了。

一行人低着头，以免吸入过多烟雾。把尸体搬到车库外面的时候，烈焰吞噬了宅邸。

※

将尸体抬进运输车，并嘱咐警察们务必盯紧，是在发现宅邸大约二十分钟后，将近二十点。

消防车也在涟一行人从宅邸脱身后立即赶到。此刻仍在救火，彻底扑灭尚需时间。

听消防员问有没有幸存者，红发上司的表情扭曲了。

“里面有三个人，但都身受重伤，没救了……火势蔓延太快，现在去救援也来不及了。”

玛利亚没提那三个人变成吸血鬼的事。先前她还在催逼古斯塔夫公开“吸血狗”逃走一事，看来饶是她，这会儿也无奈地判断把方才目睹的光景泄露给外界并非明智之举。

涟和约翰都没插嘴。眼下只能保密，涟也有同感。

“详情回警署再解释。现在先平复一下心情比较好。”

“是啊……”玛利亚轻声回答。

青年军人安慰般冲她笑了笑，回到了巡逻中。

向消防队提供完信息后，涟和玛利亚坐回便衣警车。

刚关上门，红发上司就趴到了副驾驶座的仪表盘上。

“什么……那是什么东西啊？”

她的声音在颤抖。涟也战栗起来，过了将近一分钟才止住心悸。

“不知道。目前还什么都不好说。顶多能说他们前颈的伤口和被‘吸血狗’杀害的人很相似。玛利亚，倒是你，是不是注意到了什么？”

——这帮家伙很危险。

——千万别让他们给咬了！

“被扑倒的时候，我近距离看见了。那伤不是什么特殊妆容，是货真价实的致命伤。受了那种伤，怎么想都不可能活下来。可他们为什么还能活动身体？拥有不死之身的吸血鬼只在奇幻小说里才有吧。到底什么原理啊。”

被吸血鬼咬过的人会变成吸血鬼。玛利亚是想起了那个著名传说吗？

一阵沉默。

涟调整了一下呼吸。他也同样感到混乱。

他不太确定地开口：“可以说个基于猜测的猜测吗？他们在吸血，跟德里克·赖利喝被害人血液的传闻吻合。他们袭击了我们。狂犬病发作的动物，会咬其他动物和人散播病毒。再结合颈部伤口的相似性来想，能看到某种可能。他们也是‘吸血狗’的受害者，感染了D病毒，正是D病毒使他们变成吸血鬼了。”

玛利亚猛地抬起头。

“你是说病毒在操控受了致命伤的人类的身体？这也太荒唐——”

“无法断言绝不可能。我的祖国及其邻国有一种叫‘冬虫夏草’的生物。其实它不是单一生物，而是菌类寄生在蛾类幼虫身上形成的复合体……作为虫度过冬天，到了夏天，菌类就占据幼虫的身体发芽，变成完全不同的生物。是否可以认为，D病毒感染者身上发生的现象也大同小异？人类的肌肉是靠从脑和脊髓传来的电信号活动的。用无线遥控的玩具打比方，肌肉就是玩具本身，脑是遥控器，电信号则是无线电波。这个比喻中很重要的一点是，操纵遥控器的不一定要是人类。只是要让玩具‘动起来’的话，由没有意志的机器人操纵也无妨。玩具仅仅是遵从遥控器发出的电波信号运作而已。”

玛利亚的表情僵住了。

“你是说，只要四肢的肌肉接收到电信号，身体就会动？”

“给青蛙的断腿通电，断腿会抽搐——你上高中时做过这个实验吗？即便是与脑完全分离的断腿，肌肉也不会立即失去功能。给神经细胞发送电信号，肌肉就会收缩。假如这样的‘腿’和‘遭D病毒入侵的脑’相连呢？人的死亡大多是由外伤或缺氧导致呼吸中枢停止工作造成的。而狂犬病病毒会感染神经细胞。无视宿主的‘死’，继续从脑向肌肉发送电信号——变异株D病毒会不会具备这种功能？”

甚至称不上假说的猜想。侃侃而谈的涟本人都能指出其中巨大的矛盾。连纸上谈兵都不如。

一时没有回应。从副驾驶座传来咬牙的声音。

“切断青蛙的腿再通电这种实验，我怎么可能做过啊。倒是古斯塔夫，等回到P警署，得找他好好问个明白。研究D病毒的学者，不可能不知道它有那种副作用——”

这时，从无线电对讲机传出焦急的呼喊声。

“红毛，黑发，赶紧回答，你们现在在哪儿？”

是多米尼克。玛利亚握住对讲机。

“这里是玛利亚·索尔兹伯里。出什么事了？我们这边劫匪的据点失火，发生了好多难以置信的事——”

“我们这边也火烧眉毛了！第五名被害人袭击了赛琳。尸体动了。赛琳胳膊挨咬，被抬进医院了。”

刺骨的沉默充斥了车厢。

“你说什么？！”

“搞不懂……什么情况啊，我们是不知不觉间误入恐怖电影的世界了吗？你们目击的那辆车我让下属去追了。快回警署。要重新确立搜查方针。‘吸血狗’是怪物，不是只靠常规搜查就能对付的。喂——红毛，怎么了？在听吗？！”

第 9 章　吸血狗——内侧（Ⅴ）

1984 年 2 月 10 日 19:00 ~

怎么回事……这怎么可能。

本应死了的西奥多里克为什么又活过来了？为什么会用小刀扎伊尼戈的脖子？

然而没工夫细想这些疑问了。

长成西奥多里克模样的那东西以冰冷的目光锁定了埃尔默，迈出步子，右手拿着被血濡湿的小刀。

“呜啊啊啊啊！”

腹部的疼痛一扫而空。埃尔默抓过掉在大腿间的枪，举起装有消音器的枪口。

“走开！别过来！”

西奥多里克一跃而起。

听着仿佛来自远处的自己的尖叫，埃尔默扣动了扳机。

干涩的声音响起，西奥多里克停住了动作。

消音器冒出烟来——他的眉心开了个洞。

西奥多里克脸上露出茫然的表情。

但埃尔默管不了那么多了。

“啊啊啊啊啊！”

他拼命站起身，疯狂扣动搭在扳机上的食指。

硝烟弥漫。西奥多里克血肉横飞。

离我远点。别过来。求你了，求你了，求你了。

扳机发出空洞的金属声。子弹打光了。

西奥多里克的身体摇晃几下，一个倒栽葱掉到了扶手另一侧。剧烈的响声与震动摇撼着埃尔默的鼓膜。

寂静降临。能听见的只有自己紊乱的呼吸与耳鸣。

埃尔默踉踉跄跄地握住扶手，朝楼下张望。

曾是西奥多里克的物体脸朝下倒在伊尼戈的尸体旁，四肢伸展在客厅地板上。

不知是因为近距离挨了大量子弹，还是由于坠落造成的冲击，西奥多里克的上半个脑袋几乎没了，脑浆和血飞溅。

埃尔默靠在扶手上呕吐起来。胃里也没多少东西可供他吐，胃液从嘴里滴落，掉在地板上。

西奥多里克一动不动，彻底咽气了。

旁边是脖子裂了个大口子的伊尼戈。略微隔开些距离的位置，是同样脖子染血的苏珊娜的尸骸。

埃尔默以手扶墙，从化作地狱图卷的客厅移开视线。

死了。

西奥多里克、金、苏珊娜、伊尼戈——昨晚还在共度欢乐时光的同伴们，这下全都不在了。其中一人，是自己刚刚杀死的……

不，等等。

西奥多里克为什么会活过来？明明脖子被割开了，脉搏也没了。

不对，难道说——

西奥多里克是不是本来就没死？

尽管脖子受伤，可看伤口形状，只是粗略剥掉皮肤的程度而已。金的伤口明显更深。西奥多里克倒是也流血了，但那恐怕不是致命伤。

埃尔默摸上西奥多里克的手腕时，脉搏确实停止了跳动……想起来了。好像在讲魔术的书上看到过。在腋下夹个球，就能暂时止住脉搏。

自己在脖子上划一道浅浅的伤口，用魔术手法装死。把血洒到床周围，包括埃尔默在内的四人便不敢贸然靠近，无法仔细调查。

说不定床周围的血是假的，是西奥多里克为了阻止别人触碰自己的身体——为了避免装死之事败露而做的伪装。

是失去同伴们而受到了打击吗？换作平时想都不会想的臆测，犹如泄洪般接连涌过脑海。

西奥多里克闭着双眼。脉搏和呼吸能糊弄过去，在睁眼的状态下忍着不眨眼却不可能。所以才要闭着眼吧。

如果西奥多里克还活着，金遇害之谜也就解开了。趁大家搜索二楼的时候，西奥多里克潜入金的房间就行。

各个房间的门都能从内侧上锁，可大家没拿到钥匙，出了房间后房门就都开着。趁此机会潜入房间，藏到门背后或浴室里，可谓易如反掌。

金是不是在客厅跟大家讨论完，暂时散会后，刚踏入自己房间的瞬间就被杀了？当时大家刚搜完宅邸，确认过没人潜伏在内部。金肯定怎么都想不到有他们四个以外的人——并且竟然是西奥多里克——藏在自己的房间里。对方抓住一瞬的可乘之机，轻易夺走了金的性命。

弄松窗户的月牙锁，是为了保留外人作案的可能性吗？此举的确成功让他们迷失了方向。

休息过后听到的惨叫声，或许既不是金本人的声音，也不是录音，而是西奥多里克发出的。

无从证明那声惨叫真是在金的房间里响起的，充其量能说是从金的房间所在的方向传来的。哪怕西奥多里克待在自己的房间里叫，从外面听也分辨不出区别。

那声惨叫的意图大概在于混淆金的实际遇害时间。

回顾一遍事情始末，只觉一切尽在西奥多里克的掌握。

第二次搜宅，进入西奥多里克的房间时，由于害怕直面其死亡，埃尔默始终别开眼没去看床上的西奥多里克。

杀死金的小刀多半就藏在被褥底下，或是西奥多里克的衣服里。难怪找不到。

然后西奥多里克把苏珊娜和伊尼戈也杀掉了。埃尔默能幸存，只能说是多个巧合叠加的结果。

可西奥多里克为什么要杀他们呢？

因为从一开始他就打算独占抢来的现金？他们都只是弃子吗……

算了，已经得不到答案了。也没闲工夫思考了。

——去向警方自首？

没用的。事态已然无可挽回。

不光是抢劫的事。看看宅子里这副惨状，有谁会相信唯一生还的埃尔默不是凶手？何况他刚开枪打了西奥多里克。主张是正当防卫，也很难指望警察会认真听。搞不好他得背负全部罪名。

事到如今再自首，死刑在所难免。

只能尽快逃跑了。这场骚动没准也有人听见了。

幸好装着钞票的旅行包就堆在车库的车里，能马上出发。

埃尔默刚要下楼，又停住脚步。刚才伸手扶住的墙上，沾了一个浅浅的红手印。

是打爆西奥多里克的头时溅回来的血。

衣服上也满是鲜血，不过可以在逃跑前换一身。但宅邸内残留的指纹等痕迹，他一个人没有余力清除干净。

只能把整栋房子烧掉了。

警方已经知道他们躲在P市。趁火势扩大前尽量拉开距离，就不会马上被抓……应该不会。

车库里放着煤油桶。西奥多里克应该带了打火机。多余的替换衣物和床单都能用来当助燃物。

埃尔默迈着沉重的脚步走下楼梯，避免直视大家的尸骸——特别是西奥多里克的——走向西奥多里克的房间。

打火机很快就找到了。就像几个小时前看到的那样，放在抽屉里。

他走进浴室。镜中的自己苍老得像是另一个人。脸上到处都是血。冲洗过手和脸后，他感到阴郁的心情略微缓解了一些。

他忽地心念一动，朝床周围那摊暗红色液体伸出手指。已经凝固了……不像是道具血浆，恐怕是真血。

是动物血吗？还是……西奥多里克用自己的血弄出来的？不惜割开自己的皮肤，以伪装出自己的死亡？

能解答这些疑问的对象已然不在人世。是他亲手杀死的。

埃尔默狠下心肠离开房间，这回来到车库，拿起煤油桶。

他将煤油桶放到客厅桌子上，绕过尸体走向厨房，脱掉染了血的衣服，从放在角落的纸箱里拿了身衣服换上。沾着血的衣服就用来当火种吧。

之后只需泼洒煤油点燃即可。

往西奥多里克、伊尼戈、苏珊娜这三人的尸体上倒煤油之前，埃尔默有些犹豫。及至洒完客厅深处空无一物的墙边，煤油桶空了。

埃尔默把手伸进装有打火机的衣兜，猛然意识到了天大的疏漏。

他没有车钥匙。

——最好随身带着车钥匙。

在苏珊娜身上。再次调查西奥多里克的房间时，她把车钥匙拿走了。差点失去逃亡手段。

他战战兢兢地靠近她那脖子被割开的凄惨尸体，从裤兜里拽出钥匙串。

这下真正结束了。他站起来转过身，就在这时——

脚腕被抓住了。

心脏几乎冻结。他失去平衡，摔了个跟头。

埃尔默回头看去，映入眼帘的是慢慢站起来的苏珊娜的身影。

他失声尖叫。

见鬼了。苏珊娜脖子上的伤口远比西奥多里克的要深，她不可能是装死。

另一个地方似乎有什么东西在动。

埃尔默的心脏跳到了嗓子眼。

颈部鲜血淋漓的伊尼戈正试图站起来。

开门声响起。

脖子一片鲜红的金缓缓现出身影。

埃尔默的理智消失无踪。

“呜啊啊啊啊啊！”

他不顾一切地踢飞苏珊娜，点燃打火机扔向地板上的煤油。火焰眨眼间升腾而起。

埃尔默冲出客厅，跑向车库。

他用颤抖的手打开卷帘门，跳进汽车驾驶座，插进钥匙旋转。

引擎没反应。他又转了一下。快点，得赶紧的——

许是祈祷起了效果，引擎启动了。他以几近撞上栅栏之势倒车，然后挂回前进挡，飞速开出宅院。

没工夫耽搁了。他丝毫不带减速地拐过路口，一口气开到头，驶上宽阔的大道，随即升挡，一个劲儿猛踩油门。

记不清超了多少辆车，又和反向车道上的多少辆车擦肩而过。他满脑子只想着跑远点，尽可能远离沦为非人的那三个人，根本没心思管别的。

什么……那是什么东西啊？

“吸血狗”？

被吸血鬼咬过的人会变成吸血鬼。小说里约定俗成的规则。可是——太荒谬了。这世上真有吸血鬼吗？

可不这样想，就没法解释那三个人的状况。

稍微走错一步，没准自己也会变成他们那样……

在人生地不熟的 P 市的道路上不知开了多久，“Camelback Mountain”的标志闪过视野。

驼背山——

暗夜之中，前方依稀可见石山的轮廓。

对了，不能只顾逃跑。得找个藏身之处。埃尔默后知后觉地想起来，人类也在追捕自己。

不能住酒店，也不可能运气那么好找到空房子。西奥多里克说的蛇头的联系方式也不清楚。由于路检和空军的监视，去不了市外。现在只能先找个人烟稀少的地方躲躲了。

埃尔默借着标志和黑暗中的山影辨认方向，打转方向盘踩下油门。大约十分钟后，他看到了山路入口。

驶上铺砌过的坡道，没多久便来到一个看着像停车场的地方。

是个环状空间，不是特别宽敞，中央种有绿植。像是自然公园那种有人管理的山。可能是过了闭园时间吧，一辆车都没有。

他把车停到白线画出的停车区域一角，关闭引擎。山影看起来比刚才更近了。

在与停车场稍有些距离的地方，卖饮料的自动售货机散发着昏暗的光芒。旁边是一栋小屋，大概是接待处兼管理员办公室。窗里没有灯光。接待柜台的百叶窗关着，上面挂了块写有“CLOSE”字样的牌子。

未铺砌的小路从停车场延伸至山那边。入口处立着一块告示牌，和接待处的那块一样写着“CLOSE”。

看这氛围，果然是有人管理的公园。到休息日会不会挤满游客？亏他还想选个人烟稀少的地方，八成是选错了。

但这会儿也想不到还有什么地方可去了，折返的话有迎面遇上警车的风险。

无论如何，必须尽快躲起来。埃尔默走下驾驶座，打开后备厢。

五个装满钞票的旅行包堆在里面……拿不动全部。只能找个可藏身的地方，分几次搬过去了。

他先拿起一个包扛到肩上，关上后备厢。这时，晚风拂过他的脖颈。

一阵猛烈的恶寒袭来。

浑身发抖，牙齿打战。是发烧了吗？还是对那栋宅子里发生的事感到后怕？

风又拍打起他。惧意蹿上脊背，埃尔默“咝”地惨叫起来。

不对——他害怕的是风。

心脏怦怦狂跳。这是怎么回事？

冷静点……埃尔默扛着包走向自动售货机。不过几米路程，便消耗了大量体力。

钱要多少有多少。他从包里抽出一张钞票，买了罐汽水。打开易拉罐，将汽水灌入食道的瞬间——一阵剧痛。

他呛着了。易拉罐从手中滑落，汽水洒了一地。

喝不了。明显不对劲。

假的，都是错觉。自己是正常的。戒断毒品，接受治疗，变回普通人了。

——正常？

冥冥中有声音响起。

——正常人不会去抢劫运钞车。

是西奥多里克。方才被埃尔默打爆了头的老大以冷峻的声音开口。

“不对……不对。”他嘴里冒出胡话，“不都是你害的吗？引我上套……把我逼到无处可逃。”

——有的是机会退出。

——为什么没向警方告密？只要拨打三位数的号码，就不用染指犯罪了。

——你心里也清楚吧。

——你和我们是一样的。从很久以前起就是我们这种人了。

“不对！”埃尔默捂住耳朵，“我不一样……我跟你们那种怪物不一样——”

反驳的话语凄惨地颤抖着。宛如逃离那“声音”一般，埃尔默步履蹒跚地从写有“CLOSE”的立牌旁边走过。

通往石山的路无比漫长。

不知过了几十分钟——还是几个小时？近乎失去时间的概念之际，埃尔默的眼睛习惯了黑暗，捕捉到岩盖的裂缝。

得躲开风。他滑身钻进裂缝里。

他把旅行包从肩上放下。只带过来一个，但他没有精力回去拿剩下的了。

度过夜晚，迎来早晨之后，自己依然能免于被人发现吗？就算暂时避过别人的耳目，又要在这儿藏多久才是个头？

别的不说——自己能保持理智吗？

恶寒不退，汗流不止，却喝不了水。

好害怕。好想索性抛弃一切，一睡不起……

这时——

他好像听见了夹杂在风声里的脚步声……

有人过来了吗？在这种时间，来这种地方？

——辛苦了。

他听见了说话声。

头顶感到一阵冲击。

视野完全陷入漆黑，埃尔默的意识消散了。

第 10 章　吸血狗——外侧（Ⅴ）

1984 年 2 月 10 日 20:30 ~

多米尼克的声音透过无线电对讲机狠狠震荡着玛利亚的大脑。

第五名被害人活过来了——赛琳出事了？！

“——红毛，怎么了？在听吗？！”

玛利亚回过神来，重新握紧对讲机。

“听着呢。赛琳怎么样？送到哪家医院了？！”

“根本没在听嘛！赛琳只能交给医生了。你们也回警署一趟。”

“之后再回也不迟吧。别废话，赶紧告诉我！”

不等玛利亚跟多米尼克掰扯完，涟就发动了便衣警车。

“喂，涟，你要去哪——”

下属大声打断了玛利亚的问题：“巴罗兹刑警，我们去赛琳身边。另外，请让人给她接种狂犬病疫苗。立刻通知接收她的医院，刻不容缓。”

“黑发……”

多米尼克一时哑然，继而从无线电对讲机里传出深深的叹息。

“A 州立医院。疫苗的事我去联系。详情之后再说。尽快处理完赶回来。”

“非常感谢。”

随着一句“那就这样”，无线联络挂断了。沉默降临。

“涟，你……”

“欲速则不达。”J国下属淡淡地应道，“就算巴罗兹刑警劝阻，你也会跑遍P市的医院吧。我只是判断那样反而更浪费时间。”

“别把上司说得跟悍马似的。”

她的确打算实在不行就找遍每一家医院，因此没底气再多反驳。

“你提到了狂犬病疫苗，莫非第五名被害人也……”

“十有八九感染了D病毒。要是赛琳被咬伤后也感染了，简直是最糟糕的事态。从巴罗兹刑警刚才的话来看，已陷入‘最糟糕的事态’的可能性极高。希望接诊她的医生及时应对。”

杀人狂德里克·赖利逃走的事，以及他体内有狂犬病病毒变异株的事都没有公开。更别提D病毒可能侵蚀被害人，使其变成了不死之身这种骇人听闻的事了，没实际目睹过那副惨状的人只会当成胡言乱语。

现在玛利亚只能焦急地祈祷赛琳平安无事。

结束与多米尼克的通话后，赶到接收赛琳的医院只用了不到十分钟。玛利亚却感到分外漫长。

下了便衣警车，玛利亚跑进医院大门，拿起用于夜间就诊的内线电话。她报上姓名，对方似是已经听说了情况，立刻回答：“是索尔兹伯里女士和九条先生对吧。请稍等。”

过了一会儿，身穿白大褂的年轻护士来到大门口，旁边是穿西服、戴眼镜的年轻女人。

“伊薇特！你怎么在这儿？”玛利亚走进便门时问道。

“因为是……紧急事态。”古斯塔夫的助手答得不得要领，“没事的……我从教授和很凶的刑警先生那里获得了许可。而且……是有人用警车把我送到这儿来的。”

没能得到想要的回答，但也没时间追问了。在护士的催促下，玛利亚跟漣和伊薇特一起沿走廊前行。

夜晚的医院很昏暗，空气中飘浮着异样的紧迫感。

“那个，赛琳伤情如何？”

“主治医生正在诊治。”

护士的声音里透着紧张。黏腻的汗水顺着脊背流下，难不成……

他们被带到了医院三楼的单人房间。屋里亮着灯，有低微的说话声传出来。听嗓音是男人——听不见赛琳的声音。

玛利亚想瞧瞧病房里面，又有些迟疑。万一赛琳像那些吸血鬼一样，变成了异形的怪物……

“玛利亚。”漣小声唤道。

玛利亚下定决心，敲了敲门踏入病房。

身穿病号服的昔日室友左臂缠着绷带，闭眼躺在床上。

旁边坐着一个脖子上挂着听诊器的白大褂男人和一个中等个头、体态丰满的白发男人。

男人们回过头来。床上的患者昏迷不醒。

“赛琳！”

玛利亚声音嘶哑。

“哎呀。”赛琳睁开眼，浅浅笑了笑，“你们来啦，索尔兹伯里小姐，还有漣警官。”

膝盖险些脱力。

是她熟悉的赛琳。长着张人偶般沉静脸庞的昔日室友。

“没事就有个没事的样子啊。我心脏差点停跳。”

“抱歉。刚一直慌慌张张的，我有点累。”

骚乱程度应该不止“慌慌张张”这么简单，不过见赛琳的状态一如往常，玛利亚姑且松了口气。

“你状况怎么样？身体感觉有没有异常？”

“谢谢，我没事，涟警官。那边的弗洛金小姐准备了疫苗，我才得以及时接种……她是我的救命恩人。”

“哪里哪里。”伊薇特有些瑟缩，“这本来就是我们的失职造成的……另外，间隔几天还需要再追加接种几次。如果感觉有任何异状，请马上告诉医生。”

伊薇特看向床边的小桌。桌上放着白底红十字的箱子。

想起来了。她打开拉杆包的时候，能看见里面有一个箱子。还以为是普通药箱，原来里面装着狂犬病疫苗。

准备得还挺周全——转念一想，得去抓捕感染了变异病毒的杀人狂，备好疫苗以防万一也是理所应当。

“我是她的主治医生。”穿白大褂的医生站起身点了点头，“你们是托斯提万女士的同事吧。我从她本人和弗洛金小姐那里听说了情况……我们对直接看到了那个的医院工作人员下了封口令。即便情报泄露，也顶多是灵异杂志的记者会找上门来。”

医生的脸色微微有些苍白，看样子他也目睹了模样剧变的第五名被害人。玛利亚打心底同情他，不过现在还有更重要的事要确认。

“赛琳，给我讲讲详细情况。你是在什么时候、什么地方被咬的？”

“这家医院的停尸房。时间是……大约一小时之前吧。接二连三发现有人遇害，验尸官忙得焦头烂额，我去找能代为验尸的医生……听说这边有人手，就让运输车开到这儿来了。趁解剖开始之前，我又仔细查验了一下尸体，结果被害人——艾默兹女士突然张大嘴巴……我赶紧捂住脖子，还是搞成了这样。”

赛琳垂眼露出略显自嘲的笑容。绷带触目惊心。

“只受这种程度的伤，或许算是幸运了。”涟继玛利亚之后问道，“遇袭的只有你一个人吗？”

“是的，幸好如此。被害人苏醒的时候，只有我恰好在旁边。当时还有个护士在，她站在尸体的脚边，所以没事。索尔兹伯里小姐，套用你刚才的话来形容，我心脏差点停跳。多亏工作人员制伏发狂的被害人，我总算甩开了胳膊……在那之后，她还一直在动。”

赛琳如同朗读新闻一般，以平静的口吻讲述着足以令人心脏停搏的变故。能准确陈述情况倒是帮大忙了。

“我就只看到这么多，之后马上被抬进治疗室了……要不是对方年老体弱，涟警官，就像你说的，搞不好我就不会只受这点伤了。”

“真是难以置信。”病房里的白发男人——玛利亚和涟的同事，验尸官鲍勃·杰拉德发起牢骚，“又是杀人狂又是吸血鬼的，居然把我叫到这种怪物横行的地方。折腾使唤老年人也要有个限度。”

“别抱怨了，鲍勃。假如一开始就了解全部情况，换我我也早就叫你过来了。”

“更恶劣了。”与嫌麻烦的语气相反，鲍勃的神情露骨地表现出对“吸血鬼”的兴趣，“好啦，F 国的小姑娘，后面就交给我了。你先安心休息。”

“嗯……麻烦你了，杰拉德先生。刚才说的事也请好好办妥。”

赛琳貌似在玛利亚和涟赶到之前拜托了鲍勃什么事。她向鲍勃回以微笑，而后重新看向玛利亚这边。

“索尔兹伯里小姐，涟警官，请抓住‘吸血狗’……帮帮巴罗兹先生。”

声音渐渐变小，赛琳闭上了眼睛。紧接着，响起轻微的鼾声。她装作只受了轻伤的样子，不过看来遇袭还是对她造成了很大打击。她入睡前的说话声明显透着疲惫。

玛利亚和涟走出病房。关灯的前一刻，赛琳的睡脸显得虚弱不堪，玛利亚跟她当室友时从没见过她这副模样。

“说正事吧，医生。出问题的尸体现在怎么样了？”鲍勃单刀直入地问。

医生脸上浮现出仿佛在说“你没疯吧”的神情。

“放在停尸房监视着。务必小心。弗洛金小姐准备的疫苗数量有限，请避免造成二次伤害。”

死亡应有六小时以上的尸体复苏，咬了别人的胳膊。由于发生了这种异常事态，对“吸血鬼”的监视正在医院里秘密进行。能充分感受到医生和护士的恐惧与紧张。

“回P警署吧。”涟说道，“确认过赛琳的伤情和证词了。要说我们还有什么其他能做的，也就只有祈祷她康复了。”

“我明白。”

第五名被害人遭“吸血狗”杀害，之后又因D病毒变成吸血鬼，咬伤赛琳致其感染——这种说法目前还纯属臆测。然而——

“伊薇特，你带来的疫苗有多大效果？”

“虽然只是普通的狂犬病疫苗……但经小鼠实验证实对D病

毒有效。可是人类……我们也没给刚感染D病毒的人接种过疫苗。德里克已经发病，打疫苗也晚了……赛琳是第一个实际应用的人。”

就是说，也有可能没有效果。要是疫苗没用，赛琳会怎么样？

先不说这个，首先，一名搜查员——还偏偏是赛琳——受了可能致死的伤。必须追究某个人的责任。

“发病后的治疗方法研发到什么程度了？”涟在走向便门的路上问。

伊薇特低下头：“我着手研发的是……通过‘病毒干涉’缓解症状。”

“病毒干涉？”

“是指同时感染两种以上病毒的情况下，其中一种病毒干涉其他病毒，抑制其增殖的现象……寻找比普通狂犬病病毒和D病毒干涉能力更强，并且不会引发狂犬病症状的病毒，应用到治疗中……这就是我的研究课题。

“可惜没出成果……德里克体内的D病毒二十年来一直保持着原来的样子。即使他脑内出现变异株，原来的D病毒也会驱逐新毒株……D病毒的干涉能力就是这么强。同时还有人在做用D病毒本身缓解普通狂犬病症状的研究……但只要不能完全消除狂犬病的症状，就不能用于临床。

“事情到了这个份儿上……也只得承认无路可走了。”

伊薇特以消沉的语气作结。

※

“不知道。我怎么可能知道。”国立卫生研究院的教授古斯塔夫·雅尔纳赫额头冒汗，挤出声音说，“D 病毒居然……能操纵尸体。德里克是世上唯一的 D 病毒感染者，我们不可能在他身上做会导致致命伤的实验，更别提让他去咬别人。”

“别装傻了！”玛利亚敲了下桌子，“用人做实验不行，可你们做过小鼠实验吧。都研究出感染后的小鼠寿命会延长了，却不知道感染致死后会怎么样？这怎么可能！”

二十一点出头，回到 P 警署会议室后。

玛利亚以几欲勒死人的架势，质问古斯塔夫为何隐瞒 D 病毒的真相。

“真是邪门。”听玛利亚转述了在宅邸目睹的光景，古斯塔夫呻吟道，“我再说一遍，小鼠和人类不一样。体形大小和免疫系统都有差别。动物实验中没出现的副作用，在临床试验里出现在人类受试者身上，这样的例子在制药行业数不胜数。为了研制一支传染病疫苗，全世界的学者在反复经历着无数失败。容我确认下大前提——你们看见的真是遭德里克袭击的被害人吗？”

“他们的前颈受了致命伤，这一点毋庸置疑。”约翰向古斯塔夫投去锐利的目光，“我也近距离看见了，明显像是他的手法——虽说目前还没有确切证据能证明那伤是‘吸血狗’造成的。雅尔纳赫教授，用于 D 病毒实验的小鼠过后是怎么处理的？”

因赛琳遇险，约翰也作为军方代表参与了会议。

古斯塔夫有些畏缩，以慎重的口吻回答：“不论死活，无一例外都做了焚烧处理。万一有哪只逃出去，把 D 病毒散播到外界就麻烦了。”

“‘感染 D 病毒的小鼠寿命会延长’——导出这个结论的实验又如何呢？”涟举手道，“老死也是‘死’。老死的小鼠复活的情况一例也没有吗？”

“小鼠实验中的‘死’是指肉体彻底停止活动。我们不会给每一只小鼠安心率监测仪。但凡四肢有一丁点动作，就视为‘活着’。照这个判断标准，绝对找不出‘小鼠死后变成吸血鬼’的案例。而活着的小鼠经过焚烧处理，脑和身体都变成灰了……‘感染小鼠死后的举动’完全是盲点。”

“从下次开始给我用听诊器听，一只也别漏。”玛利亚说，“至于‘感染D病毒的小鼠寿命会延长’，会不会其实是D病毒在持续操纵老死的小鼠的身体？”

古斯塔夫一时语塞。他闭了一会儿眼，片刻后承认“无法否定”。

“不过，在我这个亲手做过实验的人看来，也很难说D病毒丝毫没有实际延寿的效果。小鼠是否处于常规意义上的‘存活’状态，对长年观察小鼠行为模式的人来说，能够通过经验大致把握。仅仅是估算，D病毒造成的表面上的寿命延长最多有半天。如果肉体本身到了寿命，神经细胞坏死，那无论施加多少电信号，小鼠也不可能到处走动。”

玛利亚想起涟先前讲的青蛙断腿实验。虽然通电就能让断腿活动，但供电信号通行的神经坏掉，就无计可施了。

问题是神经细胞报废之前。

“比如说，你们做没做过故意杀伤感染小鼠的实验？”

“我们的主要研究目的是对德里克，以及狂犬病发病患者实施治疗。不是杀伤。狂犬病患者的症状发展程度，可以通过是否能从唾液中检出病毒来推断。用感染D病毒的小鼠筛选出治疗效果可期的药物，给德里克使用，再测定他唾液中病毒量的增减——这就是我们一直以来主要在做的事。我们的使命是把发病后致死率百分之百的传染病变成发病后也能够治疗的疾病，确立能使患者痊愈的治疗方法。关于寿命的实验只是其中一环。就像我刚才说的，小鼠尸骸都当即做了焚烧处理。也没理由特意做杀伤实验。没能详细关注感染小鼠死后的举动，我身为科研人员深感惭愧。”

“不是惭愧不惭愧的问题——”

“红毛，差不多得了。再怎么责备教授，已经发生的事也无法改变。而教授他们不断研究的成果救了赛琳。仅仅是得知‘吸血狗’是比想象中更危险的家伙，现在就该知足了……就是事态过于超乎想象，只能死了公开这条心了。”

多米尼克胡乱挠着头。尽管比慌乱地发来无线电联络时镇静多了，但他似乎依然对“使人变成吸血鬼”的病毒难以置信。

“总之，我们的目的是抓捕‘吸血狗’，同时搜捕红毛这边发现的运钞车劫匪并确认其身份……要是这帮人也是‘吸血狗’杀掉的，没准能通过劫匪身份抓住混账‘吸血狗’的线索。红毛这边获取了尸体和凶器，开车逃走的家伙的去向也大致掌握了，锁定那帮人的身份不难……再就是，假如能活捉吸血鬼就更完美了。”

“别强人所难。在那种状况下穷追不舍，不可能全身而退。说来我这两个月连着被扔进火坑里，也不知道是中了什么诅咒。”

“准确地说，你中的是自己往火坑里跳的诅咒吧。建议你驱驱邪。J 国有不错的神社，你意下如何？”

“我才不想为这种事去 J 国呢！”

这个黑发下属挖苦人从来不看场合。“对了，多米尼克，那栋起火的房子怎么样了，火扑灭了吗？”

“还在灭火。不久前接到联络，说是不确定能不能防止全部烧毁。毕竟P市很干燥。你们看到的那帮吸血鬼，这会儿恐怕都烧得焦黑了。”

“这样啊……”

玛利亚不认为在那时撤退是错误的判断。遭吸血鬼袭击之际，倘若没有约翰的救援，她可能就跟涟一起丧命了。

可无论是以怎样的形态，他们终归活生生地在动——并且表面看起来也是如此。不管怎么说，她和涟的做法确实属于对他们见死不救。会不会有更好的办法？她拂不去后悔之情。

“说到吸血鬼，”约翰突然想起来似的开口，“既然第五名被害人活过来了，那岂不是前四名被害人同样有可能复活？前两名被害人的伤口里都实际检测出D病毒了。”

“我联系过负责验尸解剖的地方了，嘱咐他们对送回停尸房的尸体也严加监视。不知该说是幸运还是不幸……目前还完全没有尸体复活的迹象。急救队员也好，主刀医生也好，半句话都没提尸体动了。”

“知道了。”约翰轻声说，继而侧头沉吟，“是发病有差异吗……”

是的，现在还只不过是目击到推测是劫匪在开的车，并从像是他们藏身处的宅邸取走了尸体和手枪而已，疑问仍堆积如山。

第五名被害人和藏身处的三人表现出疑似因D病毒而吸血鬼化的行为，而前四名被害人目前尚无变成吸血鬼的征兆。

四对四，单纯计算发病率是百分之五十。然而吸血鬼化的规律依旧成谜。

发病的是六十多岁的女性和几名看起来三四十岁的男女。

没发病的是二十多岁的女性、四十多岁的男性、三十多岁的女性和二十多岁的男性。

“莫非越上岁数的人越容易变成吸血鬼？可三四十岁也不算老啊。”

“也许这个年龄段是个较宽的分界线。”约翰点了点头，“年纪越大越容易因为感冒丧命，这么一想，其他传染病是否发病也不会有明确的规律。”

“绝不能先入为主。”涟叮嘱道，“疑似感染者多达八人，反过来也可以说，只目击到区区四例疑似发病变成吸血鬼。样本量太小，还不能下定论——但也不能让更多人发病了。再说，‘因德里克·赖利而感染D病毒，变成吸血鬼’这个假设，有个不容忽视的矛盾。”

矛盾？

“潜伏期。之前提到过，从感染狂犬病病毒到发病，一般要经过几天乃至几年的时间。先不提宅子里那三个人，第五名被害人遇害后刚过了不到一天，‘吸血狗’咬过的被害人会在这么短的时间里就变成吸血鬼吗？”

玛利亚愣了几秒才想到反驳。

“等等，涟，明明是你先卖弄地说什么通电就能让青蛙断腿活动啊。宅子里那三个人变成吸血鬼的原因，不是D病毒还能是什么？你该不会是要说，‘吸血狗’早在二月七日的好久之前就逃走了，被害人也都不是在今天，而是在更早的时候就被咬了吧？”

“这不可能。”古斯塔夫的助手伊薇特插嘴道，“他……德里克从研究院溜走，毫无疑问是在三天前，二月七日……我们秘密请MD州警方的人赶了过来……还向他们提供了监控录像和各类记录。研究院和安保公司的相关人员也全都接受过警方的问询。”

她的证词过后再交由漣去核实吧，眼下似乎只能舍弃“吸血狗”逃走是在二月七日之前这个思路了。那么——

“德里克潜入P市的日期会不会比我们以为的更早？比如不是昨天二月九日晚上，而是逃走的第二天——二月八日就来到这边了。然后呢，他提前把自己的唾液给被害人喝，让他们感染D病毒，两天后的今天——”

“用这种方法是否真能让人在两天内发病，他具体又是用什么借口接触被害人的，这些疑点姑且不论。‘吸血狗’有必要这么大费周章吗？依我看，多次接触同一个人，只会徒然增加被目击的风险。”

“红毛，把唾液给人喝什么的，你说得倒轻巧。要怎么诱导第一次见面的人卸下心防？亲密愉快地共度下午茶时光？可别说你想的是在酒馆装醉到处给人灌酒。”

“说到底，他是用什么方式从MD州来A州的？开车足足得花三十多个小时。要在一天之内到达P市，就只能坐飞机了。可德里克·赖利刚刚逃走，身上不会有机票和去机场的路费。有协助者的话另说，但没有确切情报表明这次事件中有R国特务出动。协助者任由‘吸血狗’大开杀戒的理由也不明确。还是说，‘吸血狗’抢了过路人的钱？那按说MD州警方会接到相应的报警。”

“啊啊啊够了！”遭漣、多米尼克和约翰群起而攻之，玛利亚崩溃地摇起头来，“你们说得我头都大了。既然如此，那帮吸血鬼又是怎么回事？第五名被害人和宅子里的三人碰巧感染了和‘吸血狗’无关的别的吸血鬼病毒，又碰巧被用和‘吸血狗’相同的手法杀害？这更离谱吧。”

“也许D病毒在人的神经系统中移动、增殖的速度比普通狂犬病病毒要快得多。”古斯塔夫神情苦涩地沉默良久，终于开口道，“D病毒在小鼠体内的潜伏期大约是两天。考虑到人和小鼠的体格差距，D病毒在人体内的潜伏期按说会更长……但就像刚才说的一样，出现在其他动物身上的实验结果，不见得在人类身上也一样。如果是离脑很近的咽喉处被咬而感染——再假定D病毒和人的神经细胞适配性很好，那么被咬后几小时就发病的可能性也绝不为零。自然界的奇观总能轻易超出人类的想象。”

起初对此难以置信的教授，看样子也无奈地接受了“D病毒致人变成吸血鬼”的假说。

这时，会议室的门被敲响，一名年轻搜查员走了进来。

室内顿时充满了紧张的气氛。不过这回搜查员带来的不是噩耗。

“运钞车劫匪的车找到了，在驼背山的停车场。另外，玛利亚·索尔兹伯里警监，C大学来电找你。”

※

“不可理喻。”艾琳·蒂利特的声音犹如严冬的寒风般冰冷，“也不提前联系一下，突然就拜托我分析样本，我能做的事也有限。解析人体细胞污染过的单链RNA病毒的基因，通常来说不是有个一小时就能搞定的，需要安排人员和设备。大学研究室跟比萨外卖店可不一样，也不是给警察打杂的。”

“对不起……抱歉难为你了。”

隔着电话挨了少女一通训，玛利亚蔫巴巴地垂下头。事态再怎么紧急，“劳烦做个鉴定，十万火急。东西会让军方送过去"这种求人方式也还是太乱来了。

若对方是约翰或多米尼克,还能说些"下次我请客""你就想想办法呗"之类的话,把棘手难题推给他们,可利诱与威逼不适用于这个少女。即使不考虑搜查方面的合作,玛利亚也不想和艾琳这个朋友闹僵。

短暂的沉默过后,听筒里传来叹息声。

"下次委托我,记得时间上留点富余。接工作是需要花些功夫做准备的。"

"嗯。过后麻烦给P警署寄账单。"

"知道了。"艾琳像是消气了,声音变得柔和,"说教就到此为止。言归正传,我来讲讲分析结果。先说结论:从两份样本中都检测出了疑似狂犬病病毒变异株的病毒。"

"真的吗?!"

玛利亚握着听筒的手更加用力。两份样本——分别从第一和第二名被害人前颈处采的样。

"千真万确。"艾琳的回答充满自信,"我用离心机取上清液做了电子显微镜成像和电泳分析。费了不少时间,确认前者含有子弹状图像。"

到这里和伊薇特的观察结果一样。关键在于——

"问题是后者。两份样本的电泳图谱特征一致,但和普通狂犬病病毒不同,跟其他丽莎病毒也不相符……明显是变异了。"

是D病毒。

立于基因研究最前沿的艾琳都明言"变异了",是普通狂犬病病毒的可能性就彻底排除了。

"呈同样的子弹形状,说明变异的是不参与组成衣壳的那部分蛋白质。外表面的突起,或者包含在衣壳内侧的什么东西——"

"稍微等等。"听到少女嘴里专业术语频出,玛利亚慌忙叫停,"我不太懂,外表面、内侧什么的,变异的是哪儿有那么重要?"

"当然了。"艾琳的语气俨然给学生讲课的教师,"病毒感染是从病毒表面接触宿主细胞开始的。之后的感染方式取决于病毒表面和细胞膜的相互作用——换言之,可以说基本取决于病毒表面裸露着怎样的蛋白质。普遍观点是狂犬病病毒之所以易于侵入神经细胞,就是因为病毒表面与神经细胞的亲和性很强,可见衣壳外表面的状态有多么重要。该我提问了……这是什么病毒?那位军人只告诉我'这是从狂犬病患者身上采集的机密样本,处理时务必小心'。"

对了,关于样本的说明也全

样本都送来，尽快，附上分析委托书。最好是被害人自己的唾液。”

“可以吗？”

玛利亚正好在盘算提类似的委托。

“协助调查恶性案件是市民的职责。而且……无症状、延寿型的狂犬病变异病毒让我很感兴趣……我所在的研究室没准可以确定基因序列，也许能得到些有助于治疗的见解。”

话里透着科研人员的热情，不愧是孕育出蓝玫瑰“深海”的弗兰基·坦尼尔博士的得意门生。

“马上送过去。这次不会用战斗机了，用军用车。”

“急活儿得加钱。”

向来老成的艾琳少见地用带了几分玩笑的语气回道。

※

宅邸的大火在午夜前扑灭了。

奈何火势蔓延太快，据说消防员拼尽全力也只勉强避免了全部烧毁。玛利亚等人遭遇的那三个“吸血鬼”，正如多米尼克预想的那样烧得焦黑，于烧毁的客厅中被发现。

黎明时分——

追踪玛利亚和涟所目击轿车的警察发现了疑似劫匪的男性尸体。在宅邸向北十五公里左右，驼背山中。

※

“知道那男人的身份了吗？”玛利亚问。

“指纹一对就出来了。”多米尼克点了点头，“埃尔默·昆

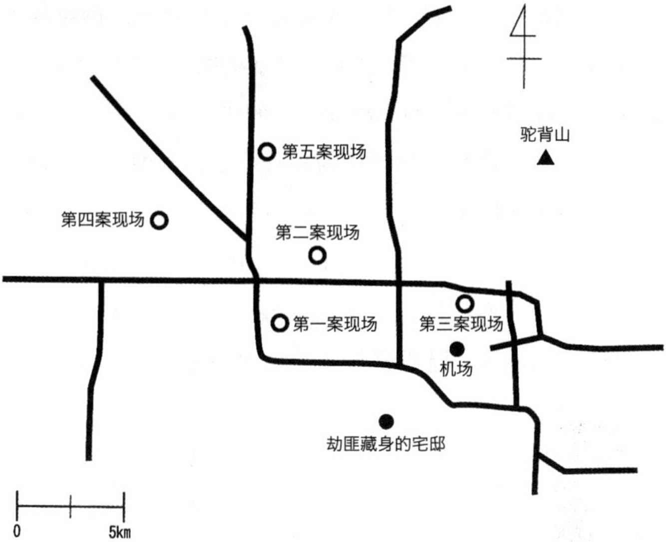

图 4

兰，三十七岁，多次因违反有毒物质控制法而入狱，最后一次出狱是在一年前，之后好像在 MD 州老老实实做了一段时间日工。”

第二天，二月十一日上午九点。

P 警署会议室，玛利亚与众人一起听多米尼克报告调查进展。

出席人员和昨天差不多：玛利亚和漣，多米尼克及 P 警署的几名搜查员，国立卫生研究院的古斯塔夫和伊薇特，空军代表约翰。每人手头都放着份资料，附有标记出犯罪现场等地位置的缩略图。(图 4)

另外，赛琳住院了，鲍勃代替她出席，一脸困倦地坐在椅子上。

“埃尔默·昆兰的尸体周围没有打斗的痕迹，倒是有个装满钞票的旅行包在旁边。”多米尼克继续说明，“丢在停车场的那辆车的后备厢里还有四个相同形状的旅行包，同样装着钞票。一查冠字号码，和MD州被抢的现金一致。顺便一提，停车场附近的自动售货机里有一张沾着昆兰指纹的钞票，冠字号码也跟被抢的现金一样。死在石山的这个男人无疑就是劫匪之一。红毛，黑发，你们从那栋宅子里回收的手枪也印证了这一点。射击试验结果显示，膛线痕与在MD州夺走押运员性命的子弹完全吻合。”

看来基本可以确定劫匪曾潜藏在那栋宅邸里。

“车是偷的。半年前C州有人报失。还有，车的右前轮换成了备胎。换下来的轮胎放在收纳备胎的地方……上面有刀具划开的裂口。不太清楚换备胎前具体是什么状况，不过从遗留的便笺本上的记述来看，气氛绝对称不上平和。”

“便笺本？”

“嗯。在埃尔默·昆兰的裤兜里找到一个小便笺本，里面主要记录了抢劫计划的概要，但从‘到达P市’之后就全是些骇人听闻的内容。详见资料。”

玛利亚翻开手边那摞纸。资料里附有手写记录的复印件。起初是罗列零碎的单词，中途则变成了手记般的文章。

> T被杀了。前颈被割开。
>
> 连K都被杀了。又是前颈被剜开。
>
> …………

和“吸血狗”的手法一样。“T”和“K”是不是埃尔默同伴名字的首字母？是劫匪间自相残杀吗？

便笺本里还随处可见其他不可思议的记述。最后一页的字迹潦草不堪。

“宅邸里的四人——被爆头的家伙和三个吸血鬼的身份呢？从现状能看出是埃尔默·昆兰放火后逃出了宅子，肯定没错。这四个人跟埃尔默·昆兰待在同一栋宅子里，应该是他的同伴吧。”

“三个吸血鬼的信息目前还在调查，我们从火灾现场回收的尸体已经确定身份了。”涟瞥了一眼笔记本，“西奥多里克·霍尔登，三十七岁，近期居住于MD州郊外，没有家人。大学毕业后入职G州的电子设备关联企业，约五年后辞职，独立创办调查公司，干起了侦探这行。不过……公司共计只有一名社员，登记的地址是本人住址，作为调查公司的业绩也不明确。”

Theodoric Holden——他就是“T”啊。

“亏你能在一天之内查到这个地步。是用了什么黑魔法？”

“你在午睡室打着呼噜一觉酣睡到天亮的这段时间里，我联系了MD州辖区警署打听案情。”黑发下属轻巧地搪塞过了玛利亚的调侃，“那边似乎也在逐步缩小嫌疑人范围。我用传真发去尸体的牙印和指纹，对方回答说和西奥多里克·霍尔登的吻合，还说‘案发当日后，西奥多里克·霍尔登就不知所终’。”

对上号了。MD州警方的工作效率也挺高。

“在他的住处发现什么没？关于抢劫计划的线索之类的。”

“辖区警署说没找到直接证据，不过发现了关于海外风险企业的调查资料。看样子他是打算在U国境外建立一家新公司。在MD州抢劫运钞车可能也是为了给新公司筹资。”

“新公司啊。”

创业的事玛利亚不太懂，可要投机起码得有足够的资金和想法。莫非他从哪儿捡到了诱人的机会？

“话说回来，三十七岁？德里克·赖利也是这个年纪吧。会是巧合吗？”

“要说是巧合，逃走和抢劫的时机等吻合之处未免太多了。这方面也还在调查，现在先专注于共享已查明的事实吧——鲍勃，拜托了。”

“明白。”鲍勃强忍着哈欠，从椅子上站起身，“先说埃尔默·昆兰，推测死亡时间是昨天二十点到二十四点之间。按你们的说法，目击到他飙车逃跑是在十九点半出头对吧，和推测死亡时间没有矛盾。前提是握着方向盘的确实是埃尔默·昆兰本人。”

“这点核实过了。”多米尼克补充，“方向盘上残留有昆兰的指纹。覆盖在别的指纹之上。”

鲍勃点头说了声“是嘛”，继续汇报。

“尸体没有被移动过的痕迹。可以认为尸体发现地即死亡现场。至于死因——”白发验尸官罕见地支支吾吾起来，“尸体脖子上有一圈勒痕，躯干及头部可见击打伤。”

“有人埋伏在石山，杀死了埃尔默·昆兰？还是有其他同伴坐在那辆车的副驾驶座？”玛利亚问。

目击轿车的时候，没能看清里面坐了几个人。

“别着急，还没说完呢。虽然有勒痕，但几乎未见面部瘀血。躯干上的击打伤也不到致死的程度。头部的伤很深，不像是撞到岩石造成的——恐怕哪个都称不上真正的死因。”

咦？

“等等，退一万步说，击打伤也可以解释为私刑的痕迹，可不是绞杀的话，为什么脖子上会有勒痕？”

玛利亚反驳到半截，目光落向埃尔默便笺本的复印件。

脖子上出现了奇怪的痕迹——

是这个啊。“奇怪的痕迹”是指勒痕……没写痕迹是怎么弄上去的。从上下文来看，埃尔默注意到痕迹是在二月十日早上，丧命则是在当晚，中间隔了很长时间。

“发生了什么呢？”

“不知道。我的工作是面对尸体，调查真相是你们的工作吧。话说——是巴罗兹刑警先生对吧。”鲍勃翻动着手头的资料，看向银发刑警，“听说有罐没喝完的汽水掉在停车场的自动售货机附近，知道具体的剩余量吗？”

“五百毫升的易拉罐，剩了差不多三分之一。不过柏油路面上有一大摊汽水洒落的痕迹，说不定他其实根本没喝几口。易拉罐上沾着埃尔默·昆兰黏糊糊的指纹，可见汽水是他买的。姑且不提脖子上的痕迹，躯干上有击打伤，说明有人袭击了他——咦，不对。如果是遇袭了，汽水的痕迹应该会更乱。”

“不是遇袭。恐怕是想喝也喝不了。”

“验尸官，该不会……”

最先做出反应的是古斯塔夫。

鲍勃点了点头：“你这个专家想必比我更清楚。是狂犬病。估计那家伙是出现了‘一喝水就喉咙剧痛’的症状吧。逃进停车场，想喝罐汽水歇歇，刚喝一口就一阵剧痛，摔掉了手里的易拉罐。他顾不上收拾，想着先藏起来，逃到了石山里，结果症状恶化，心肺停止而倒下……尸体周围没有争斗的痕迹，那恐怕这就是埃尔默·昆兰死亡的全过程。”

“杰拉德验尸官，”约翰表情阴沉地打破沉默，“你是想说埃尔默·昆兰也感染了D病毒吗？”

“只是猜测。详细检验尸体应该就能知道是不是猜中了。你们说D病毒不会导致普通狂犬病的症状，但或许对这个前提保持怀疑比较好。毕竟生存病例只有德里克·赖利一个人。既然吸血鬼化有个体差异，那感染者出现狂犬病症状的时间岂不是也因人而异？不是‘D病毒不会引发狂犬病’，单纯是‘发病潜伏期差异极大’而已。”

“雅尔纳赫教授，”涟旋即询问，“你说在你们的实验中，几乎未见感染D病毒的小鼠有攻击性行为。反过来说，也存在少数例外吗？”

“正是。”古斯塔夫声音嘶哑，“感染后在狭窄的空间放置了几天的个体里，有一些做出了咬其他个体等攻击性行为。大约五千只里有二十只会这样，占比不到百分之一。原因不明。与未见异常的小鼠相比，做出异常行为的小鼠更广泛地于脑部出现炎症，导致这种差异的原因是什么，至今尚不明确。也有可能是因为关在密闭空间造成的外源性压力，不过这只是假说。”

压力啊。

倘若不是假说，而是事实——倘若玛利亚和涟在那栋宅邸目睹的三人的异常行为，埃尔默也目击到了。

无法逃出P市，本就持续承受着精神重压，又看见同伴变成吸血鬼，这会不会成了诱发狂犬病症状的最后一根稻草？

“接着是西奥多里克·霍尔登。”鲍勃说回尸检分析，“这人的死因就显而易见了：被从极近距离狙击头部。推测死亡时间在十八点到二十点之间，正好是埃尔默·昆兰开车逃出去的那会儿。”

“这家伙前颈也有伤吧。有没有可能这个才是死因？”

“不太可能。看上去惨不忍睹，但伤口深度也就是划开皮肤的程度。颈动脉也没事。虽然伤势严重，却并非致命伤。再说，打飞的头部可见生活反应①，说明他确实是在活着的状态下被爆了头。毋庸置疑，这才是直接死因。”

“射杀西奥多里克·霍尔登的，是埃尔默·昆兰吗？”约翰问道。

“估计是。”多米尼克点了点头，“他胳膊上检测出了硝烟反应。从枪的握把上检出多种指纹，这家伙的指纹残留在最上面。而西奥多里克·霍尔登的胳膊上没检测出硝烟反应。综合间接证据来看，不是自杀，而是典型的自相残杀。”

埃尔默射杀西奥多里克，放火后逃出宅邸，最终在石山狂犬病发作而咽气。看来大致是这么个过程。

问题是从埃尔默等人藏进宅邸到埃尔默射杀同伴的这段时间里，以及埃尔默射杀同伴之后、逃走之前，都发生了什么。

埃尔默在射杀西奥多里克并逃走前后的行动，玛利亚心里大致有数了。然后是——

“剩下的三人，两男一女，解剖得出的推测死亡时间都在昨晚二十点以前，前颈均有大量较深的割伤。毫无疑问是致命伤。但真正的死因还不知道。尸体不仅全身烧焦，难以辨别有没有其他外伤，胃内容物也很不得了。”

“‘从三人的胃里都检验出了亚砷酸’？”约翰凝视着尸检报告，“他们是死于毒杀吗？”

①活体对外界暴力作用表现出的局部或全身的反应。

“既然检验出毒物，就无法否定这种可能。是谁下的毒就不清楚了。从这三人的血液里还检验出了微量酒精，亚砷酸也许是掺在酒里的。顺便一提，从西奥多里克·霍尔登和埃尔默·昆兰身上既没检验出亚砷酸，也没检验出其他毒物。特别是埃尔默·昆兰，从他身上连一点酒精都没检测到。可能他不会喝酒。三人的身份你们再另行调查，总之劫匪围绕分赃问题起内讧的可能性很高吧？”

西奥多里克、埃尔默或他们的某个同伴制订了抢劫运钞车的计划，背地里却实施着杀人计划，以独占抢来的现金——听着靠谱。

可是……

“‘吸血狗’要怎么扯上关系？”多米尼克皱起眉头，“如果只是劫匪自相残杀，压根轮不到‘吸血狗’出场，也就不会有感染D病毒的机会。红毛，黑发，灰眼睛，我再问一遍——你们确定真的看见了吸血鬼？”

“我倒也希望那是宿醉后做的梦。”

“关于三人的尸体，鲍勃的验尸报告上说‘从肺里检测出了烟尘’。哪怕心脏停搏，只要横膈膜还在动，肺就会像泵一样反复收缩扩张，吸收并排出外部空气。听来难以置信，这表示三人的尸体在发生火灾时处于肌肉在活动的状态，尽管那时候他们的脖子都被捅得稀烂了。”

“以U国空军的名义发誓，我也目击到了同样的场景。”

“知道了知道了。我错了。”多米尼克发出深深的叹息，“真是的，这案子到底怎么回事啊。关键的‘吸血狗’连一根尾巴毛都抓不到。”

在第五起杀人案以及宅邸的火灾过后，“吸血狗”的犯罪行为突兀地停止了。

路检、水母船巡回和市内巡逻目前仍在继续，但从昨晚直到此时此刻，没接到任何一则报警称发现了前颈被剜开的尸体。

“灰眼睛，有没有人绕开公路进出 P 市？”

“没有。有三名市民为了避开路检造成的拥堵，想往荒野那边去，其身份都已得到确认，没发现和连环杀人案或运钞车抢劫案有关联。容我反问一句，有没有路检看漏的可能？‘吸血狗’会不会已经逃到了市外？”

“去市外的车，每一辆都检查过驾照和车牌。德里克·赖利没有驾照。即使有同伙帮忙开车也没用，路检不是只查司机，同乘者的脸也会跟那家伙的脸部照片进行比对。我下达了严格的命令，遇到稍显可疑的车就拖出车道调查。就像刚才说的，时不时就碰到与‘吸血狗’无关，仅仅是没带驾照的人，关键的那家伙却连个影儿都没有。巡逻员也没找到他。”

“这样啊。”约翰面色阴沉地抱起胳膊。

警方和空军联合戒严，仍抓不住“吸血狗”的一丝踪迹。不仅如此，“吸血狗”还停止了行凶，追踪的线索也断了。没再有人遇害可谓不幸中的万幸。

发生在市内各处的五起杀人案，也依然没能找到新线索。凶手是怎么躲过巡逻网的？为何五人中有四人的推测死亡时间十分接近？凶手这样紧赶慢赶地杀人，理由是什么？

“能不能至少把被害人的推测死亡时间范围再缩小一些？”

“我倒是也想，”鲍勃遗憾地回答，“可第五名被害人都变成那样了，现在只能谨慎行事。”

得知 D 病毒会导致吸血鬼化之后，警方无奈中断了对几名被害人的验尸解剖。

已解剖完毕的只有第一名被害人克拉拉·格温。第二名被害人诺曼·鲁瑟和第三名被害人凯瑟琳·韦德只确认完了胃内容物。中期报告书上写道，两人的胃都是空的，也没像劫匪那样检验出毒物。

“胃内容物会在两三个小时内消化完。没法靠这个缩小时间范围。”鲍勃补充。

诺曼的推测死亡时间最早是在十点，凯瑟琳也一样。算来两人都在七点到八点之间吃完了早饭，没有任何疑点。

第四名被害人巴尔托·昂德希尔及第五名被害人哈丽雅特·艾默兹的尸体则尚未着手处理。能重新开始解剖、得到些线索的话自然最好，不过根据初步检验的结果，他们的最早死亡时间分别是十一点和九点二十分，靠胃内容物再缩小范围恐怕很难。

现在只能靠手头仅有的情报开动脑筋了。

“涟，你之前说过劫匪可能把德里克·赖利带到了P市对吧。如果真是这样呢？‘吸血狗’跟劫匪一起藏在那栋宅子里，短时间内接连袭击了这些被害人。”

没人提出反驳。能干的下属反问道：“你是想说，第二到第五名被害人的推测死亡时间集中在十二点前后，是因为有门禁——凶手必须在中午之前赶回那栋宅子？”

“不知道那帮家伙在宅子里是怎么度过的。假设他们只简单定了些日程，比如‘正午吃午饭，在那之前自由行动’，那凶手会不会是先赶在正午的集合时间之前多次行凶，回到宅子后又把劫匪都杀掉了？”

被大火烧焦的三人喝下了亚砷酸。先不提毒是从哪儿弄到的，下毒就能轻易地一次性干掉很多人。

“矛盾太多，作为假设也说不过去。”涟闭上镜片后的眼睛，直白地回答，“假如‘吸血狗’开着劫匪的车出去，宅子里的人肯定会听到引擎声。毒的事姑且不谈，验尸结果没提死者有摄入安眠药的痕迹，瞒着他们偷偷用车不太可能。也有可能用车是经过他们同意的……可正在躲藏的劫匪会允许凶手出门吗？劫匪正受到追捕，想必知道到处都有路检、巡逻、空军水母船的监视。我想他们不会允许凶手冒着被目击的风险贸然行动。再说作案时间，第一名被害人可是前天晚上遇害的。要想一口气杀掉第二到第五名被害人，就不该在昨天白天，而应该在杀害第一名被害人的时候一并作案才合理。前天晚上还没设置路检和巡逻。”

玛利亚仰天长叹……第一起案子到底不能无视啊。

P 市各处发生的五起案件，宅邸里的惨剧。按说都涉及“吸血狗”的二者，虽有“部分被害人变成了吸血鬼”这一高度相似之处，却无法如预想的那样搭上边。

是不是遗漏了什么？抑或……

“劫匪起内讧也好，‘吸血狗’介入也罢，他们藏在那栋宅子期间，毫无疑问发生了某些变故——这方面得到证实了吗？”约翰问道。

“差不多。”多米尼克点了点头，“我们查到二月十日上午十点左右，有人用市内办公区的公用电话打给劫匪藏身的宅子。没有目击者，可能是因为那部公用电话设在大楼里，那栋楼又几乎没人租。我们目前推测是来自蛇头的紧急联络。”

巡逻的人盯得紧，我现在过不去——大概是这样的内容吧。劫匪接到联络那一刻的心情不得而知。

“电话机里的硬币上有没有检出指纹？”

"检出是检出了……不过有一枚完全没沾指纹的硬币，用来给宅子打电话的八成就是这枚。为保险起见，其他硬币上的指纹也在调查……可就算致电人是光着手拿硬币，我也不觉得能查出那人的身份。除非是有被捕记录的家伙，或者其他案子的重要关系人，否则指纹信息不会记录在警方的数据库里。"

看来通过硬币上的指纹锁定身份的希望微乎其微。

对了，说到电话——

"有证词称第三名被害人凯瑟琳·韦德在二月九日晚上曾和别人通话，这事查证过吗？"

第一发现人猜测是在跟女儿聊天——但也可能是凶手计划在翌日行凶，打电话确认被害人有没有出远门。

"不是女儿来电，而是从被害人工作的商场里的公用电话打来的。这部电话机里的硬币我们也都检验过了，每一枚上面都有指纹。也许是商场的其他同事联系她谈工作，或者单纯是打错了。具体还在核实。再说劫匪用作藏身处的那栋宅子。原房主是个富豪，半年前破产，把宅子卖掉了。这些都没什么疑点。然后呢，可能也是因为有点豪华过头了，这栋宅子在房地产公司闲置了好一段时间，直到一个月前，有人提出'想短期租住'，签订了三个月的租房合同。"

"疑似劫匪的人物大摇大摆地现身，在合同上签了字？"

"要真是这样就好了，我们也轻松。貌似隔了代理人。据说来签合同的是个六十多岁的女人——租金是预付的，所以房地产公司也没细查。姓名、联系方式全是胡写的。而且她还以皮肤不好为由戴了手套，也没留下指纹。我派下属去找接待她的负责人，让负责人画了张肖像画，但老实说，我觉得指望不上。"

多米尼克往桌上放了张纸。纸上画着一张老妇人的脸，相貌寻常，没什么特征。不清楚她的身份，给合同上的签名做笔迹鉴定也没什么意义。

“那栋宅子附近也有人巡逻吧，没能发现异常吗？”

“真会戳人痛处啊，灰眼睛……其实在发生火灾的几个小时前，十六点十分左右，我们这边的警察去宅子那儿做了查访。根据报告，有个四十岁左右的女人来门口应门。没看见其他家伙的身影，对话内容也没涉及太多信息，不过——尽管是在白天，所有窗户却都严严实实地拉着遮光窗帘，这点令人在意。他们把该确认的事项都大致确认过了，可多数人手被调去巡逻，对待查房屋的调查就推后了。刚开始调查宅邸，就发生了火灾……唉，这都不是借口。”

多米尼克语带自嘲。约翰没责备他，只咕哝了句：“是嘛。”

“听说在烧毁的厨房里发现了罐头等食品和衣物烧剩的残渣。”涟垂眼看向资料，“这些东西是事先运进去的吗？”

“嗯，找到接活儿的配送员了。说是有人要求最晚在二月八日——抢劫案当天运进去。委托人用的名义和租宅子的人一样，电话对面的声音也像是上岁数的女人。还有家政人员去安装遮光窗帘，备好床单、桌布、毛巾等物品，打扫干净各个房间。委托人同上。”

“够细心的。当真打算藏一个多月吗？”

“不好说。就资料来看，发现的罐头数量只够四五个人吃几天的，宅子里遗留的电子设备仅有一台小型收音机。没找到洗衣机和电视。即便是打算久留，他们好像充其量也就准备待一个星期。”

借此让长时间一起逃亡的同伴麻痹大意，暗中谋划杀光所有人——有这个可能。从丢弃旅行车换乘轿车这点也能看出，抢劫计划相当周密。

“来梳理一下时间线吧。”漣走向白板，麻利地写上二月七日以来发生的事件（图 5），“时间是按 A 州标准时算的。包含一定程度的推测，还请见谅。”

玛利亚瞪视着白板。她再次确认了发生在 P 市市内的无差别杀人案有一大半都集中在特定的时间段……并留意到记录宅邸里事件的那一栏有大片空白。

“虽然刑警先生否定了，”一直沉默不语的伊薇特诚惶诚恐地开口，“不过看了这个时间表，就觉得德里克早些时候在市内行凶，再去宅子里杀死劫匪的说法，那个……也不见得就是错的。”

“看来在十六点十分左右，至少苏珊娜·莫林斯、西奥多里克·霍尔登和埃尔默·昆兰这三个人还活着。”约翰抱起胳膊，“另外两人的死亡时间，以及包括他俩在内的三人变成吸血鬼的时间，这些都不明确，让人心急——”

“除此以外，差不多能确定的是埃尔默逃走的时间。根据我和漣目击他的时间以及宅邸位置推算，误差不会太大。”

“想这想那的也没用。”多米尼克的表情痛苦地扭曲了，“路检、巡逻、水母船巡回都继续进行。抓捕‘吸血狗’、锁定烧焦的三人的身份，眼下先全力做这两件事。验尸官先生可否也来帮忙？”

“摸不清身份的话，压根没法调取牙科病历对比牙齿形态。能不能帮上忙全看你们的奋斗成果。”

“嘴上可真不留情。”多米尼克苦笑道。

约翰去指挥空军部队，鲍勃去再次查验几名被害人的尸

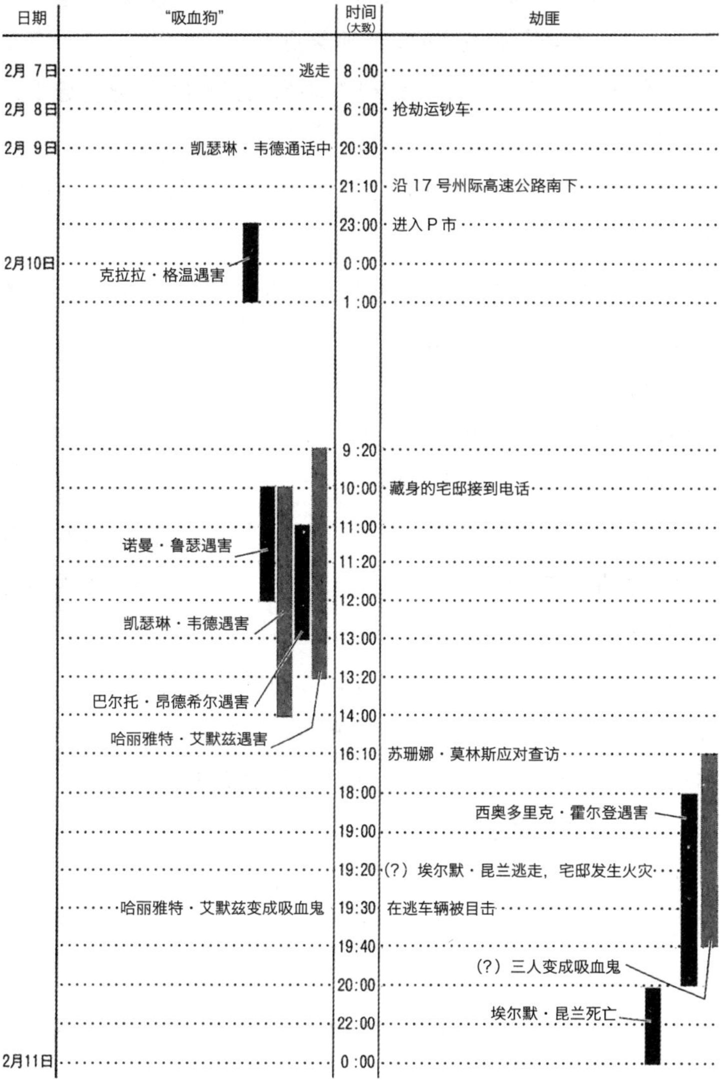
日期
“吸血狗”
时间
（大致）
劫匪
2月 7日
逃走
8:00
2月 8日
6:00
抢劫运钞车
2月 9日
凯瑟琳·韦德通话中
20:30
21:10
沿 17 号州际高速公路南下
23:00
进入 P 市
2月10日
克拉拉·格温遇害
0:00
1:00
9:20
10:00
藏身的宅邸接到电话
11:00
诺曼·鲁瑟遇害
11:20
12:00
凯瑟琳·韦德遇害
13:00
13:20
巴尔托·昂德希尔遇害
14:00
哈丽雅特·艾默兹遇害
16:10
苏珊娜·莫林斯应对查访
18:00
西奥多里克·霍尔登遇害
19:00
19:20
（?）埃尔默·昆兰逃走，宅邸发生火灾
哈丽雅特·艾默兹变成吸血鬼
19:30
在逃车辆被目击
19:40
（?）三人变成吸血鬼
20:00
埃尔默·昆兰死亡
22:00
2月11日
0:00

图5

体，古斯塔夫和伊薇特为了向卫生研究院做汇报而去往别的房间——大家各就其位，会议室只剩下玛利亚和涟，以及多米尼克。上午十点半，调查依旧看不到终点。

“红毛，黑发，你们怎么看？”多米尼克开口，“这一连串案子真是杀人狂‘吸血狗’干的吗？”

这个问题他们昨天也讨论过好几次。玛利亚用手指抵住下巴。

“凶手把D病毒传染给了那些被害人，这点毫无疑问。艾琳的分析结果是决定性证据。”

今天一早，C大学那边用快递送来了电泳图谱照片。伊薇特确认过照片后，克制却明确地断言：

(是D病毒……绝对没错。)

伊薇特还给了玛利亚一份论文复印件作为佐证。署着古斯塔夫·雅尔纳赫的名字、发表于一九七二年的这篇论文里的电泳图谱，和艾琳送来的那份一模一样。

艾琳的分析工作仍在进行中。如她所愿，警方补充采集了样本——从第三到第五名被害人前颈采集的样本，以及包括几名劫匪在内的所有被害人的唾液或口腔细胞样本，送到了C大学。她说最快也要今晚才能出结果。

“不过，让他们感染的未必是‘吸血狗’本人。有机会从德里克·赖利身上提取D病毒的人，照理说能做到同样的事。”

古斯塔夫·雅尔纳赫，或是伊薇特·弗洛金。

在国立卫生研究院从事D病毒研究的这两人，要给被害人注入D病毒轻而易举。

“巴罗兹刑警，你意下如何？我猜你也和玛利亚一样对他们抱有怀疑。”

“怎么可能不怀疑。”多米尼克愤愤道，“那两个家伙可是把杀人狂逃走的消息当成机密啊，哪里信得过？但很可惜，他们有不在场证明。先说教授，MD 州警方告知他第一起杀人案的消息时，他在自己家里。换算成 A 州时间，是昨天凌晨四点半。从 MD 州飞到 A 州至少要花五小时，要是还得转机，六七个小时就出去了。得知案件消息后，即使坐最早的航班，到 P 市也得十一点半以后了，离我们警署的人正午过后去机场迎接只剩半小时左右。这么短的空闲时间里，他无论如何都不可能东奔西跑杀死四个人。之后就像你们知道的，他几乎一直待在 P 警署里，只出去休息了几回。戴眼镜的助手也差不多，始终有我们的搜查员盯着，包括去 A 州立大学观察样本的时候，根本没时间去街上杀人。”

“常规思路行不通啊。”

玛利亚再次凝视白板。正如多米尼克所说，从 MD 州过来的两人完全没时间犯下一连串杀人案。“涟，关于‘吸血狗’逃走的日期时间等，找相关人员求证了吗？”

“安排过了。快的话今天就能出结果。不过，应该优先查证的是被害人的感染情况吧。他们——特别是第五名被害人，和我们在宅子里目击的三个人有没有感染 D 病毒。假如这四个人没感染，吸血鬼化假说这个前提可能就不成立了。”

“只能期待艾琳的分析结果了。”

玛利亚没提自己昨晚隔着电话狠狠挨了一通训的事。

※

正午稍过，德里克·赖利逃走的事得到了证实。

MD 州警方寄来一封急件，里面有德里克·赖利被移交国立卫生研究院时的保密协议书、直到二月七日早晨为止的送餐记录、当天监控画面的复印件、向州警署报警的记录、不慎让德里克跑掉的职工和保安的笔录……

“关于‘吸血狗’逃走一事，要说我们还有什么能做的，也就是过后去亲眼确认一下现场了。”

涟浏览过文件后众人得出这样的结论。

※

下午三点左右，事情有了进展。

“从装钞票的旅行包上检出了‘吸血狗’的指纹？！真的吗？”

“嗯。”多米尼克紧紧皱起眉头，“是从留在停车场车里的其中一个包上检测出来的。调查烧焦的三人的身份时，我们把能识别的指纹都查了个遍——结果挖出了意义重大的证据。”

涟问道：“指纹附着在旅行包的什么位置，数量有多少？”

“顶部拉链旁边印有厂商 logo 的标牌上有一枚大拇指指纹。不是旧指纹，经鉴定，就是最近这几天沾上去的。”

二月七日“吸血狗”逃走，二月八日劫匪抢劫运钞车，时间吻合。只能认为“吸血狗”和劫匪之间有过某些接触。可是——

“他们是一伙的？同岁所以以前是同班同学吗？不会那么巧吧。”

“说对了，红毛。”

“啊？！”

“烧焦的三人里，有两人的身份通过齿形确定了。男人之一是伊尼戈·阿斯凯里诺，女人是苏珊娜·莫林斯。两人都是三十七岁……是埃尔默·昆兰和西奥多里克·霍尔登初中时的狐朋狗友。向他们的学校一打听，很幸运地得到了当时教师的证词。二十三年前最初的案件过后，转学到他们学校的就是德里克·赖利——‘吸血狗’。”

“那伙人里还有个叫金·罗的东方人。”多米尼克接着说，“包括这家伙在内的五个人以西奥多里克·霍尔登为首横行霸道，当年在学校里是有名的不良少年团伙。”

“那还没确定身份的最后一个人……”

“就是金·罗吧。虽然还没证实。”

初中里的不良少年团伙和转学生。没想到劫匪和“吸血狗”之间竟有这样的交集。

“‘吸血狗’和他们是什么关系？”

“不知道。二十年前吸血鬼案的记录里没有埃尔默·昆兰他们的名字。当时的教师似乎也没觉得这五个人跟案子有关系。但是——”

“在监督者看不到的地方，新来的人受欺负这种事很常见。”约翰咕哝，“德里克·赖利没准也遭到了他们的欺凌。”

他的表情像是回忆起了苦涩的过去。精悍的空军少校也有过类似的经历吗？

等等，如果约翰的猜测正确——

“那‘吸血狗’岂不是有杀害劫匪的动机？不是为了取乐，也不是为了满足吸血冲动，而是对过去所受欺凌的复仇。”

“玛利亚，别心急，我讲的只不过是一种可能性。即便是事实，在国立卫生研究院关了整整二十年的‘吸血狗’，要了解劫匪们的现状也近乎不可能。反过来想，劫匪一方接近德里克·赖利倒还说得通。比如——劫匪偶然发现了逃走的德里克·赖利，拉他入伙。”

国立卫生研究院和抢劫地点离得不算远。德里克逃走是在运钞车抢劫案前一天。劫匪想必也对警方的动向十分敏感，倘若他们意识到事态非同寻常，正戒备的时候——德里克出现在眼前。

“喂喂，”多米尼克目瞪口呆地说，“淡定地把稀世无差别杀人狂拉入伙？这跟抱着个大型炸弹没什么两样嘛。搞不好自己会被杀欸。脑子搭错弦了吧，根本说不通。”

“策划抢劫运钞车本来就不是正常人能干出来的事。不过，巴罗兹刑警，就像你说的，假定‘吸血狗’和劫匪中的一方先接触另一方，都很难给出彻底令人信服的解释……什么情况啊。”

“不管是什么情况，发生了某些事导致‘吸血狗’的指纹沾到劫匪的包上都是事实。”玛利亚探身向桌前，“列举其他假设的话——不是‘劫匪发现了德里克·赖利’，而是‘德里克偶然找到了劫匪’，这也是有可能的吧。然后他悄悄跟踪劫匪，比方说，趁那伙人从旅行车换乘到轿车的间隙藏到后备厢里，顺利潜入了他们在P市藏身的宅子。”

“且不说哪儿有这种间隙，从里面把关着的后备厢打开是非常困难的。就算强行弄开，也很难想象劫匪会对此无知无觉。摸索一切可能性固然很好，但枪法不精的话，一个劲儿扫射也未必能命中目标。能不能也考虑考虑负责纠正的人的心情？”

“枪法不精还真是抱歉了啊！不开枪更命中不了吧。”

这下属在如此非常时期也照样气人。

“唔……也有道理。”约翰抱着胳膊点了点头，“当前形势下，无论多么离奇的假设，断然否定都只会让通往真相的路变窄。”

"就是。偶尔说话还挺中听的嘛，谢谢你，约翰。"

玛利亚投去笑容。青年军人少见地显出慌乱，别开眼说："没什么。"

"对了，鲍勃。"涟换了个话题，"第五名被害人后来状态有变化吗？"

"没有。一动不动，变成如假包换的普通尸体了。要不是她的牙上还沾着F国小姑娘的血，简直不敢相信她曾经变成过吸血鬼。"

"另外四个被害人也一样，过了一整晚都没有变成吸血鬼的征兆。再观察一天，要是还不见动弹，也许就该重新解剖了。"

话虽如此，也没法保证他们绝对不会变成吸血鬼，这点令人头疼。假如把他们还给家属后，下葬前一刻尸体从棺材里坐起来，可就比恐怖电影还瘆人——

一道惊雷在脑中炸响。

——没法保证他们不会动起来？

冷汗顺着脊背流下。

"喂，鲍勃，说到尸体，"玛利亚思忖着开口，"宅子里变成吸血鬼的那三个人，最后一个人的身份大概还要多久才能确定？"

"那人的牙齿很漂亮，一颗蛀牙都没有，如果查不到牙医的记录，就只能找找有没有手术或骨折的痕迹了，不然就是根据体格推测。或者拜托蓝玫瑰研究室的小姑娘做一下DNA鉴定？"

"DNA鉴定的事我会再去委托。死者什么体格？"

"资料里写了。"涟读出资料内容，"身高约一米七五，身材偏瘦。发色和肤色因火灾而无法识别。”

“德里克·赖利的体格是不是也差不多？”

会议室陷入沉默。

“你想说死在劫匪据点的不是金·罗，而是德里克·赖利？！不可能吧。你、黑发和灰眼睛不是都看见变成吸血鬼的那三个人的长相了吗？要是‘吸血狗’混在里面，按说你们会发觉啊。”

“我们看见的只是烧焦前的三人。而且我们当时顾不上仔细观察他们的脸，等从宅子里脱身，又把后续工作全交给消防队了。疏散人群的警察应该也基本是背对着火场的。直到大火被扑灭前的这段时间里，宅子里都发生了什么——宅子里是否没有别人，我们没能确认。”

“你的意思是，宅子里的人换过？未免太荒谬了。有什么根据吗？”

“昨晚过后，‘吸血狗’的犯罪行为就突然停止了。如果他不是藏起来了，而是从这个世界上消失了呢？”

多米尼克哑口无言。

提问的是约翰：“玛利亚，那金·罗跑哪儿去了？前颈受了致命伤，又遇上火灾，彻底逃脱是不可能的。”

“不知道。也许他带着伤勉强逃出去了，又或许是其他不相干的人把他搬出去了……我自己也清楚这近乎妄想，可哪怕再荒诞的假设，现在也得一个个彻底排除。对了，古斯塔夫，德里克·赖利有蛀牙吗？”

冷不丁被点名，教授一个激灵。

“不——没有。病房里的伙食比寻常人家更注重营养。为避免他患上杂七杂八的疾病，我们对他进行了严格的口腔卫生管理。”

换过人的可能性依然存在。

“有没有德里克·赖利的皮肤、头发样本之类的？和烧焦的尸体做个 DNA 比对，就知道这是不是妄想了。”

※

妄想成了现实。

听从玛利亚的提议，古斯塔夫立即风风火火地打电话指示说：“在冷冻库里。标签编号是 LM83。”对面似乎是研究室的工作人员。

古斯塔夫准备的样本在第二天送到了 C 大学的艾琳手中。分析结果显示，其 DNA 与身份不明的尸体吻合。

几名被害人的样本分析结果也都出来了。

从第二到第五名被害人、宅邸里发现的四人以及埃尔默·昆兰的尸体上采集的唾液或口腔细胞样本，无一例外都检测出了 D 病毒。

从第三到第五名被害人前颈取得的样本也一样。只有第一名被害人的唾液样本中没有检出病毒。

自二月十日以后，没再出现新的“吸血狗”受害者。

除了第五名被害人和宅邸里的三人，一次也未曾观察到尸体变成吸血鬼。未及破解重重谜团，警方便得出德里克·赖利死在宅邸里的结论，对案件的调查进入了收尾阶段。

※

“照你说的做了。”

发现埃尔默·昆兰尸体的两天后，二月十三日下午。

回到 F 警署的玛利亚接到了多米尼克的电话。

"路检撤销了。空军那帮家伙也打发走了。巡逻姑且还在继续，但跟三天前的阵仗比已经消停多了……红毛，这样就行了吧？"

"嗯。无论如何都要揪出吸血鬼。别松懈。"

"明白，放一万个心。不把金·罗的去向找出来就太不像话了。"多米尼克语气坚定地回答，"还有，取证扑空了。你托我做的指纹调查也得花些时间。再等等吧。"

"快点。少请我几杯都行。"玛利亚鼓舞道。

"哈哈。"多米尼克回以苦笑，"有劳你们继续帮忙了。"说完便挂断了电话。

玛利亚转过身。

"涟，被害人的经历等信息查到哪一步了？"

"全部查完了。"黑发下属直截了当地说，"非常遗憾，跟你想象的分毫不差。"

果然啊。

"我这边也搞定了。"涟身旁的鲍勃拿出一摞资料，"F 国的小姑娘拜托我确认的事，全都正如她所想……不简单，年纪轻轻就有这等洞察力。真不像是跟你当过室友的人。"

"你好烦啊。"

话说回来，高中时赛琳也帮过自己。这次她身陷险境还留下了提示。为了报答昔日室友，更是为了那些被害人，绝不能轻易让凶手逃之夭夭。

玛利亚浏览起鲍勃拿来的资料。对第四和第五名被害人的解剖结束了，和第二、第三名被害人一样，胃是空的，也没检验出毒物……

通读一遍后，她又从桌上拿起别的资料。是艾琳送来的报告。文中满是晦涩的术语，但简洁地记述了玛利亚想了解的情报。

“……可以认为，D病毒的变异发生于衣壳内侧的单链RNA附带的蛋白质……”

报告中还写有对玛利亚所咨询事项的见解，是能够强化她的假设的内容。

玛利亚抬起头。准备工作接近尾声。

“这回轮到我们反击了，让你尝尝我们的厉害——走着瞧吧，吸血鬼。”

第 11 章　吸血狗——内侧（Ⅵ）

1984 年 2 月 14 日 10:00 ~

“和我们联合研究的事，感谢你给出积极的回应。”

古斯塔夫·雅尔纳赫向年纪能当他女儿的少女行了一礼。艾琳·蒂利特大大方方地点了点头：“荣幸之至。”

“这是草拟的合同……还请确认。”

戴眼镜的助手伊薇特·弗洛金递给少女一个信封。艾琳快速浏览了一遍合同内容后抬起头来。

“我们学校法务部门的审核需要一点时间。在那之前，我想把研究课题的详情和分工都谈妥。”

“听你这么说，我们也就放心了。”

C 大学圣芭芭拉分校，生物工程楼，孕育出蓝玫瑰“深海”的弗兰基·坦尼尔教授的研究室。

A 州 P 市发生大规模杀人案的四天后，接到警方联络称事态趋于平息，古斯塔夫便和伊薇特一起造访了 C 大学。

以去年关于成功研发蓝玫瑰的报道为契机，联合研究的申请铺天盖地涌入坦尼尔研究室——正式名称已经更改，但学者间往往仍沿用从前的名称。

国立卫生研究院也不例外。去年十一月弗兰基·坦尼尔去世后，研究项目由其学生继承，这事倒是有听说……可真没想到自己都五十多岁的人了，竟会跟十几岁的少女商量联合研究的事。

经过与艾琳的学术交流，古斯塔夫才明白坦尼尔研究室的人并非轻慢自己。艾琳虽年纪轻轻，对基因研究却有相当深入的见识和理解。少女就狂犬病发病机制尖锐发问，古斯塔夫甚至几度答不上来。他很快就抛却成见，认识到她是坦尼尔教授最优秀的继任者。

艾琳冷不丁开口："P 市的案子我听说了。他的事我很遗憾——不知道这么说合不合适。"

红发警监告诉他，德里克·赖利的事在二月十日就通知过少女了。起初他很生气，怨警方自作主张，不过既然要签联合研究合同，为推进研究，D 病毒及其感染病例的信息迟早得或多或少透露一点。

"德里克死了，但 MD 州的研究院还留有 D 病毒毒株。善用他留下的数据去救治狂犬病患者，是对被害人的赎罪——现在只能这样相信了。"

"能为救人出一份力，我们也很欣慰。"艾琳从椅子上站起来，"期待和你们的联合研究。"

※

"缔结联合研究的事，我本来心里特别没底。"飞往 MD 州的客机上，邻座的伊薇特感慨万千地发出叹息，"前路总算明朗些了。"

"是啊。"

与坦尼尔研究室的联合研究，对国立卫生研究院来说也是很好的宣传。如今他们失去了德里克·赖利这个珍贵的样本，从某种角度而言，成功缔结联合研究是古斯塔夫的研究室最大的课题。

话虽如此，眼下的状况也让人没法放开了高兴。迄今已有太多人丧生。

德里克·赖利逃走一事的责任最终由整个国立卫生研究院承担，但长年研究德里克和D病毒的是古斯塔夫，一定的处分不可避免。

减薪或停工还能忍，可若是像蜥蜴断尾般将他逐出研究室——把该由上面负的责任推给他，那可就吃不消了，必须极力回避。

即使原本的宿主不在了，D病毒也依旧生存在冷冻库里和实验动物体内。奉为毕生事业的研究课题，他不会轻易放手。

没关系。自己能妥善周旋……应该能。

伊薇特开始在座位上头一点一点地打瞌睡。古斯塔夫也靠到椅背上，闭上眼睛。

历经长途飞行，回到MD州的国立卫生研究院时已过晚上九点。

两人向大门保安出示身份证明后，伊薇特载着身体随车摇摇晃晃的古斯塔夫驶入研究院内。树丛与草坪簇拥，病房楼和研究楼并排而立，这里用地十分宽敞，徒步把所有设施都逛一圈得花上一小时。

刚才那个保安脸上现出些许困惑的表情。虽说当前时间段大幅偏离了平常的出退勤时间，但夜里被喊来解决设备故障之类的是三天两头的事。也不知保安在诧异什么。总之，现在比起回家，古斯塔夫更想确认一下空置了好几天的研究室的状况：样本有没有异常，设备是否在正常运作，还有……学者的职业病根深蒂固。

研究楼的停车场里停着几辆汽车。

古斯塔夫的研究室窗户里没有透出灯光，看来是别的研究室还有人在。有些研究课题比较特殊，实验持续到深夜也不新鲜，这会儿停车场就空了反倒稀奇。伊薇特把车滑进空车位。

古斯塔夫打开副驾驶座一侧的车门走到外边。二月的晚风寒冷刺骨，与A州P市干燥温暖的气候大相径庭。

他们绕到研究楼的入口。面生的保安一脸紧张地接待两人。

许是研究楼的安保措施在德里克逃走后有所革新，保安对身份证明的检查前所未有地细致。“是雅尔纳赫教授和弗洛金助手，请进。”准许进楼的声音也很僵硬。任保安变化再大，他们只是待之如常。古斯塔夫和伊薇特一起沿走廊前行。

四天未造访的研究室空无一人。

落地后古斯塔夫打电话确认过，研究员和工作人员全都回家了。换作平时，到这个时间也偶尔还会有一两个人留在研究室里，然而由于德里克逃走一事的影响，实验与工作都几乎处于自主停滞状态。所幸房间里看起来没什么显著异常。

实验室的灯也灭着。

他摸索到墙上的开关打开灯，走进屋里。器械堆放处、附有长款橡胶手套的通风橱、样本储存柜、冷冻库——这边也是司空见惯的光景。

一切尽在计划之中。古斯塔夫戴上一次性橡胶手套，打开冷冻库。

“教授，那个……”

“我来确认这边，你去检查储存柜。”

他从包里拿出个纸袋。冷冻库里码放着贴有标签的小瓶。样本编号和所装物品都在脑子里。他把需要处理掉的小瓶从冷冻库里拿出来，放进纸袋，操作完毕后关上冷冻库的门——

“大晚上的，你在这儿干吗呢？”

耳熟的声音震颤着鼓膜。

穿着皱巴巴制服的红发女人单手叉腰站在门口，傲然微笑着注视古斯塔夫。

心脏几乎冻结。

是直到三天前还在P警署多次质问他的警察，记得名字是玛利亚·索尔兹伯里。

荒唐——她为什么会在这儿？

来的不只她一人。红发警察身旁的黑发青年——这位好像是叫九条漣来着——隔着眼镜投来冷峻的视线。P警署的银发刑警多米尼克·巴罗兹也在，同样毫不掩饰充满敌意的目光。

将近十名身穿制服的警察及便衣搜查员模样的人从三人之间冒出来，雪崩般拥进实验室。“咦……欸？！”伊薇特六神无主。

“你们又是来干吗的？”

古斯塔夫强装镇定，声音却沙哑难堪。

“装傻也没用。”红发警察戗了回来，看向古斯塔夫手里的纸袋，“把小心保存在冷冻库里的样本塞进那种廉价的纸袋，是打算带到哪儿啊？给我们解释解释呗。”

“是本来就预备丢弃的样本……怎么处理都没有问题。”

“这跟你之前的说法可不一样。在D病毒实验中使用的小鼠都会谨慎地做焚烧处理，严防它们逃出，那含有D病毒的样本不也同样应该慎重处置吗？”

古斯塔夫哑口无言。

黑发刑警乘胜追击般说："'OS74AZ''LX74AZ''CV74AZ''IB74AZ'，'BR83MD''UI82MD''TN83MD''JB84MD'，还有'ES64MD'——你刚才拿出来的瓶子，编号是不是这些？"

脑子嗡嗡作响，如同挨了一记闷棍。

一个都没说错……他是怎么知道的？

"古斯塔夫·雅尔纳赫。"红发女人那红宝石般闪耀的眼眸瞪向古斯塔夫，"关于P市的连环杀人案，我们有些事想问你。麻烦来警署一趟。"

※

壮年教授的动摇明显到谁都能看出来。其他警察走来走去调查实验室的设备和柜子，而他甚至顾不上阻止。

"你想说……我干什么了？不慎让德里克逃走这点没有狡辩的余地，可直接犯下后续杀人案的是他，连这份罪也要我背吗？"

"你要背负的不是德里克·赖利的罪行，而是你自己的罪行。"红发上司回击，"克拉拉·格温、诺曼·鲁瑟、凯瑟琳·韦德、巴尔托·昂德希尔、哈丽雅特·艾默兹，以及五名运钞车劫匪。我是说，害死他们所有人的就是你，古斯塔夫·雅尔纳赫。"

古斯塔夫战栗起来。

"你还要让我说几遍？从他们身上采集的样本几乎全都含有D病毒，证明凶手是德里克，不是吗？"

"不。这正是德里克·赖利并非凶手的证据。你身为狂犬病病毒专家，不可能理解不了其中的含义。"

"这话怎么讲?"

"艾琳帮我做了解析。D病毒中变异的是叫作衣壳的壳子里面的蛋白质,壳子及其外侧和普通狂犬病病毒没有区别。而病毒的感染方式大致取决于壳子及其外侧蛋白质的性质。就算症状表现不同,壳子表面一样的话,感染方式——病毒侵入细胞的机制——也不会有差异,包括潜伏期。"

古斯塔

一带就是好几年——不，整整十年。”

“人体实验？！”多米尼克一脸难以置信地大声说，“而且是十年前。他什么时候有这种机会？”

“学术假期——教授申请学术休假的时候。”涟翻开笔记本，“我向国立卫生研究院的工作人员确认过了。雅尔纳赫教授十年前申请了学术假期，进入P市的医院任职，开展了田野考察。”

“不再满足于只用小鼠做动物实验了呢。”红发上司接话道，“自从德里克被关进国立卫生研究院以来，古斯塔夫对D病毒研究得神魂颠倒。由于伦理方面的限制，当初只能通过动物实验勉强推进研究，奈何深感数据不足。即使感染的是同一种病毒，动物和人类的症状表现也会有差异。为了将研究成果应用于对人类的治疗，无论如何都想要从人身上获取数据——你在恶魔的诱惑面前屈服，染指了禁忌。我没说错吧？”

“从人身上获取数据”并没有遭到全方位的禁止。譬如新药研发，不经过以人类患者为对象的临床试验便无法通过审查。

但也伴有制约。出于对四十年前世界大战的反省，人们制定了许多规则：经过受试者同意，进行信息公开，等等。

“而你无视了规则。你想做的不是‘狂犬病特效药的临床试验’，而是其前一阶段，‘收集D病毒人体感染数据’，对吧？你利用学术假期的机会，在P市的医院偷偷给来看病的被害人注射了D病毒。变成吸血鬼的第五名被害人哈丽雅特·艾默兹膝盖做过手术，你是通过手术伤口让她感染的吧，要么就是通过输液或注射留下的针孔。第二名被害人诺曼·鲁瑟也一样，腹部有阑尾炎手术留下的痕迹。第四名被害人巴尔托·昂德希尔则是骨折。他相册里有张腿上打着石膏的照片，是刚上中学那会儿拍的，现在他大学在读，按年龄推算一下，骨折差不多是十年前的事。”

“其他被害人也一样吗?！那第一个人和第三个人呢？她们身上可没有重伤或手术的痕迹。”

“先说第三名被害人凯瑟琳·韦德，跟哈丽雅特·艾默兹等人是一个道理。她有个今年十岁的女儿。女儿给她的信里提到了‘十岁生日’。”

“住院生产啊。”

“胡说八道。”古斯塔夫的喊声近乎悲鸣，“就因为——就因为这种巧合，就要把我当凶手？”

“很遗憾，我们怀疑你是有充分根据的。”涟把古斯塔夫的反驳堵了回去，“我们查了被害人的医院就诊记录。诺曼·鲁瑟、凯瑟琳·韦德、巴尔托·昂德希尔、哈丽雅特·艾默兹——你在P市任职期间，他们全都因为玛利亚刚才列举的原因接受过手术或其他治疗，没法归结为单纯的巧合。我们找当年的医生护士问过话，他们说你打着参观学习的旗号，很积极地在各个科室转悠。”

古斯塔夫呻吟一声。

“出于某种原因有过定期看诊或住院的经历”，这正是被人为感染D病毒的被害人之间隐蔽的共同点。

“停一下，我还有事没弄懂。”多米尼克问道，“就当是被害人都在医院让这个混账教授给弄感染了吧。十年后，他们所有人都住在P市，而且全都是独居，天底下哪儿有这种巧合？”

“拜托，多米尼克。”

玛利亚压低了声音，语出惊人。

“你觉得一度犯下禁忌的家伙，会满足于区区几个人的人体实验吗？”

“喂……难道说……”

银发刑警发出喘息声，向古斯塔夫投去凝视地狱深渊般的眼神。

“被这家伙感染D病毒的不止这次的被害人，而是还有更多吗？他只是从众多受害者里选了容易杀的人？！”

“根据涟的调查，光是古斯塔夫逗留P市期间，住院的患者就不下百人，其中有多少人被感染了D病毒呢——说不定当时去过医院的所有患者都成了他的小白鼠，这也是有可能的。是不是这样呢，古斯塔夫？”

教授没有回答，脸上渗出黏汗。助手伊薇特用手捂住嘴，瞪大眼睛看向上司。

涟极力维持着冷静的表情，仍觉脊背窜过一阵寒意。

“D病毒有可能从十年前起就在P市内外蔓延了”，第一次听玛利亚提出这个假设的时候，哪怕是向来注意保持平常心的他，也无法抑制颤抖。

“凶手能精准地加害独居的被害人，原来是因为他们是当时的患者啊……看看医院的病历，就能轻松获取感染了D病毒的患者的个人信息。只要弄到姓名和住址，谁还留在P市、过着怎样的生活，都能后续再查。据此做一份被害人候选名单，从容易杀的对象开始下手就行了。也就是说，那几名劫匪的现状也能通过同样的方式跟进？”

“犯罪团伙成员之一埃尔默·昆兰曾因吸毒多次入狱，出狱后也在接受戒毒治疗。设想一下，如果负责治疗他的医生是古斯塔夫的熟人呢？对方可是有前科的，比起把无辜的患者当小白鼠，拿他做实验心理负担要小得多。其他劫匪也半斤八两，都有形同犯罪的经历……话说回来，不管对方犯没犯过罪，未经同意就做人体实验都一样恶心。”

“五名劫匪也是从跟德里克·赖利有关系的人里挑选出来的吗？”

“实际原委不清楚。也许只是想用犯过罪的人继续做D病毒的人体实验，碰巧找上了和德里克·赖利有关系的人。总之，如果是过去和德里克·赖利有联系的人，就可以推脱说可能是当时就被德里克传染了D病毒，作为实验体再合适不过。”

“那帮家伙制订抢劫运钞车这种危险计划的事，古斯塔夫知道吗？‘吸血狗’在同一时期逃走的事呢？哪些在他的掌握之中，哪些是计算之外？”

“很难说全都是巧合。估计是抢劫计划经由劫匪中的某个人泄露给了古斯塔夫吧。埃尔默·昆兰把计划记录到了便笺本上。也许他接受戒毒治疗时需要换衣服，来查看实验动物状态的古斯塔夫趁机偷看了他兜里的便笺本。

“古斯塔夫想必也很慌张。他向实验动物索求的，应该是维持方便他观察并收集数据的普通生活，而非染指恶性犯罪遭到逮捕。即便抢劫成功，要是那帮家伙哪天落网，或者发展成汽车追逐战、枪战，尸体遭到调查，感染D病毒的事难保不会暴露。过去和‘吸血狗’有联系这个借口也不是万能的，发现同时抓到的五个人全都感染了病毒的话，警方就会展开全面搜查，将怀疑的目光投向医院，古斯塔夫和他们的关系——拿他们做人体实验的事实就有败露的危险。

“最糟糕的情况是劫匪顺利躲过警方追捕，逃亡到国外。要是样本大量流出至自己看不到的地方，D病毒的存在被其他国家的学者所知，搞不好要出大乱子。这可不是在P市人为感染的普通市民出国旅行那么简单。可实心眼地和盘托出劝他们放弃，那帮家伙也不可能听，反倒有遭杀人灭口的风险。古斯塔夫只剩最后一步棋可走了。”

“他利用了‘吸血狗’啊。把德里克·赖利从囚笼里放走，试图让他用和以前一样的手法杀死那帮家伙。能那么顺利吗？虽说他们打了二十年交道，但我不觉得无差别杀人狂会老实听从一介学者的吩咐。”

“巧了，我也这么想。”

“啊？”

“由于从死者身上均检测出了D病毒，我们误以为所有案子都是‘吸血狗’犯下的。可如果被害人十年前就感染了，这个结论也要跟着推翻。没有任何依据能证明直接下手的是德里克·赖利。”

“你是指模仿犯？”涟问道，“能找到那么合适的人代劳吗？莫非雇了黑社会的杀手？”

“很简单。拉拢劫匪中的一个人，培养成同伙兼模仿犯就行了。‘我知道你们的计划，不想让警方知道就协助我’，一两句话的事。装钞票的旅行包上沾有‘吸血狗’的指纹这一事实，考虑到有同伙存在就也解释得通了。先让德里克·赖利触碰包，再把包交给同伙即可。”

“等等，红毛。”多米尼克目瞪口呆地说，“你说他找了同伙？你刚刚还煞有介事地说什么‘有遭杀人灭口的风险’呢，这样做岂不是风险更大吗？”

“我加了‘实心眼地阻止’这个前提。在对方盯上自己之前主动威胁不就行了嘛。再诈几句‘要是我死了，情报会立刻传到警方那边’之类的，再凶恶的劫匪也不敢贸然出手了。不知道他是拉了谁当同伙。苏珊娜·莫林斯或许是个不错的选择，也许不是靠威胁，而是发展成男女关系后哄骗的。”

“异想天开。”古斯塔夫的表情扭曲了，“亏我默默听了这么久……扯了半天，净是些无稽之谈。”

“闭上嘴全听完了再来说是不是无稽之谈。”玛利亚尖锐的声音压下了教授的反驳，“你拉拢了劫匪中的一个人入伙。劫匪逃走后，你让同伙做的第一件事，就是创造自己来P市的借口。”

“第一名被害人——”多米尼克表情僵硬地说道，“在设置路检之前，二月九日深夜遇害的克拉拉·格温。”

“唯独她的情况和之后的四个人不同。克拉拉不是D病毒感染者。从她的唾液样本里没检测出D病毒就是证据。至少没到之前古斯塔夫讲的那种病毒到达脑部、混入唾液的状态。”

“胡说什么呢？”古斯塔夫哼哼着说，“从她身上也检测出了病毒。我们用电子显微镜观察到了子弹状病毒的图像啊！C大学也得出了同样的分析结果，你忘了吗？”

“那是从前颈采集的样本吧。凶手自己就是感染者。譬如说，凶手看着被自己乱刀捅死的被害人的惨状一阵反胃，下意识地张开嘴，唾液滴落在被害人颈部的伤口上，‘吸血狗’造成的咬伤便新鲜出炉。”

教授沉默不语。

玛利亚接着说：“那么克拉拉为何会遇害？答案只有一个——她是诱饵。让警方以为‘吸血狗’潜伏在P市，然后叫你过来。她仅仅是因此而被杀。劫匪潜入P市据推算是在二月九日二十三点左右，而第一名被害人的推测死亡时间就在那之后，零点前后一小时。时间恰好吻合。”

“这都什么事啊。”多米尼克呻吟道，“我们竟然从一开始就被这家伙玩弄于股掌之中？可是，红毛，用和‘吸血狗’一样的手法杀人会导致警方实施戒严，同伙没考虑到这点吗？弄不好会在逃亡路上遇到阻碍啊。”

“那个同伙不知道德里克·赖利逃走了，以为就算引发骚动也只会持续一时，根本没料到不仅警方设置了路检，连空军都出动了。割开第一名被害人的前颈，或许也只是遵从古斯塔夫的命令留个记号，并没意识到那是‘吸血狗’特有的作案手法。再不然就是古斯塔夫诓骗同伙说‘如有万一，我会帮助你们逃跑’，使其大意，这也是有可能的。就实际结果而言，劫匪彻底上了古斯塔夫的当。”

“但这对教授来说也是一步险棋吧。没法保证走投无路的同伙不会破罐破摔，跑到警察那里把所有事全交代了啊。”

“古斯塔夫大概是算准了其他劫匪会阻止。而且，恐怕古斯塔夫向同伙灌输了另一个计划。”

“‘另一个’？”

“杀死同伴，就能独占抢来的现金，用跟连环杀人案无关的手法，像杀第一名被害人那样杀人的话，同伴也只得怀疑是外来者作案云云。在路检和巡逻包围下走投无路的同伙，为了独占现金而杀掉同伴——最后引发了悲惨的内讧。谁杀了谁，怎么杀的，如今已不得而知。只知道埃尔默·昆兰射杀了西奥多里克·霍尔登，另外三人因D病毒而变成了吸血鬼。”

多米尼克瞠目结舌。

“红毛，想象力丰富也要有个限度。再说，其他被害人怎么解释？照你的假设，很难想象藏在宅子里的同伙还有余力去杀第二到第五名被害人。”

“是啊。”古斯塔夫露出干笑，“你该不会说他们是我杀的吧。不可能的。那天我到P市的机场时已经过了十一点。正午过后有P警署的搜查员来迎接，进入警署以后，我也一直待在里面，压根没空在市内杀人。还是说，你要指控我利用休息的那一丁点时间出去大开杀戒？”

“你用不着亲自下手，也无须支使劫匪那边的同伙。在推测死亡时间没有不在场证明的相关人员不是还有别人吗？至少有四个候选。”

“玛利亚。”涟声音僵硬地说，“你是想说，不是同一个人犯下四起杀人案，而是有四名模仿犯，他们在同一时间各自杀害了目标，是吗？我以前应该也提过，这个说法存在矛盾。模仿犯没有同时作案的理由。”

“不是的。我是说，有人或许陷入了和德里克·赖利同样的状态，怀抱着吸血冲动和杀戮冲动。”

沉默持续少顷。最先喊出声的是多米尼克。

“你是说D病毒感染者——第二到第五名被害人是自相残杀？！”

“看看那些被害人死时的状况，就知道最后死去的凶手是谁了。”玛利亚抬起右手，开始掰手指，“先排除第二名被害人诺曼·鲁瑟，他被紧紧反绑住了。第四名被害人巴尔托·昂德希尔也排除。就算他能自己爬进行李箱，也没法从外面上锁。第五名被害人哈丽雅特·艾默兹也一样。自己把双手手腕分别系到椅子的左右扶手上这种事，除非是魔术师，否则不可能办到。那就只剩一个人了——第三名被害人凯瑟琳·韦德。只有她挣脱了双臂的束缚。不，是伪装成了挣脱束缚的样子。凯瑟琳杀害了另外三人……最后割开自己的脖子，在浴室迎来死亡。”

“这个说法也行不通，红毛。你要否定赛琳的验尸结果吗？”

多米尼克双目圆睁，“凯瑟琳·韦德可是腹部被捅了啊。不是自己捅的，明显是别人……捅出来的，伤口……”

多米尼克止住了话头。

“想起来了？”玛利亚回道，“D病毒感染者受了致命伤也能动。她多半是遭到了另外三人中的某人的反击，比如诺曼·鲁瑟或巴尔托·昂德希尔。凯瑟琳侥幸扭转了局面，却身负重伤。她意识到自己会死，便回到家，在浴室里自己割开前颈，把菜刀扔到门外，再在浴缸里用皮带绑住了自己的脚。”

“用花洒喷水，是为了清除不自然的血迹？”涟说，“要彻底伪装成他杀，只需把菜刀扔到浴室外面就好。可这样一来，从颈部和腹部淌出的血会落到浴缸外侧。为了冲掉不自然的血迹，她把花洒搭在了浴缸边缘。”

“她为什么不把花洒喷头对准浴缸里面，这事我纳闷了好久。一言以蔽之，是为了把水冲到浴缸内外两侧，之后再放一根皮带到浴缸里，自己在浴缸里躺倒就大功告成。不一会儿，D病毒诱发狂犬病，凯瑟琳跟埃尔默·昆兰一样，迎来了彻底的死亡。差不多就是这样吧。”

“动机呢？”古斯塔夫声音颤抖，“凯瑟琳·韦德有杀害那三个人的理由吗？证明他们认识的证据呢？”

“无差别杀人要什么动机？我反过来问你，二十年前，‘吸血狗’为什么杀死那六个人？有理由吗？能让我们理解的理由？”

没听到回答。玛利亚向神情凝固的古斯塔夫投去冰冷的视线。

“至于认不认识什么的不成问题，凯瑟琳知道那三个人的机会要多少有多少。你事先告诉她就行了。从D病毒实验体清单里筛选出容易杀的对象，用寄匿名信之类的方式教唆凯瑟琳杀人。‘发生杀人案，警方设置路检的日子就是行动日。罪名会由二十年前的杀人狂承担，你也可以放心吸血’——不知道是不是这样的内容，凯瑟琳八成也没全盘相信，但对萌生吸血冲动的她来说，事态在按信上写的发展这一事实，足以摧毁她的理智……

“包括我在内，大家全都让‘吸血狗’的幻影给耍得团团转。既然被害人十年前就被植入了D病毒，那么德里克·赖利潜伏在P市这个前提条件就很值得怀疑了。”

“一派胡言！”古斯塔夫吼道，“弄错前提条件的是你。在烧毁的宅子里发现了德里克本人的尸体，这事你不会忘了吧？”

“嗯，是弄错了。错信了让你准备的德里克DNA样本，以为那是真货。”

古斯塔夫的身体僵住了。

“别小看警方的搜查能力。MD州辖区警署找出了金·罗的住址，从其室内采集到的样本DNA，跟原本判定为德里克·赖利的尸体吻合。你说说这是怎么回事？之所以得出那具尸体是德里克·赖利的结论，是因为其DNA跟你提供的‘德里克·赖利’的样本吻合，可那具尸体的DNA为什么会跟金·罗的完全吻合呢？”

没有回应。古斯塔夫依旧脸色惨白。

——三天前提出的假设是玛利亚布下的陷阱。

红发上司察觉到真相，在古斯塔夫面前鼓吹“德里克·赖利和金·罗调换了”这个假设，诱导他用金·罗的样本冒充德里克·赖利的样本提交。

涟、玛利亚和约翰剥夺了变成吸血鬼的三人的行动能力。

玛利亚开枪打穿了一个人的腿，涟和约翰则攻击了其余两人的膝盖。即便金·罗逃到了宅子外边，他也没法立即离开现场，几乎百分之百会被消防员发现，更别提和德里克·赖利调换了，简直荒诞不经。

然而与“三人变成吸血鬼”这等异常事态相比，涟一行人在宅邸里的行动只是细枝末节。他们没把当时的详细行动告知与搜查无关的人——古斯塔夫。

听说艾琳以前告诉过玛利亚，要通过DNA鉴定确认身份，必须另备一份确定属于本人的“对比样本”。这次只不过是古斯塔夫故意偷换了“对比样本”罢了。

“对走运地收拾掉了劫匪的你来说，案件调查拖太久有百害而无一利。D病毒致人变成吸血鬼的作用都暴露给我们了，要是过去做人体实验的罪行再露馅，就身败名裂了。为使案件尽快收尾，你扑向了我提出的‘德里克·赖利与金·罗交换身份假说’。为了做善后处理，你来到这间实验室，想销毁在P市的案件中丧命的那些被害人的样本。你用金·罗的样本冒充德里克·赖利的样本提交给了警方，所以这里少了金·罗的样本，你想把这事糊弄过去，没错吧？有错就把纸袋里的东西拿出来。拿不出来的话，就跟我们走一趟。你有权保持沉默，也有权聘请律师。”

没有回答。

突然，古斯塔夫的呼吸变得粗重。

他弓起背，身体不住地颤抖。黏汗顺着脸颊淌下来，口水从嘴角滑落。

这是——这个症状是——

“是狂犬病！”涟向周围的搜查员大喊，“快叫救护车，把雅尔纳赫教授保护起来——”

“不，制伏他！”

玛利亚叫声未落，古斯塔夫猛地抬起头，看向伊薇特，张大了嘴。

身体比大脑先动。

古斯塔夫蹬地而起的瞬间，涟使出一记扫堂腿。教授被绊了一跤，趴倒在伊薇特跟前。警察们连忙跑过来，按住古斯塔夫的手脚和躯体，将其双手扭到背后戴上手铐。

“是D病毒。”玛利亚摇了摇头，四处乱翘的红色长发随之摇摆，“他本人也感染了啊……不，是把自己也当成了实验对象。太疯狂了吧。”

警察们小心地按着狂呼乱叫的古斯塔夫，将他带出了实验室。

“教授……怎么会……骗人的吧。”

伊薇特声音发抖，似是难以接受上司的犯罪事实与模样的剧变。

但同情是搜查的大忌。涟公事公办地说：“弗洛金研究员，我们也需要向你了解情况，可以吧？”

※

对伊薇特的问询持续至近深夜，翌日也耗费了很长时间。

没得到什么新鲜的证词。

古斯塔夫屡屡声称出差，长期离开研究室；冷冻库中的多数样本仅古斯塔夫一人知晓详情，他严命任何人都不许触碰；狂犬病特效药的研究近年遇上了瓶颈……任何一项都不足以成为否认古斯塔夫罪行的依据。

“我一年前刚进教授的研究室……倒是跟德里克打过照面，但不太清楚教授过去——都做过什么研究。不……这不是说句‘什么都不知道’就行的事对吧。九条先生，我也会被问罪吗？调查二月十日的案子时，我也在教授手下工作……”

“人为致使被害人感染D病毒以采集样本——基本可以确定古斯塔夫·雅尔纳赫教授十年前犯下了这项罪行。”

抄获的瓶子上的标签编号，笔迹与古斯塔夫的一致。

编号方式也很统一，都是两个英文字母+两位数字+两个英文字母的组合，例如“OS74AZ”。现在明确了“OS”是将第二名被害人诺曼·鲁瑟（Norman Reuther）的姓名首字母“NR”在字母表上往后错一位得来的，“74”是采样年份一九七四年，“AZ”是采样地点A州的简称。

古斯塔夫一行回到MD州前，涟和玛利亚去往国立卫生研究院，在辖区警署的协助下检查了冷冻库里的东西。对经历了P市案件的涟和玛利亚来说，编号的含义一目了然。

“你到雅尔纳赫教授手底下工作时，距离他做人体实验已经过了很久。如果你发觉了教授的罪行却放任自流，自然要被问罪，但听你的说法，我想不太可能。”

警方查抄了古斯塔夫的实验记录和笔记本，确认过其中的内容，没发现明示与伊薇特存在共谋关系的记述。辖区警署逐渐形成了统一的官方论点：她只是在一无所知地协助研究。

“这样啊。”伊薇特垂下头，无力地咕哝，“教授会……怎么样？”

“目前还无可奉告。我明白你很难受，不过还请做好心理准备面对最坏的结果。”

安慰归安慰，古斯塔夫已无药可医。使他发病的是D病毒，

倘若D病毒如鲍勃所推断的那样，会引发潜伏期很长的狂犬病，那么在症状显现出来的如今，他凶多吉少了。

伊薇特紧紧咬住嘴唇。

※

伊薇特·弗洛金从漫长的问询中解脱，走出警署之际，夜幕已然降临。

凛冽的风拍打着她的脸颊。这里的天气与温暖如春的P市、气候温和的C大学迥异。考虑到时值北半球的二月，这么冷倒也正常——可发生的事情太多，令人应接不暇，她对季节的感知都要麻痹了。

论应接不暇，昨晚也不亚于P市发生连环杀人案的二月十日。在C大学和艾琳谈完联合研究，乘飞机抵达MD州时，她怎么也没想到会有那样一场惨剧在实验室等着自己。

也不知教授怎么样了。

自他被带走以后，她一次都没见到过他。他现在病情如何，送到了哪家医院，警方也不肯透露一星半点。

只是——黑发刑警虽未明言，但那副口吻无异于宣告教授“时日无多”。没轻飘飘地安慰她“没关系，肯定能得救的”，倒是挺诚实。

日常关照自己的上司游走在生死边缘，明明该感到悲伤，她却流不出一滴眼泪。意识的天平现在反而倒向了德里克的死亡被推翻这一事实。

本以为是德里克的尸体其实是金·罗——那德里克本人跑哪儿去了？警方到最后也没给出答案，也许是至今仍未能找到他的下落。

怎么办……他现在在做什么？伊薇特内心躁动不安。

她坐进爱车，开往卫生研究院。虽然累得不行，想早点回家，可工作场所的情形让她放心不下。

研究室一片遭盗窃团伙洗劫过般的光景。

负责监视现场的警察不在。带门的书柜通通大敞着，古斯塔夫教授的办公室桌上、抽屉里的文件也尽数被拿走了。

实验室也差不多。器械倒是还留着，样本柜和冷冻库则都空了。这边的柜子也敞着门。警察好像都不懂随手关门这项基本礼节。

不见研究室成员的身影。据门口的保安说，他们一次次被搜查员喊去问询，顾不上工作了。

她后知后觉地意识到，昨晚进研究楼时，保安很紧张，大概是因为有警察在埋伏。

伊薇特提不起劲收拾屋子，离开了实验室。

从卫生研究院回家的路上，伊薇特手握方向盘，瞥了后视镜一眼。

没有警方车辆尾随的气息……那个黑发刑警打算留在 MD 州继续调查吗？银发刑警和红发警监自昨晚古斯塔夫被带走后就没露过面，不知是先一步回 A 州了，还是去接诊古斯塔夫的医院了。

自己受到了何种程度的怀疑？对警方来说，她身为古斯塔夫的助手，是不折不扣的重要关系人。之后可能还要再接受问询。失去上司和工作，末了还要遭警察纠缠不休的未来，她想都不敢想。

打住。别再想烦心事了。

现在只想着尽快回家就好。说来自从德里克逃走以后，她的身心就没得到过充分的休息。

伊薇特叹了口气，打开车载收音机——

喇叭里传出音乐，她跟着节奏哼起歌来。

到家是在几十分钟后，晚上七点。

带庭院的独栋房屋，一个人住有点大，不过在卫生研究院通勤范围内算是理想的住宅。

她反手关上玄关门，锁门并挂上门链。

走进客厅，只见白毛爱犬一如往常在地毯上蜷成一团。

刚开始养的时候，它还特别小，能用双手轻松抱起来，如今大了好多，躺下能拿它当抱枕把头埋进去。

去 A 州之前，她将爱犬寄养到了熟悉的宠物店，今天接受问询前才终于领回来。抛下它好几天，她有些担心它会不会情绪不好，不过看样子它很听话。

“我回来啦。”

听到伊薇特的声音，小狗抬起头来，发出撒娇的叫声。“真乖真乖。”伊薇特抚摸了一会儿它的头和脖子，随后把狗粮倒进塑料盘里。小狗迫不及待地一头扎进盘子。

“别着急，有的是呢。”

她往另一个盘子里倒上水，放到狗粮旁边。小狗伸出舌头，慢条斯理地从盘子里舔水喝。

待到爱犬的一举一动令内心平静下来，伊薇特离开客厅。不知他还好吗？

她拐过走廊，沿着通往地下的楼梯往下走。墙上没有窗户，不用担心有人窥视。

下到楼梯尽头，便见一扇带锁和门闩的门。

伊薇特从上衣内兜里掏出钥匙开锁，小心翼翼地抬起门闩，打开门走进去。

来到一间宽敞的地下室。

混凝土墙面上贴着砖块图案的壁纸，地上铺着地毯。门对面最里头是沙发和桌子，以及一张床。门这边的墙边配备有开放式厨房和冰箱。

他坐在沙发上。

纯真的眼睛注视着这边。伊薇特快步跑过去，用双臂环住他的身体。

“对不起，我来晚了。”

“我没事。”他在耳畔呢喃。伊薇特心头一颤，紧紧抱着他的胳膊更用力了。

“我这就准备晚饭，稍微等会儿。”

她不舍地放开胳膊，与他对视，说道：“没关系，我们不会再分开了……我会永远和你在一起。”

他莞尔一笑。无须语言，一个温柔的笑容就足以让她心领神会。

她走向开放式厨房，打开旁边的冰箱。里面放着装有切好的肉和蔬菜的塑料容器。她没在这里的厨房放菜刀，太危险了。

今晚做鸡汤吧。就在向容器伸出手的那一刻，她听见了门铃声。

怎么偏偏在这种时候？伊薇特关上冰箱，留下句“抱歉，等我一下”便出了门。她锁上门、挂上门闩，回到一楼，凑到玄关的猫眼往外看。

门外是一张熟悉的脸——红发美女玛利亚·索尔兹伯里警监。

“伊薇特？在家吗？”

玛利亚边按门铃边喊，穿旧的制服外面披着件磨得破破烂烂的外套，在寒风里一脸惨相地缩着肩……她还在 MD 州啊。明知伊薇特一小时前还在警署接受问询，此番登门又有何贵干？

无奈客厅的灯光从窗户透了出去，没法假装不在家。伊薇特没取下门链，只把玄关门打开一条缝。

“玛利亚小姐……晚上好。那个……”

“抱歉大晚上的来找你。古斯塔夫陷入昏迷了，弄不好挺不过今天。你现在能来医院一趟吗？”

“欸？”并非装出来的惊讶声音脱口而出，“教授他……怎么会……”

“我们想找找法子获取古斯塔夫的证词。假如他能暂时恢复意识，也许会在你面前吐露点什么。我明白这对你很残忍。能帮帮忙吗？”

看这架势，不是一句“正要吃晚饭呢，以后再说吧”就能打发走的。“我准备一下。”伊薇特暂且把门关上，急匆匆地返回地下室门前。

“不好意思，有警察来了，说雅尔纳赫教授病危……我去去就回。”

她隔着门呼唤他，依稀听见一个微弱的声音道“注意安全”。

伊薇特恋恋不舍地走上楼梯，整理好行装，又对待在客厅的爱犬说了声“在家要乖乖的哟”，随后取下门链。

“久等了。我们是——”

“要去哪家医院”还没问出口。

玛利亚扬起嘴角，投来猎人般锐利的视线，宛若红宝石的眼眸放出光芒。

“你就是这样把他们骗出来的吗？”

玛利亚抓住门，一把拉开。大批警察蜂拥而入，其中还有穿军服的士兵。

有几人走向通往地下室的楼梯。“别过去！”伊薇特试图阻止，却被从背后抓住了肩。

“老实点。现在再抵抗也是徒劳——全都是你干的吧，伊薇特·弗洛金。”

※

都这会儿了，伊薇特仍挤出干笑。

“你在说什么呢……怎么突然——”

“别装傻。”玛利亚逼视着伊薇特，“我们已经知道个八九不离十了，无论是你的罪行，还是你在这里窝藏的……”

伊薇特的表情僵住了。紧接着，玛利亚外套兜里的无线电对讲机传出夹着杂音的说话声。

“已切断地下室的锁。抓住他了。未见抵抗意图。”

“OK，约翰。把他带到这儿来。我猜他不会发狂，不过还是小心为妙。”

“明白。”

通话中断了。少顷，一个身穿黑色室内便服的青年由警察和军服士兵左右押着沿楼梯走上来。

头发和衣服都干净利索，外表看起来相当年轻。平凡却沉静的面容，与前些天被安排看到的脸部照片给人的印象相去甚远。

“你在这儿待着哪。难怪搜遍整个P市都找不着。”

“别碰他！”伊薇特的微笑假面裂开缝隙，“你们……你们有什么权限……”

“我还想问你呢。他是谁？你珍重地关在地下室的这个男人是谁？”

没听到回答。身穿军服的约翰一脸困惑地从青年背后走了过来。

“玛利亚，他真是那种情况吗？细瞧确实跟照片上的人很像，可——”

“瞧不瞧的都无所谓，验个指纹立马水落石出。不知该不该说是初次见面，‘吸血狗’——不，德里克·赖利。为严谨起见，你能亲口做一遍自我介绍吗？”

“不可以说话！”

许是伊薇特的制止起了作用，青年只是看向玛利亚，没有开口。

“请你们回去。他是我……重要的家人。擅自闯进去，把他从房间里带出来，还用奇怪的名字喊他，太蛮横了……当心我起诉你们。”

“请便，随时奉陪。我们也不是无凭无据就来硬闯。”

“……刚还骗我说教授病危呢，真是大言不惭。”

“古斯塔夫处于昏迷状态是真的。为了在他恢复意识时撬开他的嘴，我们打算带你去医院也是真的。只不过，是要在给你戴上手铐之后。”

如何让伊薇特放松警惕，自行取下玄关的门链，是此次强制搜查的一大难题。

毕竟是犯下那般惊人罪行的作案者，过分表现出怀疑或装作毫不怀疑都会引起戒心。恰到好处地问询，做闯入准备、寻找时机，都颇费了番功夫。

"法律上的手续都办完了。"涟从玛利亚身后走上前来，规规矩矩地高举搜查令，"抓捕下落不明的德里克·赖利；搜索能表明运钞车抢劫案及P市前几日发生的连环杀人案之间关联的证据……从头到尾念一遍也可以。"

"你们……想说我做了什么？"

"全部。原以为由德里克·赖利犯下的罪行，通通是你亲自下手或者暗中操纵的。放德里克从卫生研究院逃走、把运钞车劫匪逼上死路，都是你干的好事。我没说错吧？"

"你……你在胡说什么啊？"伊薇特露出仿佛惊愕到极点的表情，"德里克今年三十七岁。再看看他，像三十多岁的样子吗？"

约翰从地下室擒获的青年，外表看起来顶多二十岁，即便是打扮得年轻了点，这也太夸张了。不同于脸部照片，一头短发打理得整整齐齐，也没留胡子。

然而——流露着正常心智与淡淡悲哀的眼眸与照片上如出一辙。

"感染D病毒的小鼠比普通小鼠寿命更长。这是雅尔纳赫教授说的。"

听了涟的话，伊薇特不吭声了。

玛利亚继续道："刚听说的时候，我还以为单纯是指上了岁数、变得皮包骨也能活下去，实际则稍有不同。延缓感染者的衰老——这才是D病毒延寿效果的本质。"

回想一下，P市的被害人有很多都比实际年龄显年轻。

譬如第二名被害人诺曼·鲁瑟，法令纹比同龄人要浅，脸上也没长斑，看着不像四十七岁的人。第三名被害人凯瑟琳·韦德也是，桌上摆的七年前的照片和一年前刚更新过的驾照上的照片相比，容貌几乎没什么区别。六十多岁的哈丽雅特·艾默兹亦然，皮肤光润，皱纹也少，看上去比实际年龄要年轻。

例外的是第四名被害人巴尔托·昂德希尔，他感染大概是在十二岁的时候。D病毒的效果是抑制老化，而非完全遏止儿童成长吧。德里克·赖利就是个现成的例子。

德里克留长发、蓄胡须，多半是古斯塔夫的意思，为了向外人隐瞒他的年轻模样。

"而且我刚才也说过了。压根用不着争论什么外表年龄，验个指纹立马就知道是不是德里克本人了。你要怎么辩解？"

伊薇特没回答。

涟接话道："你进入国立卫生研究院后，避开其他研究员，偷偷跟德里克接触，引导他逃走。保安制服被扒，所以大家以为德里克乔装逃到外面去了，其实不是这么回事。他逃到了你的汽车后备厢里。只要事先告诉他车牌号和停车地点，行动前把后备厢的锁打开，让德里克藏身不是难事。德里克关在卫生研究院是机密事项。警方出动得晚，恐怕也在你的算计之中。你若无其事地把德里克带出卫生研究院，藏到了自己家里。"

"你们说全是我做的是吧？"许是意识到藏匿德里克的事实已无从辩解，伊薇特从别的角度发起反击，"那P市的案子又怎么讲？把那些人全杀掉这种事我可办不到。因为那天，我……我和教授一直跟你们，还有P警署的搜查员们待在一起。是被害人自相残杀——教授促成了这一切，玛利亚小姐，这不是你说的吗？"

"那个假设被涟批得体无完肤。"

尽管是为了诱使伊薇特疏忽大意，捏造天大的罪名安到凯瑟琳·韦德头上还是令人痛心。

而折磨玛利亚精神更深的，是涟毫不留情的反驳。

（你说她腹部被捅也能动，可既然创伤严重到足以鉴定为致命伤，出血量应该也很大，不是吗？按说应该从她被捅的现场和用来代步的汽车内部检测到她的血液才合理……）

受涟指正之处还远不止这些。即便如此，为求尽早解决，她还是硬着头皮把戏演到了最后。

“还有，你的不在场证明早就被推翻了。多亏赛琳和鲍勃。”

伊薇特的脸失去了血色。

“目睹了宅子里三人的吸血行为，再加上第五名被害人的变故，我误以为D病毒致人变成吸血鬼的作用会在‘宿主受了致命伤后’，即‘宿主的心脏停止跳动后’也持续存在。但事实并非如此。宅子里的劫匪在变成吸血鬼之后，颈部仍在流血。换言之，他们的心脏还在跳动。心脏跳动，血液便会在体内奔涌，血液流动期间也就不会出现尸斑。肺里的氧气被输送到肌肉中，生成三磷酸腺苷即ATP。肌肉活动时，ATP分解，发热，产生体温。”

查验第二名被害人的尸体时，赛琳告诉玛利亚，尸斑就是血液停止流动后生成的血液沉淀。

变成吸血鬼的被害人并非“死后肌肉仍被输送电信号”，而是“受了致命伤后还活着”。

包括玛利亚在内，所有人都想偏了。不仅牵动受了致命伤的肉体，还维持着宿主呼吸中枢的机能，这才是D病毒致人变成吸血鬼的本质。

话说回来，再怎么惊人的机能，若受了致命伤也难以为继。

“赛琳在初步检验中估算的死亡时间，是以尸斑和体温为基础。”涟补充解释道，“可那并不是被害人受到致命伤的时间。严谨来讲，那是被害人的心脏完全停止跳动的时刻。”

倘若前颈被割开，大量失血，哪怕D病毒维持着心脏的跳动，也会因血流不足而无法向全身输送氧气，导致ATP的合成停止，不久后心脏也会由于ATP不足而停止活动——这回便迎来了彻底的死亡。

只有第五名被害人哈丽雅特·艾默兹前颈伤口较浅，真正致命的是胶带封住了口鼻，不过直至死亡的过程是一样的。虽然供氧受阻时血液仍会继续循环，但身体很快就不再有足够的氧气维持呼吸中枢和心脏运转，陷入ATP不足的状态了。

不同的是，哈丽雅特的出血量比其他被害人少，这造成了死后举动的差别。

“揭下胶带，空气经由呼吸道进入肺部后，氧气扩散到了血液中，就好比往一杯水里滴颜料，用不着搅拌，过段时间颜料会扩散至整个杯子。然后，ATP主要在上半身合成——经由少量免于坏死的神经细胞，D病毒发送的电信号操纵肌肉活动，袭击了赛琳。”

然而这只是一时的。哈丽雅特的肉体已然奄奄一息。她咬了身边的赛琳一口，没过多久就到了极限。

其他被害人则不同。体内的血液在减少，神经细胞供氧不足比哈丽雅特更快。心脏停搏的时候，神经细胞已经彻底坏死……

“总而言之，最重要的是——D病毒感染者从遇害到‘完全死亡’，可能会有相当长的时间间隔。被害人的真正遇害时间，比初检估算的死亡时间要早得多。不是二月十日白天，而是第一名被害人遇害那会儿乃至更早之前，恐怕是二月九日晚上。

在接二连三发现尸体的二月十日当天，五起无差别杀人案早就结束了，那二月十日的不在场证明就毫无意义。在各个作案现场附近都没问出推测死亡时间前后的目击情报也是理所当然。凶手是在更早之前——不易被人发现的夜里作案的。”

第二名被害人最后一次被目击，是在二月九日十九点。第三名被害人是同日十九点出头，第四名被害人则是二十一点左右。第五名被害人本就和邻里没交集，二月九日和十日的动向都不明确。没有确凿的证据能证明这些被害人活到了二月十日。

赛琳估错死亡时间也情有可原。玛利亚想到D病毒会令宿主的肉体持续存活，是在第五名被害人的验尸结束后。

不，恐怕赛琳没犯任何错误。

查验尸体时，赛琳说了好几遍“准确死亡时间要等解剖结果”之类的话。

现在玛利亚明白了，这是因为尸斑和体温跟除那以外的尸体现象有出入。

眼球是一大根据。这也是赛琳告诉她的，人死后不再眨眼，眼球会变得干燥混浊。

——详细鉴定等拿到眼科就诊记录和解剖结果再说。

赛琳遭第五名被害人袭击而住院后，托付给鲍勃的课题之一，就是估测尸斑与眼球的死亡现象有多少出入。

鲍勃没有辜负赛琳的期待。将尸斑从判断依据中排除，再结合解剖结果做精密查验，最终得出的各被害人推测死亡时间，比当初的估算要早半天以上。

“这样啊。”约翰挤出声音说，“凶手对一大半被害人进行捆绑，不是为了模仿二十年前的无差别杀人案，而是为了封住被害人的行动，引发能量枯竭。D病毒感染者不是光靠施加致命伤就能杀掉的。使其身体完全停止活动的手段之一，就是割开颈部放血。如果被害人在此期间四处走动，踩到血泊留下脚印，致使血迹以不自然的形状漫延，就有遭人发觉‘被害人死后也动了’这种可能性的风险。所以才必须绑住被害人——”

他们不是没变成吸血鬼，而是已经变完吸血鬼了。

“第四名被害人也是同一个道理。虽然手脚没被绑住，但他被塞进了行李箱。凶手给他穿上滑雪服，在箱底垫浴巾，都是为了尽可能盖住被害人身体能量耗尽前拼命挣扎的声响。”

好像听见天花板上有动静——楼下的第一发现人做证说。时间是二月十日正午出头，在赛琳估算的死亡时间范围内。

“不过也有例外，比如第三名被害人凯瑟琳·韦德。凶手绑她绑得比其他被害人松一些。要是把所有被害人都绑得紧到动弹不得，警方注意到捆绑行为有实际用途的可能性就更高，凶手是有这种戒备心理吧。替代手段是冲水。凶手试图通过把血泊冲掉，来掩盖‘被害人死后尸体也一直在活动’的事实。让水也流到浴缸外边，是怕尸体爬到浴缸外或血流到浴缸外而上的保险。脱掉她的衣服，估计也是出于同一个理由。从血渗进布料的方式、衣服起褶的方式中，也许能推测出被害人失血后四处大闹的情形。凶手惧怕这一点，打了安全牌。

“被害人的家门有的锁着，有的没锁，大概是为了调整发现尸体的难度。第二名被害人诺曼·鲁瑟的尸体，透过窗帘缝隙很快就得以确认。第五名被害人哈丽雅特·艾默兹也是。而第三名被害人凯瑟琳·韦德的尸体在浴缸里，从外面没法直接看见。第四名被害人巴尔托·昂德希尔住在公寓的较高楼层，外人难以隔窗查看。为了让发现人直接确认尸体，凶手打开了他俩家门的锁。”

“可是，玛利亚。”约翰插嘴问道，“如果遇害后心脏仍继续跳动，割开颈部时不会流很多血吗？那可就不只是血泊那么简单了，会血流成河吧。”

“倒也不能说这么死。就说第二名被害人诺曼·鲁瑟吧，流的血确实很多，但血没溅到天花板上和墙上，对吧？正如赛琳的推断，诺曼在颈部被割开时，心脏已经停跳了。这说明身体能量还没耗尽的D病毒感染者，也会有心脏停跳的时候。”

“心脏停搏的时候，是‘身体刚遭到杀害之后’？”

“恐怕是。”涟回答，“玛利亚说感染者死后心脏仍继续跳动，而严谨的说法是‘一旦宿主的心脏停搏，D病毒就会察觉到危机，重启心脏’。”

支配心脏的神经细胞停止活动，不再分泌神经递质。D病毒抑或感染了D病毒的脑细胞感知到这一点，便控制其他神经细胞代为驱使心脏跳动——这就是艾琳·蒂利特提出的假说。

“D病毒的宿主从心肺停止到心肺复苏，有一定的时间间隔。被害人恐怕就是在这个间隙被割开脖子的。还有其他依据能证明时间间隔的存在。劫匪之一埃尔默·昆兰的尸体上有被勒脖子的痕迹。”

今天从早上起就不对劲。脖子上出现了奇怪的痕迹——

“劫匪进入P市据推测是在二月九日。从记述的上下文来看，‘今天早上’是指次日二月十日早上。也就是说，埃尔默在那之前，夜晚在宅子里熟睡的时候就遇害了。凶手不大可能不去确认埃尔默还有没有脉搏。绞杀有对方装死的风险。可埃尔默是在好多个小时以后，二月十日晚上才在石山丧命。”

——脑细胞会在失去氧气供应的几分钟后开始坏死。

玛利亚想起赛琳的讲解。反过来说，只要在“被杀”后的几分钟内心肺恢复运转，被害人就能再动起来。

“好了，伊薇特，可否问你个问题呢：二月九日晚上，你人在哪里，在做些什么？听研究室的人说，自从德里克逃走以来，你打着接受问询之类的旗号和古斯塔夫一起四处奔波，二月九日上午在研究室露了个脸后就再也没出现过。”

“我在收集关于德里克的资料、做离家的准备。不知道德里克会在什么时候、什么地方又引发二十年前那样的悲剧啊！为防万一，有很多事得做。到了二月十日，得知P市的案子后，我连忙——”

“撒谎。”玛利亚断言，“你在二月九日就先古斯塔夫一步从MD州飞到了P市，挨个儿去找被害人，连续行凶。”

想来她是提前准备了多米尼克所说的“被害人候选名单”，掌握了每个人的生活模式。

当然，到了目标住宅后才发现有意外来客，这种可能性也不为零。不过，若是看见院子里停着别的汽车，或是听到门窗里传出欢声笑语，便能察觉有其他人在，此时只要从名单里另选目标就行。事先打电话确认有无来客也是个办法。

——想找人聊聊，就在八点半左右给她打了个电话。

——可惜她当时正跟别人通话呢。

这是第三名被害人凯瑟琳·韦德的同事的证词。同事以为她在跟女儿聊天，实则是伊薇特恰巧在那时正往凯瑟琳家里打电话试探。

得知目标一个人待在家里，接下来就好办了。只要有国立卫生研究院的身份证明，即可搬出被害人十年前住院的事实，再编个“我们怀疑当时发生了院内感染，能请您协助调查研究吗”之类的借口登门拜访。一旦成功让对方取下玄关门的门链，要做的就只剩立刻扑上去袭击了。

伊薇特是年轻女性，又有一副温顺的外表，不难想象她可以轻易让对方放松警惕。

作为最后一道流程，伊薇特找到了最容易下手的第一名被害人，将其杀害，引古斯塔夫上钩。

“我是怎么做到……在整个P市到处乱窜的？”伊薇特喘息着还嘴，“没有车的话，几乎不可能在各个被害人的住处间移动。你该不会要说我租了车吧？”

“也许是用假名租的。”

听到“假名”这个词，伊薇特的肩膀抖了一下。

“还是说，你和劫匪一样，找地下掮客准备了车？”

“什么意思？你是想说……我跟他们有联系？”

“没错。那帮劫匪感染了D病毒，而你是古斯塔夫的助手。想想古斯塔夫的所作所为，足以怀疑你跟他们的关系。根据古斯塔夫想处理掉的样本标签——‘UI82MD’‘TN83MD’之类的——来推测，劫匪们顶多是一两年前在MD州附近被人为感染的。能在这个时期、这个地点准备出D病毒的案件关系人有限，要么是古斯塔夫，要么是你。他们早在上初中时就被德里克传染的可能性也不是没有，但很难想象德里克一个人能给全部五个人弄出会感染D病毒的伤。假如发生了那样的事件，当时的媒体必然会加以报道，来说明‘吸血狗’的凶狠。你身为古斯塔夫的助手，有机会和他们接触。再说得具体些，你也和他们一样，有利用地下掮客的可能。让劫匪感染，是打算杀掉他们，伪装成‘吸血狗’干的吗？”

直至二月十日的藏身处也不成问题，乔装后用假名订个旅馆也好，找个短租公寓也罢，总之跟车一样搞定了。

在多米尼克的指挥下，P 警署的搜查员正在市内对伊薇特二月九日至十日的行动轨迹展开地毯式调查，想必很快就会出结果。

“血口喷人。”伊薇特抬高了嗓门，“你有什么证据这么说？”

“有啊。你二月九日人在 P 市，我们有确凿的物证能证明。二月九日晚八点半，有人用商场里的公用电话打电话到第三名被害人凯瑟琳·韦德家里。从那部公用电话里发现了沾有指纹的硬币。我们尝试找凯瑟琳在商场的同事取证，扑了个空。那个电话是谁打的呢？”

“你想说是我打的电话？这不可能，绝对不会有我的指——”

“我没说有你的指纹。是有你寄养宠物的 MD 州那家宠物店店员的指纹。”

戴眼镜的助手僵在原地。

——这是多米尼克的调查成果。

找到伊薇特光顾的宠物店，获得许可后采集店员的指纹，与从公用电话里回收的硬币上的指纹做比对，并从店员嘴里问出，伊薇特在二月九日——P 市发生案件的前一天，到店里寄养了宠物，当时戴着手套。

“另外，我们还找到了将你和劫匪联系在一起的证据。二月十日上午十点，劫匪藏身的宅子和市内的公用电话之间有过通话。从公用电话里发现了一枚完全没沾指纹的硬币。我让艾琳帮忙查了下那枚硬币，结果从硬币表面检测出了皮肤细胞——细胞的 DNA 跟你的吻合。”

伊薇特发出喘息。

“你料到警方会调查通话记录，自以为采取了有效的应对措施，可还是搞砸了。你是不是用擦汗的手帕擦了硬币？肯定是手帕上附着的皮肤细胞在那时沾到了硬币上。你知道凯瑟琳的电话号码，也知道劫匪藏身处的电话号码。为了打探他们的动向，你避人耳目用公用电话打过去，却犯下了投入沾有证据的硬币这个致命错误。”

给凯瑟琳打电话的时候没擦指纹，大约是为了尽可能淡化犯罪气息。倘若有人在二月九日晚上用擦除指纹的硬币打电话到被害人家里，警方没准会怀疑凶手有可能在二月九日就去了凯瑟琳家……话说回来，擦不擦指纹，结果应该都一样。

“不，等等。”约翰问道，“她跟劫匪牵扯在一起，对双方有什么好处？不是只会背上将罪行暴露给对方的风险吗？”

“西奥多里克·霍尔登似乎筹划着在国外创业。”黑发下属回答，“他是考虑到弗洛金研究员的知识到时可以派上用场吧。只是不知道她有没有如实阐述自己的研究。西奥多里克·霍尔登也许是打算用抢劫运钞车得来的资金拉她入伙。另一边，弗洛金研究员也暗怀心思去接触劫匪，以便完成自己的犯罪。”

“她利用了劫匪？在他们的据点藏身，用他们的轿车东奔西跑杀害了那些被害人？”

“这个选项也不能说没有，不过她八成没跟他们所有人都碰面。所谓接触劫匪，应该也仅限于一部分人。如果跟所有人都混成脸熟，要是有个什么万一，只会增加自己和他们的关系暴露的风险。与其说伊薇特利用了劫匪，不如说她是打算把他们困在那栋宅子里。埃尔默在便笺本上写到有人把汽车弄爆胎了。劫匪疯了才会毁掉代步工具。是知道宅子电话号码的伊薇特封锁了他们的行动，这样想更合逻辑。恐怕二月九日晚上，杀完其他被害人，她就立马过去了。”

伊薇特既然能利用地下掮客，能拿到宅邸钥匙也不足为奇。

宅邸两个街区外有个公园。二月九日晚上尚未设置路检，巡逻也还没加强。即使把代步汽车大剌剌地停在公园里，被警察发现的风险也很低。若只是潜入宅邸，把劫匪的汽车弄爆胎再回来，充其量二十分钟就能完事。

“报告上是说右前轮换成了备胎来着。可划破轮胎是图什么？阻碍他们逃亡？那把四个轮胎都划了不就得了。光划一个只能拖延一点点时间。”

“你说得没错，拖延一点点时间而已。但对伊薇特来说，这是必要的布局。还记得鲍勃的验尸报告吗？在宅子里烧焦的三人胃里检验出了亚砷酸。”

“嗯，杰拉德验尸官猜测劫匪围绕分赃问题起了内讧——”约翰的表情僵住了，“不，‘起内讧’的假设说不通。从一开始，抢劫运钞车的计划就是以舍弃其他四人为前提制订的吗……最后死去的埃尔默也被勒了脖子。”

“是谁策划的就不用说了吧。”

劫匪的领导者，唯一一个既没摄入亚砷酸，也没被勒脖子的人——西奥多里克·霍尔登。

之所以只有埃尔默被勒了脖子，大概是因为亚砷酸如鲍勃所说是下在酒里的。从埃尔默的尸体里既没检验出亚砷酸，也没检验出酒精。他多半是不能喝酒才逃过了毒杀。西奥多里克迫不得已，勒死了埃尔默。

“那帮劫匪藏进P市的宅邸，也在西奥多里克的计划之中。他是想让其他四人放松警惕，一口气干掉他们。如果不是一开始就打算下杀手，不会准备毒药这种东西。问题是在那之后。杀害了同伴的西奥多里克从宅子里逃走，去往别处藏身的可能性不低。为了暂时限制西奥多里克的行动，伊薇特划破了右前轮胎。”

仅一个轮胎爆胎的话，还有换备胎的选项，只是得花点时间。而若把轮胎全弄爆，相当于彻底剥夺逃跑手段，会增加其情绪爆发的可能。

西奥多里克的计划老早就全泄露给了伊薇特。埃尔默轻率地把抢劫计划概要记到了便笺本里。伊薇特也许是趁他看病换衣服时拿走了便笺本，抑或装作患者靠近他，从他兜里掏走了便笺本，偷看了里面的内容。

“到了二月十日早上，警方设置路检并加强巡逻，劫匪就不敢轻举妄动了。能拖延时间到那会儿足矣。”

约翰点点头，继而将眉头皱得更紧。“可他们感染了D病毒，有那么容易杀死吗？”

“当然不可能了。西奥多里克没能成功杀死同伴。那四个人复活了——说不定他们都没注意到自己死过一次。”

只有埃尔默看见了脖子上的勒痕。便笺本里也写到了这点。

今天从早上起就不对劲。脖子上出现了奇怪的痕迹——

其后的记述没提有同伴对“奇怪的痕迹”起疑，估计他是穿高领毛衣盖住了脖子上的痕迹吧。也许西奥多里克哄骗他说那是“别人的恶作剧”。

然而西奥多里克内心恐怕比埃尔默更不知所措。

“埃尔默在二月十日早上之前被勒了脖子，说明另外三人要么是跟他同时，要么是在更早的时候就被下了毒。站在西奥多里克的角度来看，比起干掉埃尔默一个人，趁大家松懈之际一次解决一大片更轻松。可惜事与愿违。根据埃尔默的记述，他们被割开前颈死亡是在二月十日早上之后。在疑似被下毒的二月九日晚上，谁都没死。本以为杀掉了的同伴若无其事地起床，再加上——这也是埃尔默在便笺本里提到的——汽车轮胎不知何时爆胎了，警方和空军还联合在P市全市实施了戒严。走投无路的西奥多里克并没有放弃杀害四人的计划，而是下定决心这回要确确实实地杀死他们。”

“手段就是‘割开前颈放血，阻断能量供应’啰。”涟接过玛利亚的话头，“是在二月十日上午十点的电话里被弗洛金研究员诱导了吧。宅邸外发生了和二十年前相似的案件，这个事实应该也推了西奥多里克·霍尔登一把。使用同样的方法杀人，就能让同伴怀疑是外人作案，再说，他怎么也想象不到，居然会有人脖子上开个口子大量失血还不死。”

要是他在二月九日晚上就用手枪打爆四个人的头——破坏掉盘踞着D病毒的脑部，或许案件会呈现出截然不同的发展。

而实际上被爆头的仅西奥多里克一人，而且他胳膊上没检测出硝烟反应。只能认为他手边没有手枪。原委全靠想象——也许他为了向同伴表示自己不会背叛他们，把手枪交给别人保管了。

当然，他多半采取了预防措施，比如让保管手枪的人卸下弹匣，以免其做出愚蠢的举动。他应该是盘算着杀死四人后，找机会拿回手枪和弹匣。

谁知D病毒导致的吸血鬼化打乱了他的算盘。

亲手杀掉的同伴一个接一个复活，西奥多里克找不到时机，只得暂且放弃拿回枪械。论人数是一对四，对手尽是死也死不了的人。就算强行夺回枪，也寡不敌众——他会有这种错误的想法也很正常。

倘若具备关于吸血鬼化的正确知识，就能得出“直接破坏心脏”这个解答，可二十年前的被害人中，没有心脏受伤的人。

割开前颈这个过往成功案例，成了对西奥多里克而言的最佳范本。

玛利亚等人赶到宅邸时，变成吸血鬼的三人没被绑着。西奥多里克恐怕到最后都不知道，要消灭吸血鬼，捆绑是必需的。

宅邸内具体上演了怎样的惨剧只能凭想象了。西奥多里克弄伤自己的脖子，装成被害人令同伴大意，干掉了金、苏珊娜和伊尼戈，却没能拿回手枪或弹匣，之后遭到埃尔默的反击，被打飞了半个脑袋。

虽然西奥多里克自己应该也感染了 D 病毒，但他整个脑部都遭到破坏，无从变成吸血鬼。

“可我搞不懂，伊薇特·弗洛金是从哪儿得到关于 D 病毒吸血鬼化作用的知识和经验的？她和雅尔纳赫教授一起做了残忍的人体实验吗？她进卫生研究院才一年，能参加那种实验吗？”

“经验她可积累了不少。在进入卫生研究院之前——甚至早在二十年前，她就经验丰富了。”

漫长的沉默。

伊薇特全身僵直。

“玛利亚，这到底是怎么……”约翰问到一半停住了，“原以为是德里克·赖利犯下的二十年前的无差别杀人案，其实也是她干的吗！”

“是啊。”玛利亚重新转向她，“是吧，伊薇特？不，这会儿也该用真名叫你了，赫斯特·赖利。”

“赖利？”约翰疑惑地叫出了声，“难不成——”

“就是这么回事，约翰。她是德里克·赖利那个大家都以为死了的妹妹。德里克没杀任何人，他妹妹才是真正的‘吸血狗’。”

※

“赫斯特，昵称赫蒂。德里克的妹妹和恋人称呼一样呢。也许他对恋人产生关注的契机之一就是‘昵称和妹妹一样’。”

此前一直静静伫立的德里克肩膀颤了一下。

“太荒谬了。”约翰依旧一脸难以置信的表情，反驳道，“德里克·赖利的家人，在二十年前的案子之后全都死了啊。”

“他父母如你所说已经死了。”涟回答，“但经过调查，关于他妹妹——赫斯特·赖利的死尚存在疑点。德里克被捕后，她先后由儿童福利机构和养父母收留，距今十八年前爬山时坠落山谷，掉进河里死亡——人们是这样认为的。可发现尸体是在事发一年后。尸体已经化为白骨，牙齿也走形了，没能做准确的身份鉴定。资料上说，最后只好靠残留的衣物和养父母的证词来判断尸体身份。”

“她杀了个人用作替身？可是德里克·赖利的妹妹比他小两岁，现在应该三十五岁了。弗洛金研究员不像这个年龄——”约翰一顿，又苦涩地接着说，“D病毒会抑制衰老……”

让她看起来只有二十岁左右的姿容给骗了。自从意识到延寿的真相，玛利亚脑子里就冒出个疑问——伊薇特的实际年龄会不会并非外表看上去的那样。

为避免引起她的戒心，他们没在问询时直接问年龄，而是暗中推进调查。

倒是从国立卫生研究院调来了伊薇特的简历，可惜U国本来就没有在简历上写年龄的习惯，也不限制记述内容。简历没能成为锁定她实际年龄的决定性一击。

结果，得以确认她和赫斯特·赖利基本同龄，是靠陆路交通局保管的驾照签发记录。

“我一直都没弄明白，德里克是在哪儿、怎么感染D病毒的。赖利家养的狗是从正规饲养员那里购买的，想必好好管教过，也接种过疫苗，按说他没机会感染D病毒。可能是被别的狗或者蝙蝠咬了——某人是这么解释的。不过呢，德里克的初中老师还记得赖利家发生的事——有一回，德里克捡了只野狗，父亲让他扔了。假如那只狗就是D病毒的真正感染源呢？”

这是靠涟的查访弄明白的事。

赖利兄妹在养从饲养员那里买的狗之前偷偷捡来过一只野狗，野狗携带有D病毒，德里克或许是被那只狗咬伤而感染了。

“但是，没有伊薇特·弗洛金和赫斯特·赖利是同一个人的确切证据。”

“说来话长，我按顺序讲。自从P市发生案件以来，我就有件事想不通：如果这次的案子是在模仿二十年前的无差别杀人案，那二十年前的凶手又是为什么要绑住被害人？”

“D病毒感染者不大量失血就不会死。你是想说‘吸血狗’当年就注意到了这个事实？为了掩盖被害人变成吸血鬼的事实，必须封锁他们的动作——‘吸血狗’当时就已经意识到了这点？”

“没有别的解释。在宅子里看见那三个变成吸血鬼的人之后，我更坚定了这个想法。话是这么说，凶手在找到彻底杀死感染者的方法之前，估计也经历过一定的试错。”

“看来二十年前的案子，正是凶手的试错——也算是一种人体实验啊。”

不愧是约翰，洞察力很强。

“若非反复实践积累经验，熟知吸血鬼的行为模式和杀害方法，要在P市伪造不在场证明近乎不可能。二十年前能做到这点的只有‘吸血狗’本人。可在P市的案件中，德里克·赖利是绝对没法把被害人变成吸血鬼的。有被害人候选名单也没用，他与外界隔绝了整整二十年，对P市这片土地想必陌生得很，也不大可能有办法从MD州去往A州。再说，根据艾琳的分析，他逃走的时间和潜伏期的矛盾确凿无疑了。可如果前提条件就错了呢？如果德里克·赖利二十年前谁也没杀，真正的‘吸血狗’另有其人呢？逮捕德里克的一个原因是他和多名被害人有关系。如果德里克不是‘吸血狗’，那么真正的‘吸血狗’就是他身边的人。德里克当时朋友不多，据此可以锁定嫌疑人范围。”

他的家人——父母，以及妹妹。

而他的父母已经去世，死因毫无疑点，只剩死法不甚明朗的妹妹。

“真凶也许是他妹妹赫斯特。想到这点后，案件关系人中，就只有具备D病毒相关知识，且能通过警方把握P市案情的女性——伊薇特最为可疑。但这些还仅仅是假设。我真正怀疑伊薇特，是在回想起她拉杆包里的东西的时候。”

“拉杆包？”

“P市发生第二起案子后，她去给尸体采样前，打开拉杆包，拿出了一套用具。当时我看见有一件外套叠放在行李里面。太奇怪了。冬天的早上从MD州起程，当天到达‘太阳之谷’P市，热得脱掉外套，塞进拉杆包的最外层，这样还能理解。可把文件、疫苗箱等一大堆东西全拿出来，再把外套塞到里面，就没必要了吧。为什么要多此一举？”

玛利亚看向伊薇特。后者没回答，温顺助手的假面剥落，她只是用凶狠的眼神回看玛利亚。

“你肯定说不出口。外套是二月九日晚上的工作告一段落后，你在过夜的地方重新整理拉杆包时收进里面的。包里还有作案工具和必须处理掉的证物吧。”

“工具——你说凶器吗？刀具可没法带到飞机上。”

“不。P 市的一连串杀人案，凶手带到被害人家里的凶器并不多。割开第二名被害人诺曼·鲁瑟脖子的，是他家厨房里的菜刀。之后的被害人家里也都发现了凶器。绑住第三名被害人凯瑟琳·韦德双脚的是她衣柜里的皮带。第四名被害人巴尔托·昂德希尔被塞进了自己的行李箱里，没发现割开脖子的凶器，不过这个从其他被害人家里拿来就行。第五名被害人哈丽雅特·艾默兹被自己家里的塑料袋和胶带阻断了呼吸。需要额外准备的工具很少。凶手只要带上用来捆绑被害人手脚并勒脖子的绳子，还有砸破诺曼·鲁瑟和第一名被害人克拉拉·格温头部的细长钝器，这些就够了。

“使用德里克从保安那里抢来的警棍，倒是能营造出‘吸血狗’逃走后作案的印象，但那种东西即便能塞进拉杆包，也过不了机场安检。我认为赫斯特准备了别的钝器代用。比如像赛琳推测的那样，用撬棍之类的。也许是在当地托地下掮客弄来的，以免警方查到购买记录。动手作案时也是，绳子可以藏在兜里或包里，问题是钝器。要出其不意地袭击被害人，得随身藏着钝器，保证随时能出手，可拿在明面上走来走去，万一被目击，就百口莫辩了。”

若不用钝器而用毒，就便于随身携带了，面对像诺曼·鲁瑟那样的成年男性也无须拼臂力。然而二十年前“吸血狗”并没用过毒。想诱导被害人服下毒药也难免费一番功夫。

“约翰，换作你是凶手，你会怎么随身藏撬棍？”

“缝在上衣里面——不，这凶器太大了。别在皮带上也不行，鼓鼓囊囊的，一下就穿帮。”

苦思冥想片刻后，约翰猛地抬起头。

“是外套吗！反手握着钝器，用外套包着！这样就能假装是因为天热而脱下外套，挂在胳膊上。”

“答对了。把钝器握在手里，就能在对方背过身的瞬间砸后脑勺。可作案现场是‘太阳之谷’P市，哪怕在冬天，也基本没人会穿外套。要说有，也就是从气温较低的市外过来的人了。符合这一条件的案件关系人，有逃走的德里克·赖利、几名运钞车劫匪和国立卫生研究院的两人。但我刚才也提到过，德里克逃走时拿走了警棍，没必要再特意去搞撬棍殴打被害人。至于劫匪，哪儿敢在市里四处转悠啊，他们冒不起那个险。而古斯塔夫呢，直到二月十日早上都待在MD州，随时等候州警联络。剩下的关系人只有你，伊薇特。而且，你拍摄的电子显微镜照片，细想也很奇怪。”

“子弹状病毒的图像啊。那张照片有什么问题吗？”

“问题大了去了。伊薇特，你说过这话吧，‘在电子显微镜下寻找病毒，就像在伸手不见五指的森林里用肉眼寻找想要的蘑菇’。那么，无论用哪个样本，应该都很难立刻拍到D病毒的照片。就连C大学的坦尼尔研究室，都是离心后取上清液，花了好几个小时才终于确认好的。随便选个部位采集的两份样本，怎么会轻轻松松就拍到病毒图像？”

“病毒图像有那么重要吗？的确，拍摄或许很难，可事实摆在这里，就是拍出来了。而且当时还有搜查员在旁边看着，我能做什么手脚？”

“能啊。你不是自备了采样套装嘛。要是那上面沾满了D病毒呢？"

戴眼镜的助手屏住了呼吸。

"你拍到的病毒，不是从被害人身上采集的样本里的，而是沾在采样器具上的。"

要想让调查人员误以为德里克·赖利潜伏在P市，导致那些被害人感染，就必须从被害人身上检测出D病毒。

为

率吗？”

“行不通啊。在这起案子里，克拉拉·格温的作用是引调查人员和古斯塔夫上钩，为此得在遇害后马上有人发现尸体才行。最直截了当的方法是把尸体丢在容易让人看见的室外。那就不能选十年前成为古斯塔夫实验对象的原患者了，否则连吸血鬼化现象都会暴露在公众的视野之中。所以‘第一名被害人’必须选没感染D病毒的人。克拉拉·格温并非感染者一事，在后续调查中暴露也无妨，毕竟她打算把所有罪名都推给古斯塔夫。”

“这样啊。”约翰叹了口气。

“我怀疑她，还有别的契机。是在我们去医院看望赛琳，她解释普通狂犬病疫苗对D病毒是否有效的时候。”

赫斯特对疫苗的效果持保留态度。

——经小鼠实验证实对D病毒有效。

——可是……赛琳是第一个实际应用的人。

“人类和小鼠不同，疫苗也可能对人类无效——话里话外透着这层意思。你的恩师也总翻来覆去说类似的话。可查验完第四名被害人，回到P警署之后，你不是这么解释的吗？”

——从出生起就由饲养员亲手管教，应该也接种过疫苗……

——很难想象它会成为D病毒的感染源。

“你这个说法，相当于默认普通疫苗对D病毒有效。为什么？只在小鼠实验中确认过效果的疫苗，凭什么能说对狗也有效？既然人类和小鼠不同，那按说狗也和小鼠不同啊。普通狂犬病疫苗不一定对感染D病毒的狗也有效吧？何必特意强调赖利家养的狗不是D病毒携带者？”

“措辞不当而已……抠字眼没什么意义。”

"不，对你们学者来说，'寄宿在德里克身上的D病毒最初是从哪儿来的'，理应是极为重要的课题。连我这个外行都纳闷，你们两个专家不可能没兴趣。难道不想穷尽一切可能性去探索病毒来源吗？"

然而赫斯特却否定了可能性之一——感染源是宠物狗。为什么？

假如德里克是从宠物狗那里感染的D病毒，那就有德里克的家人也经由宠物狗感染的可能性。

德里克的妹妹或许也感染了。万一警方起了这种疑心，难保不会兜兜转转查出伊薇特和赫斯特是同一个人。把疑问扼杀在摇篮里才是万全之策。

"最后，你刚分配到卫生研究院时的事，古斯塔夫研究室的工作人员给我讲了讲。听说在教学中看德里克的录像时，看到他呢喃着'对不起，赫蒂'的场景，你吃了一惊。工作人员只当那是谵妄症状，没放在心上，你却无法置之不理。哥哥也许是在喊自己的名字，这让你心生动摇。"

"十一岁的少女杀了哥哥的恋人，又接连杀害了另外五个人？"约翰看向伊薇特——赫斯特·赖利的眼睛透出惊愕的神色，"可是，有证据吗？能表明二十年前的凶手也是她的证据。"

"证据就是当年凶手用来割开第一名被害人梅赫塔贝尔·英格利斯脖子的凶器锥子。我看了搜查资料，貌似在发现尸体的山中小屋里，除了锥子以外，还有锯子。为什么不用锯子呢？要去除牙印，比起尖头锥子，用切面宽的锯子来得更快。资料上说，锯子放在架子顶板上。从现场照片也能看出来，像当时的德里克那样的初一男生，跳起来差不多能够到那个高度。这意味着如果德里克是凶手，他应该能用锯子。

“但实际并非如此。凶手用的是锥子。答案只有一个：凶手身高不够，拿不到锯子……架子中段的搁板钉子断了，有点松，很难爬上去。架子对面倒是有木材，可又太沉了，凶手搬不动，没法挪过来当踏板。”

“凶手是能通过跟踪德里克·赖利等方式知道山中小屋的地点，并且比他矮的人……”

“后来的案子都发生在德里克搬去的O州，据此可以推断，嫌疑最大的是他的家人，或亲如骨肉的人物。资料上说德里克的父母都是高个子，那就只剩当时小学五年级的她了。”

“可动机是什么？”

“第一名被害人梅赫塔贝尔·英格利斯是德里克的恋人；第三名被害人保罗·爱德华兹是德里克所在体育俱乐部的对手方教练，有倒卖吗啡的传闻；第六名被害人洛拉·迪肯斯是德里克的第二个女朋友……站到德里克的妹妹而非德里克本人的视角来看，这几个被害人是个什么形象，能大致想象出来吧？”

“接近哥哥，或者意欲加害哥哥的人——是这样吗？”涟答道。

玛利亚闻言点了点头。

“把其他被害人也算上，真正的动机是什么，只能问凶手本人了——估计跟我想的差不了太多。”

“那这次在P市作案的动机呢？”

“这个也只能靠猜：一是时隔二十年向初中时欺凌哥哥的人复仇，二是救出替自己背负了罪名的哥哥。为此，伊薇特——赫斯特进入国立卫生研究院，到研究D病毒的古斯塔夫手下任职。没错吧，赫斯特·赖利？”

没有回应。

约翰问道：“你说最早携带D病毒的是赖利兄妹一开始养的野狗，那只狗怎么样了？狗的寿命大约十年，但D病毒有延寿作用。那岂不是感染源在二十年前被放归野外，下落不明了？”

“年幼的兄妹八成不会轻易抛弃爱犬，也有可能偷偷继续养了下去。”涟提出假设，“感染D病毒的动物寿命会延长，赖利兄妹身上的惊人现象证明了这一点。正如尼森少校所说，兄妹的爱犬在二十年后的今天依然活着，这种可能性是存在的——比如，就待在她身边。”

黑发下属的视线聚焦于一点。

白毛狗看似凶狠地瞪着成群的入侵者。调查室内的搜查员和士兵脸上闪过紧张的眼神。

“死心吧，赫斯特·赖利。我们找你的养父母问过话了，在他们家里采集指纹的工作也已经开始。你敢说自己一个指纹也没留下？跟我们走一趟。你有权保持沉默，也有权聘请律师。就因为你扭曲的爱，大量无辜的人被杀，这份罪孽你花上一辈子也别指望能赎清。”

“我才不扭曲呢！”伊薇特——赫斯特吼道。

她的神情充满憎恶，从中感受不到一丝一毫的罪恶感。

“扭曲的是你们……哥哥保护了我，所以这次由我来保护哥哥。我不会把哥哥交给你们这帮吸血鬼的，绝对不会。”

“赫蒂。”

德里克的声音响起。

曾因杀人狂之名而遭公众畏惧的男人，脸上满溢着如同被割喉的痛苦。

“哥哥——”

“够了。已经够了。是我害死了她。其他人也都是因为和我扯上关系才丢了性命——我一直是这么想的。是我害得你去杀人，赫蒂——对不起。”

“欸？”

德里克分外悲伤地注视着茫然失声的妹妹——忽然缓缓向前倒下。两旁的警察慌忙扶住他的身体。

“哥哥？”

德里克没有回答。他被警察架着胳膊，跪在地上，无力地垂着头。约翰绕到前方，小心翼翼地探头查看德里克的状况，摇着他的肩膀喊他，却不见任何反应。

“喂，怎么回事?！”玛利亚问。

“不清楚。”约翰困惑地回答，“他失去意识了，不像是装的——”

“快叫救护车。”涟喊道。古斯塔夫那时的情景再次上演。“是狂犬病——昏睡是狂犬病的症状之一。可能是病症急速发展了。”

“哥哥！”

赫斯特尖叫起来，想跑到哥哥身边。警察和士兵即刻将她包围，限制了她的行动。赫斯特双臂被扭到背后，仍挤出声音说：“骗人……骗人的。你说句话啊。看着我。哥哥！”

没有回答。

多年背负“吸血狗”罪孽的男人坠入沉默的谷底，不省人事。

真正的“吸血狗”——赫斯特·赖利的叫声，不知不觉间变成了恸哭与呜咽。

终　章

哥哥是我的英雄。

他总是对我很温柔，有时不顾自己会受伤也要保护我。

只有世界上独一无二的哥哥是我能依赖的伙伴。

我从小就蛮喜欢学习。

自小学一年级起，我每科的评分都是A。考试基本满分，同级生不懂的难句我也能很快记住。算术和理科是我尤其喜欢的。

可擅长学习未必就会受到周围人的尊敬。

只有哥哥会夸我。身边的大人都说女孩子擅长理科反而不利于婚恋，对我的将来感到不安。

在小学我也饱受欺凌。

“自作聪明的样子看着不爽”，我因为这种莫名其妙的理由而遭到捉弄。若非哥哥每次都来搭救，弄不好欺凌还会升级。

老师也不作为，不去劝诫周围人，只一个劲儿对我说“别光学习，交友也要努力”。

我有在努力啊。试着跟大家搞好关系。我想跟大家一起边吃午饭边聊天，和大家一起玩。

可我打招呼也没人搭理，甚至有人不加掩饰地躲着我。只是成绩好就处处受排挤，仿佛我跟大家不是同一个世界的生物。

我小小年纪就明白了，世界并不会善待与众不同的人。

那样的日子发生变化，始于在空旷公园的树丛后遇见纱音。

不知它是跟爸爸妈妈走散了，还是从哪个屠宰场逃出来的。暮色中孤零零颤抖的小狗就像我自己。纱音很快就和我亲近起来。

偷偷养纱音的时候，哥哥也站在我这边。

可惜最后还是露馅了，我哭着把纱音放到公园的树丛后。从纸箱里传出的细微叫声在耳边久久萦绕不散。

两天后出现转机。一只新的白毛母狗来了。

“谢谢，我好高兴。”

我挤出笑容——可终归不一样。这只狗不是纱音。我只想要纱音。

但回绝说“不要”又不合适。怎么办啊？正发愁呢，哥哥提议“去散步吧”，带我出了门。

目的地是我丢弃纱音的公园。

“纱音？”

我怯声朝树丛呼唤。说时迟那时快，伴随着熟悉的叫声，纱音冲了出来。

它一直在这儿等着我呢。泪水夺眶而出。

哥哥还摘下新狗的项圈和狗绳套到纱音身上。大胆的调包战术。新狗则由哥哥找人收养。

后来我才得知，哥哥曾向父母恳求说想养狗。

虽然有点内疚，不过能像这样和纱音——和重要的朋友一起生活，喜悦胜过了一切。

全都是托哥哥的福。

我许下心愿，要跟哥哥和纱音永远相守。

这时候的我还不知道……

纱音身上有D病毒。而哥哥被纱音咬伤，成了D病毒携带者。

世界从来不会善待与众不同的人。

哥哥升上初中后，我必须独自面对小学同学投来的近乎仇视的恶意。

放学后就能见到哥哥和纱音了。要不是有这个盼头，我肯定会一蹶不振。

然而哥哥变奇怪了。

休息日他原本总陪我和纱音一起玩，现在却常说“抱歉，今天约了朋友”，一个人出门的次数越来越多。

有一天，我下定决心，悄悄跟在哥哥身后——

我发现哥哥在山中小屋和我不认识的女孩待在一起，彼此展露令我陌生的笑容。

我趁两人察觉之前回到家，倒在床上。

怎么会这样……

我没法直接去质问哥哥。这会暴露偷窥的事。

最关键的是，我怕哥哥抛弃我。在小屋里和女孩嬉戏着，露出换了个人般笑容的哥哥浮现在眼前。对哥哥来说，她比我和纱音更重要——我害怕听到这个答案。

没关系……不会的。哥哥才不会不在乎我们。

我躺在床上不停劝慰自己。

覆灭来临。

过了一段时间，一个秋日，那个女孩突变成怪物，袭击了哥哥。

哥哥脸色苍白地从小屋逃走时，我也在小屋外面颤抖着。

记不清过了多久，我战战兢兢地从窗户往屋里看去，只见她倒在地上一动不动。

怎么办——怎么办？

她死了吗，抑或还有呼吸？

如果她死了，哥哥就会沦为杀人犯。可……要是她还活着，又试图去杀哥哥——

——住手……别太过分了。

哥哥昔日的话语声——挺身而出保护我的哥哥的声音，在脑海中回响。

我得保护他才行。

没错。哥哥一直在保护我，这次轮到我保护哥哥了。

我才不会让哥哥变成杀人犯呢。绝对不会。

头脑冷静下来。

我隔着手帕握住门把手，进入小屋。

她纹丝不动，洁白的脖颈上有哥哥咬着玩时留下的淡淡牙印。

小屋的架子上放着工具箱，里面有木槌、锥子和锈迹斑斑的撬棍。

有这些足矣。我将她翻身朝下，脱掉自己的上衣以免溅到血，朝她的后脑勺挥下撬棍。

之后只需去除哥哥的牙印。我拿起锥子。

她变成了吸血鬼。她想喝哥哥的血，试图咬破他的脖子。

对——吸血鬼。杀她的事也推给吸血鬼就行。

是吸血鬼干的。吸血鬼吸完她的血，把牙印抹掉了。

在她的尸体被发现的一个月后，我们因父亲工作变动而搬家。

所幸我和哥哥没蒙上嫌疑，但自从她死后，哥哥与从前判若两人，常常沉着一张脸。

没事的——不知有多少次，我险些脱口而出。

因为我出手保护了哥哥。我干掉了袭击哥哥的吸血鬼。

哥哥不会有事的。所以……过去的事就忘了吧。

可我说不出口。要是告诉哥哥她是怪物，哥哥会变成什么样？光想想就害怕。

我偶然从父母的谈话里得知，哥哥在转去的初中受到了欺凌。

哥哥则每次都只回以“别担心”，在家里从不提学校的事。

父母安排哥哥参加了当地的体育俱乐部，但事情明摆着，只要还念现在的初中，状况就好不起来。

我能做的只有在力所能及的范围内保护哥哥。或许该说是幸运，我转去的小学，大家都很热爱学习，我没再受欺负。

不料搬家后过了一阵，哥哥开始独自外出。一天晚上，母亲讲起“吸血鬼之森”和老婆婆的故事，哥哥听了面色惨白。

该不会……

几天后，我假装带纱音散步，去往“吸血鬼之森”。

游步道入口附近有一栋老房子，就像母亲说的那样，一个老婆婆站在门前。

“有什么事吗？”

老婆婆主动向我搭话。看来牵着狗的女孩子相当罕见。

"散步走着走着就到了这边……游步道能进吗？"

"劝你别进去。这片森林是吸血鬼的巢穴，在里面迷路会被变成同类的。"

跟传言一样。我本来还寻思哥哥没准是在森林里面遇见谁了，但有这个老婆婆守着，想进去怕是很难。游步道多半还有其他入口，但至少从我们家过去得绕不少远路。

在我烦恼间，老婆婆仍自顾自说个不停。

"就在前不久，还有他们的同类现身。是男孩的样貌，没想到年龄跟外表……一样……"

话语戛然而止。老婆婆睁大眼睛，用颤抖的手指向我——准确地说，是指向我脚边的纱音。

"什么……那家伙是什么！这个怪物——"

老婆婆向后退去，脚下一趔趄，摔了个屁股蹲。

"没……没事吧？"

总不能放着她不管，我跑到老婆婆跟前。看看她的右手，许是让小石子划破了，在往外渗血。

纱音担心地探过头去，舔起老婆婆的伤口。"你要干吗！"老婆婆打了纱音的头。纱音发出悲鸣。

"别靠近我，你这怪物！"老婆婆叫道。

我慌忙抱起纱音，沿原路往回跑。"不许再过来了……你们这帮吸血鬼！"老婆婆在我身后没完没了地咒骂着。

待到听不见老婆婆的声音，我放下怀里的爱犬，抚摸它的头。

"抱歉。很疼吧？"

纱音用脸蹭蹭我的手掌，喉咙里逸出撒娇的叫声。

好过分啊。纱音明明是出于担心想给她疗伤，她却管纱音叫怪物，还打它。而且……

——就在前不久，还有他们的同类现身。是男孩的样貌——

是哥哥。

万一哥哥是吸血鬼的传言从老婆婆口中散播出去，和她那起案子的关联曝光，哥哥会遭到怀疑的。

照母亲的说法，附近居民似乎只把老婆婆的话当成妄想。

可是——没法保证永远不会有人把老婆婆的胡话和哥哥联系起来。尽管现在还没传开，但不知同样的事会不会重演。

能采取的手段只有一个。

——只是要慎重。

好在流言并未传开，半年过去了。

有一天，我把纱音留在家里，去往老婆婆住的房子。

这是我第二次过来。老婆婆好像不太记得半年前带着“怪物”离开的小孩了：“哦哟……我是不是在哪儿见过你？”

“不，是初次见面。”我摆出笑脸，“那边的游步道，往返需要多少分钟？”

“劝你打消这个念头。那里有‘吸血鬼’出没，还是别靠近为好。”

“吸血鬼？真的吗？”

我装出天真孩童的样子。

“你傻不傻？”老婆婆抬高嗓门，“不知道有句话叫‘好奇心害死猫’吗？吸血鬼可比你想的要恐怖得多，千万别小瞧。”

“对不起……”

见我垂下头，老婆婆可能也有点过意不去，指指门说：“进来吧，我给你详细讲讲。”

好机会。

“我想想，从哪儿讲起呢——”

我跟着老婆婆进了屋，迅速捡起掉在地上的塑料绳，从背后在她脖子上缠了一圈。

窗户拉着窗帘。老婆婆的脉搏停止了。没人看见。正想走出房子的时候——地板发出嘎吱的响声。

老婆婆站了起来。

心脏几乎冻结。

怎么会——为什么？明明都没脉搏了。

老婆婆脖子上还缠着塑料绳，大叫着扑向了我。

我冲到外边，跑向游步道，冲进森林里。回头一看，对方正飞奔着往这边追，速度快得不像老人。

不行，这样会被追上的。

我停下脚步，捡起一块石头，使尽浑身力气照着老婆婆的头砸了过去。

老婆婆倒下不动了。我解下她脖子上的塑料绳。

不知她会不会又开始动，得把她绑起来。

我对半剪断塑料绳，捆住她的双手手腕，再将她的双臂张开，紧紧系在游步道边的路绳上。

然后我把用来砸老婆婆的石头藏到树后，原路折返。或许是土壤干燥的缘故，没留下显眼的脚印。

从房子里拿了必要的物品回来时，老婆婆在微弱地呻吟，痛苦地扭动着。

不是人。还嚷嚷什么吸血鬼，自己不也是怪物吗？

我又捡了块石头，朝老婆婆的头砸下去。趁她停止动弹的瞬间，我用从房子里拿来的菜刀刺向她的喉咙。

这下就说不出话了。即使老婆婆又活过来，哥哥和我的事应该也不会从她嘴里泄露出去。

实际也正是如此。

老婆婆的尸体是在两天后被发现的。

我没遭到怀疑，倒是有一天晚饭后，哥哥来找我谈话了。

“你是不是在‘吸血鬼之森’见过那个老婆婆？”

我感到心脏漏跳一拍。

“没有。”我摇摇头，“我看见了一栋小房子，但好像没人在。”

“没人在？”

哥哥陷入了沉默。

直到很久以后，我才从庭审记录里得知，在我杀死老婆婆的次日，哥哥进入森林，先于警方发现了尸体。

我和哥哥都没接受问询。

穿制服的警察只是来做了个简单的查访，母亲在门口答了几句就完事了。

老婆婆之死没有和遥远别州的少女之死联系起来。

然而当时的我也没能理解 D 病毒的全部。

为什么她会突然袭击哥哥？

为什么老婆婆勒脖子勒不死，用石头砸也砸不死？

我边和纱音玩边琢磨，纱音舔了舔我的脸颊，我蓦然想起。

——你要干吗！

伤——

纱音舔了老婆婆手上的伤口。如果……如果那时候，纱音把病菌一类的东西传染给了老婆婆，老婆婆是因此才变成那样……

我不由得注视纱音。

说起来，那个比我大的少女手上是不是也有伤？是伤口愈合前被纱音舔了吗？

可我不记得让她碰过纱音。有机会碰她伤口的……是哥哥。

哥哥被纱音咬过。是好多年前的事了。莫非当时纱音把“病菌一类的东西”传染给了哥哥……哥哥又把那个“病菌”传染给了她？

把她和老婆婆变成吸血鬼的，是纱音和哥哥……哥哥早晚也会像她那样变成吸血鬼——

不对。纱音和哥哥这不是完全没变化嘛。

只不过——纱音和哥哥碰了谁的伤口，谁就会变成吸血鬼。是这么回事吗？

全都是想象。

就算事件的原因是纱音身上带有的“病菌”，也需要用其他生物做实验确认。

最好没有这种机会。哥哥、我和纱音平静地生活下去更为重要。

“没事……没事的。”

我抱紧纱音。

但实验的机会还是来了。

季节流转，一天，哥哥所属的体育俱乐部和邻州 K 州的俱乐部打完友谊赛，对阵队伍的教练向哥哥发出了邀请。

“本领出众却得不到传球，也太可惜了……要不要来我们俱乐部？”他略带调侃地笑着递来名片，“随时等候联络。”这当然纯属恭维，可看着哥哥有些当真的表情，以及教练满含热切的目光，我内心一阵躁动。

我悄悄跟踪了教练。从他裤兜里掉出一块手帕，纱音叼了起来。我拿过手帕，向环绕球场的林木深处望去，差点叫出声。

教练在用注射器扎自己的胳膊。

不一会儿，教练从树荫里走了出来。“那个……给。”我装作刚刚出现，递上沾有纱音唾液的手帕。“特意找过来的吗？谢谢你。”教练接过手帕，擦了擦胳膊上的针孔。

是药。

教练来邀请哥哥，不是因为哥哥运动本领过人。他是想让哥哥染上奇怪的药瘾。

就算不是这样，万一哥哥把教练的话当真，离家远走——

消灭他花了两个半月。

哥哥的俱乐部要客场和那个教练带的队伍打友谊赛。日程安排是提前一天赶到 K 州，在那儿住一晚，次日上场对决。

行动地点是比赛前一晚住的城镇里的空店铺。之前全家去露营，我在采购时顺便找好了地方。

哥哥在大家动身那天发起低烧，请假了。而我则临时作为球队经理加入远征。

办好入住后的自由活动时间里，我用公用电话打到教练家，极力压低声音道：“我融不进队伍，想找你商量商量。这事不想让任何人知道。”

我对教练是否上钩心里没底。好在他答应了邀约。

选作行动地点的空店铺离住的酒店不远，走着就能到。我用厚纸板卡住紧急逃生门，来到外边。包里装着捆绑带、钳子和撬棍，都是在 A 州家里的仓库落灰，搬到新居仓库后也一直闲置的东西。没人知道这些东西是谁在哪儿买的。

我蹑手蹑脚地溜进空店铺。衣着我事先换成了男孩的。到了约定时间，教练环顾着周围走了进来。

“我在地下室。别让任何人看见，拜托了。”

看到贴在入口附近的便笺纸，教练起初也皱了皱眉，但或许是觉得小孩子构不成威胁而放松了警惕，他迈步走向通往地下室的楼梯。

我悄悄从暗处绕到教练背后，挥下撬棍。

经过大约两小时的实验后，我从紧急逃生门回到酒店。

总体而言很顺利——除了一项变故。

我正要进房间时，被一个小男孩看见了。

还好我那天晚上的行动没暴露。

可我还是坐立难安。男孩好像睡迷糊了，碰见我后只问了句：“怎么了？”当时我谎称“去散步了”，搪塞了过去，但没人能保证我外出的事永远不会传到警察耳朵里。话是这么说，不加考虑就对他下手，反而容易招来多余的嫌疑。

我始终无法采取实质性行动，半年后才迎来转机。

和我念同一所小学的一帮孩子愚蠢地强行拉上他，去“吸血鬼之森”试胆。

是纱音发现的。

那天，我时隔许久带纱音出门去森林里散步，到了游步道入口，手上的狗绳忽地一紧，纱音拽着我跑起来。

半路偏离了游步道，在森林里走着走着，只见那个男孩倒在池塘旁边。

池塘所在的洼地周围是稍微有些高度的断崖。他额头在流血，看样子是失足摔下来的。好像还有呼吸，但昏迷不醒。

纱音担忧地向男孩靠近，去舔伤口。

这是绝好的机会。

男孩没有苏醒的迹象。我带纱音暂时离开森林，从家里拿上工具后又回到池塘，用捆绑带固定住男孩的双手双脚，拿毛巾堵住他的嘴，将他拖到位于周围视线死角的地方。

观察持续了八天。

男孩日渐衰弱，风一吹便浑身发抖。即使虚弱至此，我一靠近，他还是会发出低吼声。

这个男孩也是吸血鬼。

我用长树枝系住玻璃片，浅浅剜开他的脖颈。男孩仅发出细微的呻吟。

到时机了。我用钳子钳断捆绑带，松开男孩嘴里的毛巾，把他拖去丢进了池塘里。

打倒再多吸血鬼，也过不上真正堪称安稳的生活。

我根据学校里的传言得知，有五个人在欺凌哥哥。再过一年，那帮人就要和哥哥一起升上高中了。得做点什么。正这样想着，命运向我和纱音露出了獠牙。

初一新生活开始后没多久，一个休息日早上，我带纱音去散步，看见公园前停着一辆印有 logo 的旅行车。

是邻镇的宠物店。上个星期，家里的邮箱收到了印着同样 logo 的传单。我想着做宣传也够辛苦的，正要走过去，旅行车里传来搭话声。

“好可爱的狗狗，能让我看看吗？”

没等我回话，女人就从驾驶座上下来，蹲到纱音跟前。

“毛真漂亮……照顾得很好。”陶醉感慨着的女人忽然顿住，她目不转睛地凝视着纱音，皱起眉头，“咦？这只狗……”

糟心的记忆霎时复苏。

——那家伙是什么！这个怪物——

纱音吼叫起来。许是唾沫进了眼睛，女人皱起脸。“别碰它！”我趁机抱起纱音，向家跑去。

虽不见女人追过来，我的心脏还是怦怦跳个不停。

难道……她发现了？就像那时候一样。

怎么办——怎么办才好？

一个月后，我来到邻镇的宠物店。

店里很冷清。大概是改换发型和着装起了作用，店主——上个月在公园遇见的女人没认出我。

我请求让店主上门给宠物看诊，进入店里的车库，找准时机绕到她背后，将绳子缠上她的脖颈。

把尸体塞进宠物店用车的后备厢，用医疗器械里的手术刀捅她的前颈，绑住其手脚，再合上后备厢盖，整个过程只花了不到十分钟。

后来我才知道，店铺经营太过艰难，以致她企图无证出诊。

两天后，宠物店女店主的死讯登上了新闻。

一个月前，纱音的唾液溅到了她的眼睛里。说不定她也变成了吸血鬼——这个预想应验了。

经过反复实验，我事先把握好了从捅吸血鬼至其死亡的时间差。选在宠物店定休日前一天动手，拖延尸体发现时间也奏效了，警方彻底把女人的死亡时间弄错了。

动手那天，我没告诉家人具体要去哪里，父母和哥哥都没把邻镇杀人案的新闻和我的外出联系起来。

我太天真了。

受过去的成功经验束缚，我误以为要杀死吸血鬼就必须剜开脖颈，而对反复使用相同手法的危险认识不足。

我低估了警察的组织凝聚力与死缠烂打的能力——低估了他们令人瞠目的愚蠢。

最关键的是——

我试图保护哥哥，却始终疏忽了他，没考虑到哥哥他在想些什么，于何时何地做了些什么。

不光是老婆婆的事。

消灭第三个人——那个教练后，直至回到家的那段时间里，哥哥彻底没有不在场证明。

把第四个人——那个男孩丢进池塘后，被派去搜索的哥哥在池塘发现了他。

干掉第五个人——那个店主的次日，哥哥去了正值定休日的宠物店附近。都怪我在一个月前跟他说“纱音差点被抢走”。

我对这些事几乎一无所知。

到了新的一年，暑假结束，哥哥升上高中的那个秋天，仿佛在嘲笑我的幼稚，悲惨的结局来临。

哥哥把新女朋友带到了家里。

华丽的发型、凌厉的眼神、成熟的身材，方方面面都与在小屋袭击哥哥的她迥异。

老实说，我不擅长和这种类型的人打交道，不过名叫洛拉的新女朋友貌似很喜欢我，哥哥去厕所的时候，她边喝果汁边问我兴趣爱好之类的。

这时，纱音出现在客厅。洛拉"咝"地叫出声，变了脸色。她好像怕狗，手里的杯子滑落，掉到地板上摔碎了。

"对……对不起。"洛拉伸出右手准备捡起碎片，旋即皱起脸道，"好疼。"

她的指尖渗出了血。我慌忙想起身，洛拉表示"没事"，阻止了我。

"我笨手笨脚的，给德里克做午餐时也经常搞砸。"她伸伸舌头举起左手，能看见手上有划伤的痕迹，"这点小伤没事的。舔舔就……很快能好。"

她嘬起新伤。也有坚强的一面啊——我刚对她有所改观，忽然脊背一凉。

洛拉舔舐着伤口，眼神和舌头的动作里带有令人胆寒的恍惚。

嗜血成性——她已变成吸血鬼。

哥哥碰了她做午餐时弄出的伤口吗？

洛拉看向这边，眼眸透出与在山中小屋所见的她如出一辙的疯狂，缓缓靠近——

"怎么了？好像有东西掉了。"

哥哥跑进客厅。洛拉蓦地停下动作，坐回沙发上，似乎有些疑惑自己方才的行为。我借口收拾杯子碎片，拉着哥哥的手逃出了客厅。

不行。那个人已经没救了。

照这样下去，哥哥还会遭遇同样的事，这回会被杀的。

事不宜迟。洛拉回去前，我声称"有悄悄话要说"，约好和她私下见面，然后就像之前一样，在“吸血鬼之森”消灭了她。

洛拉受伤一事掀起意想不到的余波，殃及了我和纱音。

也不知是听人怎么讲的这事才形成这种逻辑，父亲火冒三丈：“都怪那破狗，让正值花季的姑娘受伤了。”我的抗议也惨遭驳回，纱音要被处理掉了。

在最后关头伸出援手的依然是哥哥。

“别担心，我找到愿意收养它的人了。”

是我们迎纱音回家那会儿，收留替身小狗的保健室医生。实际交付由母亲进行。

离别太过突然。只能庆幸纱音免遭杀害。

这成了哥哥帮助我的最后机会。

洛拉的尸体经人发现的三天后，哥哥被捕，落得绝世杀人狂“吸血狗”之称。

我真是愚不可及。

后来才知道，我用来消灭洛拉，之后扔在吸血鬼之森的小刀——是收在仓库里的杂物——偏偏让哥哥给捡走了。

母亲自杀，父亲死于事故，我没能见证完哥哥的庭审就由儿童福利机构收容，没多久便交由他人抚养。

养父母对我很好，然而填补不了从前的家人——哥哥和纱音不在身边这一事实带来的空虚。

我孤独到了极点。即使改了姓，“吸血狗”的妹妹这一烙印也如影随形。

世人管哥哥叫吸血鬼。可是，在周围人的欺凌下与真正的吸血鬼战斗至今，我反倒觉得世间充斥着吸血鬼。

为什么会变成这样？

明明哥哥什么都没做。明明我只是想保护哥哥和纱音。

我控诉说“哥哥不是凶手”，愚蠢的警察却只当是残忍凶手的家人——年幼妹妹的可悲叫嚷。

我会至死都孤身一人吗？在满是吸血鬼的世界，无从保护哥哥，终有一天连自己都保护不了，就这样死去？

——不要。这样不行。

我要活下去。一定活下去，救出哥哥。这一次，定要两个人一起安稳地生活。

为此，“赫斯特·赖利”必须死去。

——没关系……不细看的话看不出区别。

哥哥教过我方法。

我加入了童子军。青少年一起学习野外求生这类童子军活动在 U 国很兴盛。我学会了登山等技能，也得到了外出的借口。

与此同时，我在小巷里寻找替身——无亲无故、和我体形相似的同龄女孩。

合适的替身没那么容易找到。仓促离开儿童福利机构后过了将近半年，我才与住在废墟般公寓里的少女——伊薇特·弗洛金相遇。

准备完善后，我借口远足，一个人去了山里。出发时的简短寒暄，成了我和养父母最后的对话。

进山后，我偏离游步道，前往人迹罕至的山谷。深谷下淌着溪流。我在溪边的一个角落制造出失足摔落的痕迹，然后换了身衣服，戴上假发和眼镜，返回原来的游步道下山。

我在山脚稍往上的地方和伊薇特碰头，把她引诱到了溪流下游。有人在向幽深处非法倾倒工业废弃物，里面没准有值钱的东西——她似乎对我的说辞格外感兴趣。

到了溪边，我便用石头猛砸她的脑袋。

我给尸体穿上自己的衣服，将其塞进不会被人看见的溪中岩石背后。绕路回到下山道的时候，夜幕已悄然降临。

我时不时会故作不经意地说些“受够了”“想去找爸爸妈妈”“想见哥哥”之类的话让养父母听见，在童子军也和其他人保持着距离。进山之前，我只说是童子军的活动，没告诉养父母具体的日程安排。万事俱备，只待上演难以分辨是意外还是自杀的死亡。

问题是养父母和警察会不会把伊薇特的尸体误认成我。

我打碎了她的牙，但如有可能，尸体化为白骨前还是别有人发现为好。我伪造摔落痕迹的地点离少女长眠的下游有些距离，况且那里人迹罕至。我有顺利得逞的把握。

倘若冒充身份之事被识破，便会以杀人嫌疑受到通缉——我对此有心理准备。好在一年后，如我所期，“赫斯特·赖利”的尸体在溪流下游被人发现了。

其间，我幸运地在伊薇特的公寓找到了出生证明，到远方以“伊薇特·弗洛金”的身份开启了新的人生。

对舍弃了赫斯特·赖利之过往的我而言，心中尚存的牵挂屈指可数。

其中一项当然是哥哥的下落。到了这个时期，对于哥哥和纱音传染给那个女孩及老婆婆等人之物的真容，我也差不多有了头绪。

——某种未知的病原体。恐怕是狂犬病病毒的变异株。

普通狂犬病感染后最多一两年就会发病，纱音和哥哥却平安无事地生活了超过四年。像这种样本，世人会放过吗？

我得去找他。

哥哥还活着。我不知道他具体在哪儿，如果被隔离了，就是在研究机构，而且是研究传染病的地方。

我作为“伊薇特·弗洛金”的人生之路自然而然地确定下来。

另一个牵挂是纱音。

获得伊薇特的身份换了高中后，我实在难忍挂怀，明知危险，还是自称赫斯特·赖利的朋友，拜访了收养纱音的小学保健室医生——以想在一直惦念着爱犬的她墓前传达些什么的名义。

奇迹般地，上了年纪的保健室医生至今仍在照顾纱音。

“吸血狗”感染了狂犬病已是众所周知的事实，保健室医生却藏匿了纱音，没有告知警察。

“我每年都给它打疫苗，也没见它表现出像是狂犬病的症状。小家伙性格也很好。我只是觉得比起暴露在世人好奇的目光之下，它还是过平静的生活会更幸福。”

几年未见，纱音身形大了一点，但确实是如假包换的纱音。它蹭到我脚边发出撒娇的叫声时，我几乎忘记了“赫斯特的朋友”的立场，差点失声痛哭。

正要告辞，保健室医生叫住了我，托付我继续照顾纱音。

“我的老毛病恶化了……起初收留的那个小家伙，我照看到了它寿终正寝，可惜这只我大概照顾不到最后了。”

她因病去世是在半年之后。

重新开始与纱音生活的同时，我拼命学习，考进了知名大学的生物系。

我整日泡在图书馆，如饥似渴地阅读文献，不久后遇到一篇论文——《某无症状狂犬病病毒变异株的特性》。

作者是Gustav Jarnach，隶属于National Institutes of Health——国立卫生研究院。

论文中写到发现了不会引发狂犬病感染症状的野生变异株，还附有暗示其延寿作用的实验结果。文中对变异株的来源语焉不详，称之为“Virus D”（D病毒）。

哥哥和纱音的面容闪过脑海。

遇见纱音已有十年以上。年龄超过狗的平均寿命，它依旧青春焕发、活力十足。莫非这就是论文所说的D病毒的延寿作用？

我想确认一下。没什么好怕的。哥哥身体里应该也有D病毒。

用菜刀浅浅划开手掌，擦去血后，我将手伸向纱音。

“伤着了……帮我消消毒好吗？拜托啦。”

我给国立卫生研究院打去电话，在咨询中得知，论文作者古斯塔夫·雅尔纳赫即将利用三个月的学术假期赴A州P市的医院任职。

我办了大学休学手续，找了份事务员的兼职潜入医院。目标只有一个：接触古斯塔夫，确认D病毒的来源。

古斯塔夫乍看是个一本正经、看重规矩的死板中年男人，感觉不会随随便便透露研究机密，也没那么容易抓住把柄。

怎么办？我心急如焚，却无计可施。直到半个月后的一个晚上，我撞破了古斯塔夫的疯狂——目睹了他往输液袋里注入某种液体的光景。

“你看见了？”古斯塔夫把我拽进没开灯的门诊室，压低声音说，“别误会，这是临床试验，征求过相关人士的许可。别乱

声张妨碍重要的试验。听懂没？”

作为情急之下的辩解或许算是及格，但古斯塔夫内心想必相当惊慌。剥落规规矩矩的伪装后露出的丑态，与话语的内容背道而驰。

“——注射器里是D病毒吗？”

我小声投下炸弹。古斯塔夫的脸因震惊而僵住了。

“你……为什么……”

“我拜读了您的论文。您想拿我怎么样都没关系，会伤心的只有一只宠物而已。”

哥哥不会伤心的。“赫斯特·赖利”几年前就死了。

“放心，我不会说出去。感染D病毒也没症状对吧。那在这儿做临床试验也不会有问题。”

想来是我的态度过于奇异，古斯塔夫额头滑落汗水。

“你是什么人……有什么目的？”

“对D病毒感兴趣的普通学生。如果您愿意，我希望加入您的研究。还有——”我递上手中的文件，“麻烦您给我签个字。我想今晚就搞定。可以吗？”

没想到为事务性工作留下来加班，竟瞎猫碰上死耗子。“啊？”古斯塔夫张大了嘴。

就这样，我和古斯塔夫建立了怪异的师徒关系。

古斯塔夫当初对我相当提防，后来见我不仅不报警，反而协助他做人体实验，态度逐渐软化。

“虽然我也没什么资格说，可你的道德观是不是有点问题？”

“或许吧。我对D病毒感兴趣是真的，但也有别的目的。”

“原来如此……所以要我帮忙？”

没错。总有一天要让他帮上忙。为了哥哥和我。

不久后，古斯塔夫休完学术假期，回到了卫生研究院。

我们表现得很生疏，甚至无意握手道别。我表示有朝一日会以正规途径再去见他，也离开了P市。

其后，我花费了九年时间，才得到国立卫生研究院的工作岗位。

我以光明正大的身份进入古斯塔夫的研究室，终于隔着丙烯酸树脂，与囚人之身的哥哥实现了重逢。

将欢喜压进心底，我开始为下一步做铺垫，酝酿起计划来。作为“第一年的打杂工”，我争取到了类似古斯塔夫秘书的职位。

意外的是，整个卫生研究院里，了解哥哥真实身份的人少之又少。古斯塔夫贯彻了秘密主义。

同时，我也没忘记着手准备，伺机向初中里欺凌哥哥的那帮家伙——西奥多里克·霍尔登等人复仇。

那帮人的老大西奥多里克从一帆风顺的人生轨道上跌落，踏足了黑社会。

我以传染病田野考察的名义推进调查，找出了与西奥多里克相熟的黑诊所。资金由古斯塔夫提供。很快，我便假装患者接触到了西奥多里克。

他完全没发现眼前的女人是“杀人狂德里克·赖利”的妹妹。他问起我的工作，我回答说是在风险企业研究癌症治疗，还差一点就能得到划时代的成果，却由于资金短缺而停滞不前。

西奥多里克眼睛深处放出了光。他大概是想到可以借贷给我，出成果就要求利润分成，出不了成果也能让我背上一身债供他压榨。我都能听见他脑子里的算盘声。

上钩了。

没过多久，西奥多里克开始召集从前的同伴。我尚不清楚西奥多里克的企图，但察觉出他是打算尽情利用那帮家伙，再过河拆桥。

我告诉古斯塔夫，有能测试 D 病毒的合适的实验动物。

古斯塔夫拿出一部分研究经费，拉拢了 MD 州的无证医生——与西奥多里克有联我当时只是个兼职事务员而已，没留下什么痕迹。万一警方当真怀疑起我，那我就消灭古斯塔夫，带哥哥和纱音逃跑便是。

只要有哥哥和纱音在身边，我别无所求。

一切准备就绪。

成为国立卫生研究院的一员大约一年后，一九八四年二月七日，我救出了哥哥。

二十年——太过漫长的二十年。

然而没空沉浸于感伤。

把哥哥藏到自家地下室后，我悄悄去往市郊的仓库。如埃尔默在便笺本里所写，那儿藏着几个随处可见的旅行包。我把其中一个换成了沾有哥哥指纹的。如此一来，在外人眼里，哥哥就是和那帮人一起逃走了。

带哥哥逃出来的两天后，我不得不离开 MD 州。

“抱歉……搞不好我要有十天左右回不来。”

没关系。哥哥笑道。我在病房里待了整整二十年呢，饭菜你也给我准备好了，为了见赫蒂，等个十天根本算不了什么。

我能感觉出，哥哥口中的“赫蒂”不是指我。心底一阵刺痛。

二月九日，我用地下掮客搞来的机票飞往 P 市。

傍晚到达。我用假名租了辆车，奔波于事先选定的样本们的住所。

我查过他们的生活模式，按此列好了顺序，好下手或是易有可乘之隙的对象优先。

这些人全都是独居，一多半住独栋小屋。不等他们报警就进到门内，之后稍微闹出点动静也不成问题。

哈丽雅特·艾默兹。巴尔托·昂德希尔。凯瑟琳·韦德。

诺曼·鲁瑟。我最终从名单里选择了这四个人。

之所以杀掉他们，是为了引警方出动，拖住西奥多里克等人，以及最重要的一点——让警方相信哥哥逃到了P市。

我对感染了D病毒的样本并无怨恨，但他们很适合成为“吸血狗”所犯无差别杀人案的被害人，有利于再现二十年前的凶案、伪造不在场证明，以及紧急关头嫁祸给古斯塔夫。

话虽如此，杀完第四个人的时候，我几乎精疲力竭。

但这还不是终点。我拿出最后的力气，二十三点出头时去往那栋宅邸。

我把租来的车停在附近的公园，在裹着夜色的小巷里前进，看见从宅邸的窗户透出灯光。看来正如西奥多里克所计划的，他们顺利抵达了P市。

我松了口气，拿出事先准备的备用钥匙，从便门溜进屋里。

所幸客厅的门关着。他们好像正在客厅里悠闲地享受着晚宴，从屋里传出吵闹声。

趁所有人不注意，我划破汽车的右前轮胎，并拿走了菱形千斤顶的手柄。万一西奥多里克或者谁今晚就杀掉同伴逃走，那可就麻烦了。我得用他们难以单独应对的手段拖住他们。

我本来还想划破备胎，又打消了念头。把这帮家伙逼得太紧也不明智。说不准他们会自暴自弃，跑去自首。

不过即便发展成那样，西奥多里克对我的了解也仅限于假名和编造的经历。警方根据其供述查到“国立卫生研究院的伊薇特·弗洛金”的风险很低。

我给后备厢留了条缝，离开了宅邸。最好不发出多余的动静。

最后是“第一名被害人”——用作诱饵的猎物，我是在繁华街的停车场找到的。

把车放到提前找好的住处，我换了身衣服，走上夜晚的街头，竟很快就找到了称心的目标。

是个二十五岁左右的女人，脚步有些踉跄。周围没有人影。我快步上前，挥下撬棍。通过黎明时的新闻，我得知她的名字叫克拉拉·格温。

此后已没必要再碰凶器。

我打电话给古斯塔夫，确认他收到了“第一名被害人”的情报，便离开了住处。

我还假装黑社会的人给西奥多里克所在的宅邸打去电话。他一反常态地焦躁，我随口安抚几句，顺便吹了吹风，告诉他手法与“吸血狗”相似的杀人案正在A州上演。

我把租来的车丢弃在机场，到卫生间换好装。卡着古斯塔夫所乘航班的落地时间来到大厅，装成坐同一航班过来的样子与他会合。

计划基本算是成功了。

“吸血狗”逃去了M国——当初我本打算利用地下掮客制造这样的假象。

可惜由于警方的调查方针和西奥多里克等人的动向等，案件的发展牵扯上了不确定因素。以怎样的形式收场最好，结果还是只能随机应变来判断。能使金·罗成为哥哥的替身，对此时的我而言是意料之外的侥幸。

这下哥哥就……我们就能自由了。

虽然也发生了些变故，但总体来说是个令人满意的结果——

本应如此的。

可是——为什么？

※

在 MD 州逮捕凶手的几天后。

涟跟玛利亚一起在 P 警署审讯室会见了“吸血狗”。

“有什么事吗？”

赫斯特·赖利的声音毫无生气。

圆眼镜后的双眼空洞无神，挂着浓重的黑眼圈。脸颊好像也消瘦了。想来不是 D 病毒的症状，纯粹是由于身心疲惫。还听说她自从被引渡至 P 警署，与哥哥和爱犬分别以来——那只白狗托付给卫生研究院了——就没好好吃过饭。一身约束衣甚至令人感到心痛。

“我没什么可说的了。你们还想问什么？”

“是啊。没想到你居然不行使沉默权，交代了这么多。”

红发上司翻动着厚厚一摞供述书，似乎不是挖苦，而是真心叹服。赫斯特的嘴唇微微抽动了一下。从二十年前的无差别杀人案，到这次发生在 P 市的惨剧，赫斯特将这一连串罪行通通坦白了。听多米尼克说，她供述时的口吻与其说是死心，不如说更接近自暴自弃。

（能在她步教授与德里克·赖利的后尘之前取得供词，也许算是不幸中的万幸。也真够讽刺的，犯下最重罪孽的人，居然拥有最强的耐受力。）

D 病毒会感应到宿主的压力而使其狂犬病发作，这个论点只不过是假说。但涟能理解多米尼克想抱怨的心情。

赫斯特·赖利夺走了众多生命，自己却因携带变异病毒而持续存活。丝毫不感到“岂有此理”或许更难。

“我想确认的是，你自己是在什么时候、什么地方感染的D病毒。”玛利亚继续道，“根据你的供词，不是在二十年前，而是冒充‘伊薇特·弗洛金’，与爱犬重逢之后，对吗？”

“问这个有什么用？”赫斯特垂下头，“哥哥没救了。狂犬病一旦发病，就没办法治好。尽管没有血缘关系，哥哥也一直是我的哥哥。”

※

对幼年便失去亲生父母，和祖父相依为命的我来说，隔壁赖利家的哥哥就像真正的哥哥一样。

哥哥也把我当妹妹疼，每天都叫我去他家里玩。我们还经常一起围桌吃饭。

而且他帮助过我很多次。有人朝我扔石头，是他挺身而出；因为祖父过敏，我没法在自己家里养纱音，也是他帮忙收留。

祖父去世后，我只剩孤身一人，是哥哥去恳求他的父母收养我进赖利家。

哥哥一家刚搬家那会儿，我成为赖利家的养女，开始在O州作为真正的家人与他共同生活。

直到警察给哥哥戴上手铐的那天。

※

“我也是想救哥哥才一直坚持研究，却还是不顺利。现在又跑来问这个……”

犯下那么大的罪过还好意思说这些？涟硬是把这句话憋在

了心里。

回以讽刺很简单。想想被不讲理地杀死的被害人，对她便没有任何同情的余地。然而读了供述书，窥见赫斯特·赖利其人一面的此刻，涟不得不承认一个事实。

与德里克一起活着，这是赫斯特的愿望，亦是其行为动机。

她即将失去最爱的哥哥，任何话语都传不到她耳中。

——大概除了这句。

“他有获救的可能。”

※

“欸？”

我不由得抬起头。

这个黑发刑警……是要说什么？

“听说你们的研究室要和 C 大学缔结联合研究。坦尼尔研究室的艾琳·蒂利特小姐对从你身上提取的 D 病毒做了解析，发现了和德里克身上的 D 病毒不同的变异。蒂利特小姐称之为‘D2 病毒’。接到这一情报，雅尔纳赫教授手下的研究人员昨天基于你的想法做出了成果。将感染 D 病毒的小鼠置于压力环境下，使其狂犬病发作，再注入 D2 病毒，结果症状有所缓解。蒂利特小姐让我捎话说：‘联合研究迈出的第一步非常好。’”

脑子一时没能跟上。

我体内的病毒抑制了 D 病毒？

“是病毒干涉。”红发警监接着说，“你经由爱犬感染的不是 D 病毒，而是又经过了变异的 D2 病毒。爱犬体内的 D 病毒历经岁月实现了进化……你没发作狂犬病，说不定是因为 D2 病毒丧失了使狂犬病发作的机能。卫生研究院安排给正在住院的古斯塔夫注入了D2病毒。据说他虽然还没恢复意识，但脱离了生命危险。德里克也会接受同样的治疗。意识能不能恢复不好说，但他有了活下来的可能。顺利的话，被你和古斯塔夫用作小白鼠的那些人也都能免于发病。当然，对普通狂犬病想必也效果显著。”

哥哥，还有其他人，也许能得救？

我怔怔地垂眼看向包裹在约束衣里的身体。

那般遍寻不得的答案，竟就在这里——就沉睡在我的身体中。

“我们不会让德里克死掉的。古斯塔夫也好，那些被当成小白鼠的人也好，我们不会见死不救。对你也一样。别指望能轻易获判死刑。你已经不是普通人了。这次要由你代替德里克，作为珍贵的样本。你要用一辈子去偿还，‘吸血狗’，为了那些你下手杀害、变成吸血鬼的人。即便那是你永远也偿还不清的弥天大罪。”

——是我害得你去杀人，赫蒂。

——对不起。

不对。不是哥哥的错。

都怪我。我是出于自己的意志，把梅赫塔贝尔，还有其他人杀掉的。不光是二十年前，P市的无差别杀人案也一样。

我有不杀的选择，也完全可以对感染了的人及其周围人和盘托出。阻止古斯塔夫的人体实验，抑或以全部精力研究对吸血鬼化的治疗，我本有这些路可走。

那样一来……或许我就不用亲手杀掉梅赫塔贝尔和其他人了。至少丝毫没有实施无差别杀人的必要。

险些失去哥哥令我心生绝望，而我又不断将这份绝望散播到被我杀害的人身边。

哥哥也许能得救。可被我夺走性命的那些人再也不会回来，即使如今开拓出了能帮助许多人的道路也于事无补。

我自以为是为了哥哥而不断去消灭吸血鬼。错了。吸血鬼——怪物——是我自己。

我能感觉到自己的表情扭曲了。泪水止不住地从眼角滑落。

“对不起……对不起……我——我才是——”

※

涟和玛利亚离开审讯室，向等在会议室的多米尼克大致报告完，便听银发刑警深深叹了口气。

“不愧是跟那个妹妹交过手的，派你们去最后推她一把真是押对了。但事情还称不上尘埃落定。光追踪感染者就是个大工程，不知道得花上几个星期——不，几个月。”

“年内能搞完就谢天谢地了。”约翰说。

案件告一段落，空军已从P市撤离，但他表示还有些关于军方派遣的事务需要善后。

“巴罗兹刑警，有什么我们能帮忙的，尽管说。”

听了空军少校的提议，多米尼克苦笑着回答：“好意心领了。”

搜索十年前遭古斯塔夫人为感染D病毒的患者的工作才刚刚开始。

从古斯塔夫的研究室查抄到的文件中，有疑似实验体名册，现阶段警方正用它对照当时的病历推进调查。

十年前被当成实验体的患者并非现在全都在P市生活。从国内外找出当年的患者，检查他们有没有感染。除了本人，再加上亲朋好友的话，最终的调查对象甚至可能会激增至名单上人数的几十倍，仅靠P警署根本应对不过来。眼下P警署正在与国立卫生研究院展开合作。

涟无意间听说，当初人们只当是灵异怪谈而现在怀疑与D病毒有关的事故与案件开始一点点被挖掘出来了。还听说上个月有曾在A州居住的女性遇害，尸体发现地是离弃尸地点很远的河流，像是变成吸血鬼后失足落水溺死了……如此事例恐怕只是冰山一角。正如多米尼克所感叹的，目前还判断不出调查何时才能完成。

“普普通通过日子基本上就不会人传人，这点算是唯一的救赎了。”涟咕哝。

“救赎啊……”闻言，玛利亚双手叉腰，低声回道，“D病毒感染者或许还有得救的希望，可包括二十年前的案子在内，有众多无辜的人被杀了。虽然对赫斯特说了让她用一辈子去偿还……可对死去的被害人和他们身边的人来说，事到如今还有什么救赎可言呢？”

涟一时词穷。面对不讲道理的死亡与悲哀是警察的宿命，但如此破格的案件前所未有。玛利亚一脸沉痛地叉着腰，该回答她什么，他乍一下想不到答案。

案件的余波尚未平息。前些天终于开始交付尸体，第三名被害人凯瑟琳·韦德的女儿为办手续来到了A州。“妈妈，妈妈——”少女泣不成声。红发上司握紧了拳头，注视着这副光景……

“虽然换不回幸福，但至少阻止了不幸继续发生，不是吗？”约翰打破沉默，“玛利亚，要不是你揭穿了赫斯特·赖利的罪行，她有可能会在夺回德里克·赖利之后，为了把哥哥藏匿到底，为了保护他而继续犯罪。难道成功阻止她也不能给过去的被害人和遗属带去一丝救赎吗？我不这么觉得。”

“约翰？”

“而且，‘吸血狗’悔罪了吧。那就比她没悔罪的情况要离救赎近得多。没有悔恨，要怎么赎罪和补过。”

玛利亚扬起眉毛，少顷苦笑道：“是吗……”

悔恨啊。

从至爱被夺走的人的角度来看，赫斯特再怎么忏悔，也只不过是顾影自怜。然而——

赫斯特从前的养父母得知她还活着，且犯下了滔天之罪，面容扭曲，泪湿了脸颊。

那个与德里克的母亲关系亲近的女人听说了赖利兄妹的经历与案件的始末，用双手捂住了脸。

国立卫生研究院的工作人员正通过与坦尼尔研究室的联合研究，试图帮助德里克和赫斯特。

是否有一天，赫斯特会明白，世上也有像他们那样的人，并非全都是敌人。她会不会为一直忽视了他们而后悔呢？涟暂时还想不出答案。

这时有人敲门，年轻的搜查员有些怯生生地走进来，递给多米尼克一个茶色信封，又逃也似的离开了。

“寄件人是——C 大学？”多米尼克从茶色信封里拿出信函，瞪大了眼睛，“合计八万美元？！喂红毛，这账单什么情况？你可没说做 DNA 鉴定的价格会贵得这么离谱啊！”

“关我什么事。这是搜查所必需的经费吧，又不用你自掏腰包。”

“就算是 P 警署，也很难事后申请到这么高的金额！直接委托人是你吧，你也多少负担点。”

“压根没戏好吗！我们会计超严的！”

在争执的两人旁边，约翰小声问涟：“九条刑警，这个价格合理吗？有需要的话，我也去找空军总部谈谈，看能不能出一点——”

“考虑到样本数量和分析的工作量，倒不如说挺便宜的。你的好意我心领了。”

眼看事态要变得无法收拾，涟介入了红发上司和银发刑警的争执中。

“两位，差不多得了，又不是在酒馆互相推诿账单。”

※

同日下午。

“很高兴你能过来，赛琳·托斯提万——我很想这么说。”

到了约定时间后又等了超过半小时，结果金发青年见到赛琳后说的第一句话是这个。

“我很忙的，拜托你尽量长话短说。”

“不用担心，奈瑟尔先生。很快就完事。”

此处是高中同学文森特·奈瑟尔的公司会客室。

透过窗户能将P市街景一览无余。只看住宅区和商业区，P市给人以强烈的土色平坦的印象，其实部分办公区里也有些地段像NY州M区那样高楼林立。

房间不是特别宽敞，但若赛琳没看错，屋里的桌椅都是I国的高级品牌，作为暗暗彰显企业家家族实力的内部装潢可谓充分。

文森特坐到椭圆形桌子对面。他斜后方站着个秘书模样的穿西服的女人。

“别在意，她嘴很严。”

“那我就恭敬不如从命了。”

赛琳只回了这一句便直奔主题。

“前些天的无差别杀人案，你参与了多少？”

一阵沉默。

“你指什么？”

“西奥多里克·霍尔登以前任职的公司，是你们的联营企业之一吧。”

赛琳回忆着西奥多里克的个人信息。G州的电子设备关联企业——奈瑟尔家也以G州为据点，在以电子产品为主的领域取得了出色的业绩。

文森特没回答。

赛琳淡淡地继续道：“听说奈瑟尔家还给雅尔纳赫先生的研究室捐过款。”

“——我们的宗旨是广泛资助基础研究，他的研究室只是其中一项。”

“搞定逃走用的轿车，还找好了藏身的宅邸。潜入这座城市前，劫匪们——不，霍尔登先生的事前准备做得十分妥帖，妥帖过头了。赖利小姐的犯罪过程也一样。去P市的机票，二月九日到十日过夜的地方……论身份，她只是个普通学者，很难单凭自己准备好一切还不留痕迹。包括抢劫案在内，有黑社会之类的势力在提供援助吧？而且是颇具组织性的。”

“你想说我参与了那个组织？真是无聊的妄想。”文森特矢口否认，“你特意过来就为了问这个？”

“不。”

赛琳面不改色地从椅子上站起身。

没有证据，但从方才的片刻沉默里，想知道的事她基本都知道了。

从他出现在P警署时起，她就感到奇怪。是想打探调查情况，还是利用奈瑟尔家的势力来横插一脚？无论如何，总之出了案子，赛琳负了伤，文森特却安然无恙地坐在这里。

说到伤，劫匪之一埃尔默·昆兰的头部受到了击打。最终死因判定为狂犬病，但负责验尸的鲍勃在报告书里表示了惊讶："要只是撞到岩石，这伤口也太深了。"

倘若他弥留之际有人恰好在场……

没叫上玛利亚同行，而是单枪匹马过来，或许是对的。文森特如今拥有的势力之大，恐怕与高中时期不可同日而语。在敌人的大本营轻举妄动，有遭到社会性抹杀乃至灭口的危险。

自己一个人深入敌阵就够了。而且……

"还有一点。索尔兹伯里小姐不会放过你的。在不远的将来，你会败给她……我是不是说太久了。看样子你也很忙，今天我就先告辞了。"

赛琳礼节性地欠身道了声"祝好"，走出了会客室。

※

人偶般的女人离开会客室后，文森特仍在椅子上一动不动地坐了半晌。

讨人嫌的家伙。刚才那个从F国回来的女人，还有那个"红发恶魔"玛利亚·索尔兹伯里。

他用手指摩挲着鼻梁。好吧，十几年前的屈辱没那么容易洗清。这次没能得到预期的结果，但他有的是时间和手段。工作之余还能让那个女人吃到苦头，这不是很令人愉快嘛。

“文森特先生？”

听秘书开口询问，他点点头说：“我知道。”他起身回到办公室，伸手拿起电话，转动拨号盘。

“‘蝉’，下一份工作来了。”

参考文献

中西贵之《当今须知的疫苗科学 为了正确判断其效果与风险》，技术评论社

迈克尔·A. 斯拉瑟著、井上太一译《动物实验的阴暗面 其背后不可告人的真相》，合同出版

伊藤直人、杉山诚《狂犬病病毒致病性相关研究的进展》，《病毒》57(2)，191-198(2007)

西园晃、山田健太郎《弹状病毒》，《病毒》62(2)，183-196(2012)

图书在版编目（CIP）数据

吸血狗不会叫嚷 / (日) 市川忧人著 ; 朱东冬译 .
北京 : 新星出版社 , 2025. 3. -- ISBN 978-7-5133-5819-4
Ⅰ . I313.45
中国国家版本馆 CIP 数据核字第 20254PB554 号

午夜文库
谢刚 主持

吸血狗不会叫嚷

[日] 市川忧人 著　朱东冬 译

责任编辑 王 萌
责任校对 刘 义
责任印制 李珊珊
封面绘图 [日] 影山彻
装帧设计 冷暖儿

出 版 人 马汝军
出版发行 新星出版社
(北京市西城区车公庄大街丙 3 号楼 8001　100044)
网　　址 www.newstarpress.com
法律顾问 北京市岳成律师事务所
印　　刷 河北尚唐印刷包装有限公司
开　　本 910mm × 1230mm　1/32
印　　张 11.5
字　　数 176 千字
版　　次 2025 年 3 月第 1 版　2025 年 3 月第 1 次印刷
书　　号 ISBN 978-7-5133-5819-4
定　　价 56.00 元

总机：010-88310888　传真：010-65270449　销售中心：010-88310811